BELLE-GRAND-MÈRE

Écrivain et scénariste, Janine Boissard, mère de quatre enfants, est l'auteur d'une suite romanesque pleine de tendresse et d'expérience vécue, L'Esprit de famille, L'Avenir de Bernardette, Claire et le bonheur, Moi, Pauline, Cécile la poison *et* Cécile et son amour. *Un feuilleton pour la télévision a été tiré des quatre premiers volets de cette saga; il a été plusieurs fois diffusé avec un grand succès.*
Janine Boissard a publié plusieurs autres romans : Une femme neuve, Rendez-vous avec mon fils, Une femme réconciliée, Croisière *et sa suite,* Les Pommes d'or, La Reconquête, L'Amour, Béatrice, Une grande petite fille, Chez Babouchka (Belle-grand-mère), Boléro *ainsi que deux essais :* Vous verrez, vous m'aimerez *et* Cris du cœur.

Les nouvelles grand-mères sont arrivées. Un jour en tailleur de charme, l'autre en jean et baskets. Exerçant parfois un métier, elles souhaitent à la fois vivre leur vie et remplir leur rôle, si important, auprès de leurs petits-enfants. Pas évident !
Babou (Babouchka) est l'une de ces grand-mères de choc. Elle vit avec son époux, le « Pacha », retraité de la Marine et passionné de Scrabble, dans une vaste maison ouverte à toute la descendance. Quel bonheur ! Quelle galère ! La joie à leur arrivée, le gros « ouf », lorsqu'ils repartent !
Pas simple, la famille de l'an 2000 ! Comme les jeunes ne se marient plus forcément « pour toujours », il faut élargir son cœur pour y accueillir les fruits des remariages, les beaux-frères, sœurs ou cousins. Aussi, dans un monde en mouvement, pour ne pas dire en folie, le suspense est permanent.
Comment défendre Timothée, rançonné à l'école ? Quelle attitude prendre lorsque votre fille divorcée, vous annonce qu'elle porte l'enfant d'un ex-prince russe blanc et va se remarier avec lui à l'église orthodoxe ? Thibaut, le fils exilé au Brésil après une brouille avec son père, reviendra-t-il ? S'il ne revient pas, c'est décidé, Babou ira le chercher !
On rit, pleure, se chamaille, espère et s'exaspère à *La Maison.* Mais avant tout, on s'y sent bien. Entrez-y vite !

Dans Le Livre de Poche :

L'ESPRIT DE FAMILLE :

1. L'ESPRIT DE FAMILLE
2. L'AVENIR DE BERNADETTE
3. CLAIRE ET LE BONHEUR
4. MOI, PAULINE
5. CÉCILE, LA POISON
6. CÉCILE ET SON AMOUR

UNE FEMME NEUVE
RENDEZ-VOUS AVEC MON FILS
UNE FEMME RÉCONCILIÉE
CROISIÈRE
CROISIÈRE 2 : LES POMMES D'OR
LA RECONQUÊTE
L'AMOUR, BÉATRICE
UNE GRANDE PETITE FILLE
CRIS DU CŒUR
VOUS VERREZ, VOUS M'AIMEREZ
CHEZ BABOUCHKA (Belle Grand-Mère 2)

JANINE BOISSARD

Belle-Grand-Mère

ROMAN

FAYARD

À Mathilde
Valentin
Damien
Delphine
Bastien
Virginie
Capucine,
mes petits-enfants, ma joie.

CHAPITRE PREMIER

La Maison m'a choisie un après-midi de monde renversé, où pluie et soleil se disputaient le ciel, où, là-haut, se déroulait un spectacle de grandes marées avec le déferlement de nuages poussés par un vent fou. Cet après-midi-là, plusieurs toits se sont envolés au vert pays d'Auge.

Qu'est-ce que j'allais bien faire par un temps pareil dans ce coin perdu de campagne, le long de ce chemin creux fleurant l'herbe et la pomme, sinon répondre à l'un de ces appels qui montent du plus profond de l'être et vous disent : « C'est là ! » ou, parfois : « C'est lui ! » Saisie par une de mes « coliques » comme dit élégamment Grégoire, le besoin impérieux de me dégourdir les jambes et l'esprit, j'avais filé droit devant moi et, je l'affirme, c'est *Elle* qui a tout décidé.

Soudain, derrière une haie hérissée comme le dos d'un chat en colère, profitant d'un furtif rayon de soleil sur l'un de ses carreaux, *La Maison* m'a fait un clin d'œil. J'ai franchi la haie, y laissant un bout de mon ciré et je l'ai découverte, derrière sa barrière blanche, celle dont parlait mon livre d'enfant, aux murs de beurre frais barré de pain d'épice, au toit d'écailles en chocolat, une belle Normande à la fois costaude et légère, avec des fenêtres en veux-tu en voilà – bien sûr que j'en voulais ! Elle ne me laissait pas le choix aussi ai-je fait le mur, ou plutôt la barrière, ce qui n'est pas sérieux pour une grand-mère, même portant jean et baskets. Et, la contournant, j'ai vu qu'elle était gardienne d'une demi-douzaine de pommiers bottés de plâtre blanc, ainsi que d'un drôle d'arbre rougissant dont j'ai appris plus tard qu'il avait nom « liquidambar » : clin d'œil, adressé, celui-là, à mon mari qui n'aime jouer qu'avec les mots.

« Tu ne trouveras jamais. Tu demandes l'impossible », n'arrêtait-il pas de me répéter, trop paresseusement résigné à terminer notre vie dans quatre-vingts mètres carrés de béton à Caen. Je venais de trouver l'impossible, tout près de notre ville, c'est-à-dire de la mer, et cependant en pleine campagne. Avec assez de chambres pour abriter tout le monde et de jardin pour occuper mon retraité sans lui briser les os.

L'écriteau « À vendre » était à demi décroché de la façade, comme si, avec mon arrivée, il n'avait plus de raison d'être. Je me suis assise en face d'elle et j'ai pleuré de bonheur. Nous lui avons gardé son nom : *La Maison.*

« Vous étiez faites l'une pour l'autre », a sobrement reconnu mon amie Marie-Rose. « Vous m'inviterez ? » En revanche, Diane – autre amie de cœur – a fait la grimace. Il faut dire que, sitôt ses enfants mariés, elle s'est tirée avec son époux dans une résidence de luxe où les moins de quinze ans ne sont pas acceptés et les plus mourraient plutôt que d'y mettre les pieds. « Tu es folle, m'a-t-elle prédit, tu vas voir, tu les auras tout le temps. »

J'ai vu. Nous voyons. Nous les avons tout le temps.

D'abord Audrey, trente-deux ans, notre aînée, mariée à Jean-Philippe, et leurs trois bambins, par ordre d'arrivée sur terre : Timothée, Gauthier et Adèle. Puis Charlotte, vingt-huit ans, divorcée après dix-huit mois de mariage pour cause d'ennui insurmontable avec un mari par ailleurs épatant, et sa petite Capucine, six ans, dont elle a la garde alternée.

Enfin…

Enfin, il faut bien parler de Thibaut, trente et un ans, né entre Audrey et Charlotte, Thibaut, notre blessure. Ne dites jamais à votre enfant, votre enfant-homme : « Si tu fais ceci ou cela, tu peux prendre la porte. » Même pour son bien, même par amour, ne lui reprenez jamais la clé de la maison. Il risque de ne pas venir vous la réclamer et elle vous brûlera à jamais la main et le cœur.

À vingt-trois ans, Thibaut s'est enflammé pour une Brésilienne de dix ans son aînée. Grégoire lui a dit : « Ce sera cette putain ou nous. » Cela a été la Brésilienne. Il l'a suivie à Rio où nous avons, paraît-il, un petit-fils. C'était il y a huit ans. Pour moi, ce sera toujours hier.

C'est aujourd'hui ! Un samedi soir comme les autres, un samedi de fin de janvier. Nos filles ont débarqué à *La Maison* à l'heure du déjeuner. Tout l'après-midi, les petits ont crié de bonheur, de colère, d'excitation, de jeunesse, dans le jardin. À présent, fatigués enfin, baignés, presque sages, ils jouent dans un coin du salon tandis que les mères préparent leur dîner. « Bip… bip », font les jeux électroniques des garçons. « Patati-patata », font les filles avec leurs poupées. Devant le feu, Grégoire et moi essayons de lire. Adèle, six ans comme Capucine, vient tirer ma manche.

– Dis, Babou*, regarde, là, sur la photo, avec maman et Charlotte quand elles étaient petites, c'est qui le grand garçon qui fait la grimace ?

– C'est Thibaut.

– Le frère de maman, alors ? Le frère de Charlotte aussi ?

Comme si elle ne le savait pas, la monstresse ! Dans son coin de canapé, Grégoire, appelé lui « Pacha », s'agite.

– C'est cela, ma chérie, le frère de ta maman. Si tu retournais jouer avec Capucine, maintenant ?

Mais Adèle, une passionnée de l'arbre généalogique, ne bouge pas d'un pouce.

– Alors, Thibaut, c'est mon oncle ? Et c'est aussi l'oncle de Capucine ?

– Exactement.

Grégoire replie son journal, remplace ses lunettes pour voir de près par celles pour voir loin, considère le feu d'un air sombre. Thibaut, notre blessure à vif. D'autant qu'il refuse d'en parler !

– Dites donc, les garçons, vous ne trouvez pas que ça manque de bûches ici ? On ne tiendra jamais jusqu'à demain soir. Qui fait la corvée de bois avec moi ?

Tim et Gauthier sautent sur leurs pieds : aller de nuit, d'obscurité, de vent normand, dans le jardin, remplir la brouette de bûches, cela vaut tous les jeux électroniques du monde.

– Mettez vos anoraks !

Trop tard ! Ils galopent déjà en chaussons et robes de chambre direction « le bûcher », derrière le rang de noisetiers ; mais c'est bien pour ça que je t'ai voulue, *Maison* : pour aller à n'importe quelle heure puiser dans un tas de bois ; faire sécher aux beaux jours les draps sur l'herbe en ayant l'impression de retrouver d'anciens gestes d'amour ; secouer la salade dehors dans un impossible panier tout rond.

... pour subir ce soir les questions douloureuses d'une petite fille qui regarde une photo avec l'expression mi-sévère, mi-triste de celle qui, sans le savoir, a tout compris.

– Dis, Babou, pourquoi on ne l'a jamais vu, nous, l'oncle Thibaut ?

– Parce qu'il vit dans un autre pays, ma chérie, très loin, de l'autre côté de la mer : au Brésil.

Les yeux d'Adèle étincellent. Elle se met à danser : « Le Brésil, moi je connais où ça se trouve. Ça se trouve en Lambada. »

Tu ne crois pas si bien dire, petite, c'est une danseuse de cabaret que notre Thibaut a épousée.

– Mais il reviendra ! décide-t-elle.

Et je m'entends répondre : « Bien sûr, un jour ou l'autre, tous les enfants reviennent à la maison. »

À la porte du salon, un morceau de pommier dans les bras, suivi de ses deux petits-fils, un grand-père s'est figé. Avant de faire celui qui n'a rien entendu.

CHAPITRE 2

En attendant, c'est dimanche et cela sent la maison pleine, des chambres où l'on respire, où des cœurs battent. Ai-je inventé ces petits pas dans celle des inséparables : Capucine et Adèle ?

« On entend tout dans cette maison ! » se plaint Grégoire. Moquette, tentures, rien n'y a vraiment fait. C'est une maison à un étage. Ouvert sur pelouse et pommiers, il y a le salon, très vaste, dallé de noir et blanc, avec, par ordre de priorité : la cheminée, la bibliothèque dont les étagères du bas sont réservées aux enfants et, à profusion, fauteuils et canapés n'ayant plus rien à craindre. Au bout du salon, vous montez trois marches et vous trouvez une porte fermée. Derrière, c'est le « Carré », la pièce réservée au Club des Cinq, cinq vieux loups de mer et leur passion : le scrabble. Puis, vaste salle à manger-cuisine. Voilà pour le rez-de-chaussée.

À l'étage, six chambres égrenées à fleur de toit, ponctuées par trois points d'eau. La nôtre est la plus proche de l'escalier qui descend au salon. Salle de bains privée. Si vous voulez faire sortir Grégoire de ses gonds, humectez délicatement sa brosse à dents pour lui faire croire que quelqu'un d'autre s'en est servi. Apoplexie garantie. Après plus de trente ans de mariage, cela s'appelle la « fidélité à soi-même ».

Ce mari ronflotte à ma droite. Le jour commence à se lever, salué par les oiseaux, chacun revendiquant son territoire : « C'est moi ! C'est là ! » Quelle heure ? il s'agit d'attraper le réveil sans troubler le sommeil de mon compagnon, ni me démolir le cou. Sept heures trente. Autrefois, Grégoire était toujours le premier levé. Je faisais semblant de dormir jusqu'à ce que l'odeur du café vienne me chatouiller l'appétit. Il lui arrivait de me le monter au lit, avec des tartines s'il vous plaît, lui qui ne supporte pas les miettes dans les draps. Ah, l'amour ! Aujourd'hui, c'est moi la première debout mais le soir, à partir de dix heures, plus personne.

Et c'est ainsi, qu'au lit, l'un des deux est toujours endormi ! Quand je pense que j'ai épousé cet homme pour son physique.

J'avais vingt ans, lui vingt-sept lorsqu'il m'a terrassée avec son uniforme de lieutenant de vaisseau – trois galons. Épaules larges d'acteur américain, cheveux blonds et yeux d'azur qui, ô délices !, se remplissaient d'orage lorsqu'il me désirait, j'avais tout de même mis trois ans à le décrocher, mon baroudeur, mon corsaire qui n'avait qu'un nom de femme à la bouche et au cœur : *La Jeanne*, ce bateau où les marins en herbe deviennent des hommes. Avec sa *Jeanne*, nous nous le sommes partagé près de quarante années.

Et vous vous retrouvez avec un bonhomme en charentaises, que vous dépassez lorsque vous portez des talons, parce qu'avec l'âge, il a rapetissé. Un retraité qui dit : « Aïe ! » lorsque vous posez la tête sur son épaule – arthrose... Séduite aux primeurs par sa force, voici qu'à l'automne il vous semble l'aimer pour ses faiblesses. L'âme humaine fait bien les choses.

Cette fois, c'est sûr, il y a bien eu un rire étouffé en bas. Les petites ? Je les aurais entendues passer. Les garçons ? Tim et Gauthier partagent la même chambre à mi-maison. Ils ont pu descendre par l'autre escalier, dit « de la mort », qui, à l'autre bout du couloir, colimaçonne dangereusement jusqu'au carrelage de la salle à manger.

Cette fois, ça sent le pain grillé !

Avec des ruses de squaw, je me glisse hors du lit matrimonial. « Pourquoi pas des lits jumeaux, à votre âge... », s'étonne mon amie Diane. Et mes pieds glacés, sur quel ventre les réchaufferais-je ?

Interruption des ronflements. Ai-je réveillé le Commandant ? Non. La musique de chambre reprend de plus belle. Une bonne minute pour ouvrir la porte sans la faire grincer, autant pour la refermer, ouf !

Elles sont dans la cuisine, mes filles : Audrey, la grande, la longue, l'élancée, blonde comme son père, conçue il y a trente-trois ans en pleine lune de miel au Sénégal (en Casamance). Et Charlotte, la petite, la ronde, châtain comme je ne le suis plus naturellement, fabriquée à notre insu il y a vingt-huit ans… à Mururoa où, *La Jeanne* faisant escale, j'en avais profité pour aller dire bonjour au capitaine.

Si dissemblables, nos filles ! Si proches pourtant…

Silence gêné lorsque la mère paraît. Échange de regards que je déchiffre à livre ouvert : « On lui dit ou on lui dit pas ? » Trop tard, j'ai vu !

Sur la table, dans un bol de petit déjeuner, modèle choisi avec amour, finement cerclé de vert comme l'espérance d'une bonne journée : un bol rempli, une sorte de thermomètre.

– Si tu t'asseyais, maman, propose Audrey.

Charlotte avance une chaise. Soit j'ai beaucoup vieilli depuis hier, soit le bol contient bien ce que je subodore. La cafetière émet son raclement de gorge pour nous signifier que le breuvage matinal est prêt.

– Eh bien oui, je suis enceinte ! m'annonce Charlotte. Le test est positif.

Question ! Dans un moment aussi capital – je rappelle que ma seconde fille, divorcée depuis sept ans, vit, en principe, avec Capucine, une vie de femme seule dans un studio à Caen –, peut-on reprocher à deux inconscientes le lieu et le récipient choisis pour pratiquer leur expérience ? Je m'entends dire avec originalité : « Oh là ! là ! tu es sûre ? »

– Regarde toi-même, c'est bleu, dit Casamance en sortant le test du bol.

– Un petit enfant de plus, cela te fait quoi ? demande Mururoa.

Et c'est sur ces paroles que Grégoire fait son entrée dans le kimono à dragons que sa cadette lui a offert pour Noël. Et il regarde le bol sur la table, le test dans le bol, ses filles, sa femme.

– Que racontent-elles donc ? me demande-t-il.

Parce qu'en plus il devient sourd ! L'oreille droite. Et il en abuse, choisissant de n'entendre que ce qui l'arrange, ne se privant pas de faire répéter plusieurs fois ce qui n'arrange pas les autres.

– Mon p'tit papa, susurre Charlotte, tu as bien entendu : un de mieux.

– Ne me dis pas qu'il s'agit de..., s'indigne le père en montrant ce que contient le bol.

– Ne me dis pas, toi, qu'avec tes marins tu n'en as pas vu d'autres..., intervient Audrey en prenant l'objet du délit et le faisant disparaître de l'autre côté de la porte.

Grégoire tombe sur une chaise. Charlotte revient aux tartines. Depuis l'enfance, lorsqu'un problème se pose, mes filles ont toujours commencé par se faire griller des tartines, des piles de tartines. Sur plaque d'amiante. Sur gaz. Cela reste moelleux à l'intérieur. D'ailleurs, *La Maison* est d'accord, qui fait régulièrement sauter les desséchants grille-pain.

– Sais-tu au moins qui est le père ? demande Grégoire d'une voix glacée.

– Voyez comme il me traite ! s'indigne Charlotte.

Le second homme de la maison, lui vêtu, rasé, Jean-Philippe l'ingénieur, mari d'Audrey, apparaît à son tour. Je l'adore, mon gendre, mais même à huit heures du matin dans une maison de fous, il trouve moyen d'avoir avalé son parapluie : un grand noir, anglais. « Bonjour, Mère » (je ne m'y ferai jamais). « Bonjour, Père » (Grégoire aime plutôt). Baiser sur le front de la fille perdue.

– Le géniteur s'appelle Boris Karatine, descendant d'un prince russe, répond celle-ci. C'est un type extra et il va être fou de bonheur. Elle se tourne vers moi : Tu verras, maman, c'est un père fabuleux.

– Parce que ce monsieur a déjà des enfants ? rugit Grégoire.

– Trois, répond calmement Charlotte. De sa première épouse.

Il monte, il monte, le rire nerveux qui vous tord le ventre, vous brûle les yeux. Je cache mon visage dans ma serviette.

– Et de sa seconde épouse, combien en a-t-il ? interroge mon mari avec un humour corrosif.

– La seconde épouse, et si possible la der des der, j'espère bien que ce sera ta fille, tranche Charlotte.

Sentant dans l'atmosphère quelque chose d'inhabituel, Jean-Philippe arrête de presser des oranges.

– Peut-on savoir de quoi il s'agit ? demande-t-il à sa belle-sœur.

– De mon bonheur, répond Charlotte en jetant un regard ulcéré à son père.

Grégoire passe la main dans sa crinière blanche. Certains se déplument en vieillissant, lui, c'est le contraire. Interrogez-le sur cette anomalie, il vous demandera d'un air sinistre si vous connaissez l'expression : « Se faire des cheveux. » Moi, je crois que le vent marin les lui volait.

Je le regarde. Il a l'air d'avoir un sérieux mal de mer, le Pacha. Je sens soudain combien je l'aime. Je pose ma main sur la sienne en signe de solidarité. Il la repousse comme si je le brûlais. J'avais oublié : c'est moi, la mère de la dévergondée.

– Puis-je vous rappeler les tartines ? se risque Jean-Philippe en désignant le grille-pain d'où monte une savoureuse odeur de brûlé.

Beurre salé pour Grégoire, doux pour Audrey, allégé pour moi. Lait entier pour Charlotte, demi-écrémé pour Jean-Philippe, café sans lait pour Grégoire. Des goûts et des couleurs... Comment voulez-vous qu'on ne s'écharpe pas un peu quelquefois ?

– Maman, est-ce que je pourrais appeler Boris pour lui annoncer la nouvelle ?

Courage. Ignorons le regard-revolver du Pacha.

– Bien sûr, ma chérie.

– Il tourne en Allemagne, je ne serai pas longue, promis. Je connais la consigne.

On téléphone où l'on veut, quand on veut, mais on est bref.

– Parce que ce prince est dans la publicité, comme toi ? constate Grégoire.

– Trente pour cent des remariages sont dus à des rencontres sur le lieu du travail, déclare sentencieusement Charlotte. Boris est metteur en scène. Nous nous sommes découverts sur un plateau.

– MAMAN !

Tous les visages se tournent vers la porte, vers Capucine, le visage illuminé, suivie de sa complice en coups tordus : Adèle. Capucine brandit le test de sa mère :

– C'est bleu, c'est bon ? Je vais enfin l'avoir, ce petit frère ?

CHAPITRE 3

Quel salaud ! Et faux-jeton, en plus. Et lâche, oui, lâche, je pèse l'insulte avant de la crier à « l'arbre à gros mots », l'arbre à bile, le fameux liquidambar, au fond du jardin, élu par les enfants pour se défouler, que l'on court injurier quand cela déborde.

Cela déborde. Oui, quel salaud ce Grégoire !

De toute cette journée de dimanche, passé le petit déjeuner-révélation, black-out sur l'affaire Boris, tendres sourires à Charlotte : « Mais si, ma chérie, reprends donc de la tarte ! Tiens, je te donne ma part… » Pourquoi pas : « Mange pour deux » ? À l'heure du départ, câlins et embrassades : « On t'attend samedi prochain, n'est-ce pas ? » Et moi rassurée, admirant ce papy branché.

L'inconsciente !

À peine les voitures disparues, la barrière close : la flèche empoisonnée ! « En cédant toujours tout à ta fille, voilà ce que tu en as fait : une irresponsable. Bravo, Joséphine ! »

Ni Jo, ni Josèphe, ni Josépha, JOSÉPHINE, ce prénom que j'abhorre, que je n'ai jamais pardonné à ma mère ; cadenassé par mes soins au fond du livret de famille et qu'il me lance en pleine figure, par pure méchanceté. Ah, il aurait mieux fait de rester à Sainte-Hélène, le jour où son rafiot y est passé ! Je serais tranquille… comme Joséphine.

Ainsi, ce serait de ma faute si le test a viré au bleu layette ! Ma très grande faute à moi, la mère démissionnaire que montrent du doigt des professeurs ès éducation qui n'ont jamais eu affaire qu'à des enfants de papier. Je suis la mère qui a dit « Amen » à tout pour avoir la paix, qui a échoué à transmettre les règles, faire respecter la morale, donner à sa couvée le sens des responsabilités et qui se retrouve – étonnez-vous – avec une écervelée qui se fait fabriquer un enfant par un descendant de prince russe sur un plateau de télévision.

Grégoire responsable ? Impossible. Grégoire, c'était la mer, son métier, pas les couches-culottes et, pendant qu'il se prélassait sur sa *Jeanne*, qui se colletait avec trois monstres, maintenait tant bien que mal la discipline, signait les carnets de notes qu'on voulait bien lui montrer, mesurait les sorties avouées ? Joséphine toute seule ! Et il faut voir comment ça a marché quand il est revenu avec ses grandes idées. Ah ! ça n'a pas traîné : Thibaut est parti. Pouvais-je le lui dire ? « Veux-tu que ça se termine comme avec ton fils ? Que Charlotte aille faire son petit ailleurs ? »

Je l'ai toujours su : je suis trop bonne. Une faible !

Écoute-moi, l'arbre, ils se fichent dedans, les professeurs d'éducation. Entends-les : « Cédez sur le détail, tenez bon sur l'essentiel. » Et si la vie vous imposait le contraire ? Moi, le détail, jamais eu de problème. Tenues vestimentaires pas trop clodos, lavages de pattes et de museaux avant les repas, gros mots interdits à l'intérieur des murs (d'où le rôle joué par ta majesté), horaires à peu près respectés, on râlait mais on s'inclinait. Et, de cette discipline-là, mes tout-petits sont même friands : « Chez Babou, c'est extra, on n'a pas le droit de faire tout ce qu'on veut, il arrive même qu'elle fronce les sourcils. » Mais, sur l'essentiel, les gros morceaux de l'éducation : « On ne partage pas son lit avant d'avoir la bague au doigt », « Quand on l'y a glissée, c'est pour toujours », « On ne se fait pas faire un enfant par un père de famille nombreuse », certes, on proteste, mais on finit par céder. Pour la bonne raison que le choix est clair : on continue à se voir ou non ! On se garde ou on se perd. Pas envie de retirer un couvert de la table, je préfère rajouter une assiette.

Boris vient déjeuner dimanche prochain, j'ai accepté avec le sourire, voici la cause de la flèche empoisonnée. Grégoire, lui, n'a pas pu refuser : Charlotte parlait du côté de sa mauvaise oreille. Par contre, bizarre, si la question de sa fille lui a échappé, il a fort bien entendu ma réponse. C'est ce qu'on appelle l'oreille sélective.

Hypocrite, fourbe, Judas ! Arbre, écoute-moi bien : ce n'est pas le marin que j'aurais dû épouser, mais le banquier, Éric Lachaume, qui m'adulait, qui aurait filé doux, se serait plié à mes quatre volontés, m'aurait offert des corsages en soie, des bouquets, un solitaire. Pourquoi suis-je donc allée chercher cet homme qui, pour manifester son amour, m'appelle « son moussaillon » alors que je me rêve sirène ? Qui, le jour où, pour raviver la flamme de son désir, j'ai acheté un porte-jarretelles, s'est exclamé en se tordant de rire : « Mais elle a mis son parachute ! »

La nuit tombe, le froid commence à pincer, je reviens vers la maison. C'est allumé dans le Carré, il semble bien que l'on m'observe derrière le rideau. Tu peux lui répéter tout ce que j'ai dit, Liquidambar.

Brève halte, comme chaque soir, près de la rangée de petits chênes : quatre, un par enfant, un par baptême pour enraciner le nouveau venu ici-bas comme au Ciel. As-tu été baptisé, petit Justino de Rio ? C'est ton chêne à toi, absent, qui me crève les yeux ; il serait placé juste avant ceux des filles. Tu marches vers tes huit ans !

La nuit est tout à fait là maintenant. On sent, de la terrasse, l'odeur de chocolat chaud, de brioche tiédie, dévorés avant leur départ par des enfants que les parents n'auront plus qu'à mettre au lit en arrivant chez eux.

Ce soir, Joséphine séchera le dîner.

Même si Grégoire vient d'allumer la lumière extérieure pour être sûr qu'elle ne se perdra pas.

CHAPITRE 4

– Alors, ce dimanche ? interroge Marie-Rose.

– L'enfer, déclare Diane avec un regard brûlant vers Sissi, sa loulou de Poméranie. Figurez-vous que cette bandite avait rendez-vous avec un fiancé. Elle s'est assise sur son derrière et n'a plus voulu bouger. Rien à faire ! Nous souhaitions pourtant des enfants…

– À force d'arroser ses parties sensibles avec ta bombe « Repousse-mâle », peut-être l'en as-tu guérie à jamais ! remarque Marie-Rose avec un clin d'œil dans ma direction.

– Pauvre choute, soupire Diane, tandis que la bandite – une boule à longs poils noirs que nous avons surnommée, à la fureur de sa propriétaire : la « Folle de Poméranie » – émet un long grognement de rage en nous fixant d'un œil méchant.

Comme chaque lundi, Diane, Marie-Rose et moi déjeunons ensemble à Caen pour faire le point sur l'existence. Nous nous sommes connues au lycée, il y a environ quarante-cinq ans. On nous appelait les « Trois Grâces ». Diane est l'aînée : soixante-deux ans, mariée à un ex-ambassadeur de soixante-quinze ans. Leurs trois enfants sont éparpillés un peu partout. Diane remplit son devoir de grand-mère en envoyant beaucoup de dons généreux à l'occasion des fêtes et anniversaires : elle n'en manque pas un ! À part ça, vie paisible entre Sissi, son vieux ronchon, bridges et golf. Toujours impeccable, les vingt ongles manucurés hiver comme été, couleur de cheveux sans dérapages, seins, visage, dents rectifiés par la chirurgie, elle est un remords lancinant pour celles qui oublient de penser aux ravages du temps.

Marie-Rose a la soixantaine. Saisi par le démon, son mari lui a préféré durant quelques mois une plus jeune dont l'admiration redonnait des ailes à sa virilité. Lorsque, épuisé, il a voulu rentrer à la maison, elle s'en était allée. Brocanteuse-décoratrice, elle vit, un peu, avec Jean-Yves, reporter à la télévision. Marie-Rose n'a jamais pu avoir d'enfant, c'est sa douleur. Elle se rattrape en parrainant un malheureux Martiniquais de douze ans à qui, deux week-ends par mois, et un mois par an, elle en fait voir de toutes les couleurs d'un amour débordant. Puisqu'il en redemande…

La troisième Grâce, mène une vie classique, avec un mari retraité de la Marine, dans une maison à la campagne. Dans trois mois – elle a beaucoup de mal à y croire – elle passera dans la catégorie « Vermeille ». C'est moi !

– Mesdames, qu'est-ce que je vous sers ?

Aujourd'hui, nous avons choisi un restaurant italien dans le vieux quartier de Caen. Pizza et ballon de rouge pour Marie-Rose et moi. Salade et eau minérale pour Diane-Résidence.

– Et toi, ce dimanche ? m'interroge Marie-Rose.

Je raconte Charlotte, le test, son prince russe, ses espérances. Silence sur Grégoire. Grégoire, c'est une affaire entre le liquidambar et moi. En apprenant la venue d'un cinquième petit-enfant, Diane pousse un gros soupir : « Mon Dieu, tu vas encore te laisser manger ! » L'air soucieux de Marie-Rose m'inquiète davantage : « Tu te tirais juste de Capucine. J'espère que tu ne vas pas rempiler ? Pense un peu à toi. Il serait temps, quand même ! Et n'oublie pas mon coffre. »

Je peins. Tables de nuit, coffres à jouets, commodes. J'ai commencé pour mes enfants. N'ayant pas les moyens d'acheter du beau, j'achetais du bois blanc et j'en faisais du magnifique. Je peignais des bateaux (quand j'aimais encore Grégoire), des soleils, des fleurs, des maisons (en attendant *La maison*), tout ce que me soufflait le petit génie de l'inspiration. Des amis ont passé commande, lorsque les amis d'amis s'y sont mis, je me suis fait payer. Je suis vénale ! Moi qui ai d'abord tendu la main à mes parents, puis à mon mari, j'ai découvert sur le tard le bonheur ineffable d'avoir, à soi, de l'argent sonnant et trébuchant, gagné par ses talents.

Marie-Rose m'emploie. Elle vient de me passer commande d'un coffre à bois pour la maison d'une jeune mariée. Thème : l'amour. Délai : juin prochain au plus tard.

– Il sera prêt à temps, ton coffre, promis !

– Ce n'est pas le mien, c'est le TIEN, proteste Marie-Rose.

Le garçon pose les pizzas devant nous. La Folle de Poméranie nous fait les yeux doux. « Pas une miette », ordonne Diane en posant près de sa chienne, au désespoir des clients, sa côtelette musicale. « Mademoiselle est à la diète : son dos ne résisterait pas à plus de poids. Mes vieilles, nous ne sommes pas les seules à souffrir des vertèbres. »

En roulant vers *La maison*, j'entends le cri de Marie-Rose : « Pas le mien, le tien ! » Je revois son expression soucieuse lorsque je lui ai appris que Charlotte remettait ça. Ce n'est pas pour ma fille qu'elle s'en fait, ni pour l'avenir de son enfant, c'est mon avenir à moi qui la préoccupe. Comme Diane, elle craint que je me laisse encore « manger ».

Pas question !

Trois voitures, dont celle de Grégoire, sont garées dans la cour. Sur le buffet du salon, tout de suite à gauche en entrant, cinq casquettes bleu marine sagement alignées. Qu'est-ce qui me prend de m'attendrir en les regardant ? Le tintement de la clochette dans le Carré du Commandant indique qu'une partie de scrabble bat son plein.

Jouer avec les mots, les décortiquer, les mettre à l'endroit, à l'envers, tous les marins adorent ! Sur les bateaux la contrepèterie – nul, dégoûtant, je déteste – fait rage. Pour ma part, je préfère les anagrammes : « Naturel abusif » = « Laurent Fabius »... Ou les palindromes, ces phrases qui se lisent aussi bien à l'envers qu'à l'endroit : « Sévère mal à l'âme : rêves... »

Lorsqu'il a pris sa retraite, il y a deux ans, Grégoire a eu l'idée de créer un club de scrabble. Aujourd'hui, ils sont cinq enragés, tous anciens de la mer, qui s'y adonnent presque chaque jour. Wu, won, zee, zébulon, n'ont plus de secrets pour eux. Ils vont régulièrement défendre en province les couleurs de Caen. La semaine prochaine, ils seront à Granville pour tordre le cou à l'équipe locale. Il paraît que certaines épouses sont jalouses de cette passion. Pas moi ! Elle me laisse le loisir de me livrer à la mienne.

Sans bruit, je gagne mon atelier, la « chambre en plus », sur laquelle, dès la première visite, j'ai jeté mon dévolu. Elle donne sur le chemin creux et non sur nos pommiers. On y voit le soleil se coucher entre les peupliers. C'est la « chambre du fond », celle qu'aurait choisie Thibaut pour s'y sentir calé. Allons, soyons franche : pour moi, c'est bien la chambre de mon fils et, sur chaque meuble que j'y peins, il se trouve toujours quelque part le petit chêne de Justino.

Espadrilles, blouse d'artiste. Alors, le coffre, qu'est-ce qu'on dit ? On a d'abord été poncé pour retirer les plus grosses aspérités, puis enduit de poudre de blanc d'Espagne mêlée d'eau. On se dit prêt à être peint. On se dit impatient. Elle a commandé l'amour, la jeune mariée ? Je m'installe à ma table – une planche sur deux tréteaux – et regarde mes projets de dessin. L'amour : fleur, flamme, oiseau ! Aujourd'hui, nous testons les couleurs.

Que fera Charlotte du bébé ? La crèche ? On a vu : Capucine y ramassait tous les microbes de la terre. Un jour sur deux, elle échouait chez nous avec quarante de fièvre. Une nourrice ? Il faut la trouver et, lorsque l'enfant est malade, le problème reste entier. Et si Charlotte cessait de travailler ? Après tout, à quarante ans, il est peut-être capable de nourrir les siens, son petit-fils de prince russe, son Boris ? Mais serait-il prudent de lâcher un travail si rare, si convoité : la pub ! Elle adore son métier, ma fille. Retour à la case départ. Pauvre bébé, que fera-t-on de toi ?

Bleue, cette fleur de feu, mêlée de vert. Bleu ardent. Cocteau l'aurait dessinée d'un trait et, instantanément, le papier se serait embrasé. Cocteau, mon Dieu ! La vie à fleur de pinceau, de plume, de mots, d'images : une vie consacrée à la création. Ah, je n'aurais jamais dû me marier ! J'aurais mené la vie d'artiste, je me serais consacrée entièrement à mon art. Je souffrirais mille morts, mille renaissances. J'aurais des aventures, pas les bébés de ma fille.

Voyons, quand arrivera-t-il celui-là ? Calculons : février, mars, avril, mai, juin. Juin ! Les beaux jours. Toutes chances que Charlotte débarque ici directement. Pour septembre, elle DEVRA s'être organisée. Pas question de prendre le bébé lorsqu'elle recommencera à travailler : ni la force, ni le goût ! Les grand-mères adorent leurs petits-enfants, elles sont conscientes de leurs devoirs vis-à-vis d'eux, mais ce n'est pas leur rôle de les élever. Ce n'est d'ailleurs pas souhaitable : elles sont redevenues trop jeunes. Et elles ont bien gagné le droit de penser un peu à leur carrière...

Superbe, ce bleu ! Jaillissant comme une fleur de feu, comme l'oiseau de la passion, pour notre jeune mariée. Lorsqu'elle prendra une bûche dans mon coffre, elle devra se brûler le cœur et lorsque la flamme sera éteinte, la fleur fanée, l'oiseau envolé, elle y puisera les souvenirs.

Tiens ! Branle-bas dans le salon, voix masculines, bruits de portes et de godillots. C'est la pause ou – cela arrive – la brouille. Une fois sur deux, contre toute règle, chacun apporte son dictionnaire.

Tiens ! L'escalier craque. Grégoire aurait-il oublié que mon atelier est sacré ? Même les enfants ont fini par l'accepter : on respecte le créateur. Le hic, c'est que mon mari m'aurait tellement mieux vue créant avec des aiguilles à tricoter plutôt qu'avec un pinceau.

Des pas dans le couloir ; n'oublions pas que nous sommes en froid. Depuis hier, depuis le « Joséphine », nous n'avons échangé que les mots de la survie : « Un peu de pain, s'il te plaît », « As-tu pensé à fermer les radiateurs des enfants ? » Pinçon au cœur : les brouilles, ça traîne lorsqu'on a passé l'âge de se réconcilier dans les bras l'un de l'autre.

Tiens ! La porte s'ouvre. Mari-marin, l'air pataud.

– Tu es rentrée ?

On dirait ! Il chausse ses lunettes de lecture et se penche vers mon œuvre afin d'amorcer le dialogue :

– Ça a l'air plutôt joli ! Qu'est-ce que c'est ?

– Des flammes.

– BLEUES ?

Et voilà ! Voilà tout l'abîme entre cet homme et moi. Grégoire croit encore que les flammes sont jaunes.

– Je me demande si je n'ai pas pris froid, soupire-t-il en se serrant la gorge. Quant au pauvre Maurice, qui doit boire deux litres d'eau par jour à cause de son calcul, voilà qu'il se paie une prostate, tu vois le tableau. Il galope pratiquement entre chaque mot.

Je compatis pour le calcul et la prostate. La gorge de Grégoire ? Hum ! Sa façon habituelle de hisser le drapeau blanc en se faisant porter malade.

– On est bien embêtés, dit-il. Impossible de mettre la main sur le décapsuleur. Je t'assure qu'on a cherché partout. Ça doit être encore un gamin qui ne l'a pas remis à sa place. Avec ta manie de les laisser fouiller dans le Frigidaire. Je sais que tu n'aimes pas être dérangée dans tes travaux, mais ne descendrais-tu pas une minute prêter tes yeux à cinq pauvres naufragés ?

CHAPITRE 5

– Allô, M'man, tu es tranquille ?

Voix anxieuse d'Audrey, neuf heures du matin, mardi, jour de marché. Tranquille ? Un pied chaussé, l'autre pas, j'essayais de remettre la main sur la liste des achats, élaborée hier soir avec Grégoire : l'indispensable « fond de congélateur » toujours plus ou moins dévasté lors des fins de semaine. Dans la cour, mon conducteur fait chauffer le moteur de la voiture, SA voiture, et non ma deux-chevaux bouton d'or qu'il a baptisée la « quarante et unième rugissante » et que ses vertèbres ne supportent pas.

– Vas-y, ma chérie, je t'écoute.

– C'est Timothée, soupire Audrey qui, elle, a visiblement tout son temps.

Lorsqu'on emploie en son entier un prénom que l'on a pour habitude de raccourcir tendrement, c'est qu'il se passe quelque chose de sérieux. Joséphine est là pour en témoigner ! Il s'agit donc de Tim, Timo, Timothée, frère aîné de Gauthier et d'Adèle : premier de mes petits-enfants, onze ans.

– Depuis un mois, au collège, ce n'est plus ça ! À la maison, rien à en tirer, il passe sa vie bouclé dans sa chambre. Je ne voulais pas t'inquiéter mais les derniers bulletins sont catastrophiques. Tu n'as rien remarqué, dimanche ?

Rien ! J'avoue ! Mais dimanche, le contenu d'un certain bol de petit déjeuner m'a quelque peu troublé la vue. Si l'on ajoute que Capucine a trouvé moyen de perdre sa gourmette de baptême dans les cabinets, que Gauthier, parti à vélo chercher la brioche du dîner, ne revenait pas – crevaison. Je n'ai guère eu le loisir de remarquer que Timothée n'était pas dans son assiette.

Coups de klaxon impérieux dans la cour, indiquant que le chauffeur est prêt. Vite, ma seconde chaussure ! Sans couper le précieux contact avec ma fille, je tombe à quatre pattes pour regarder sous le lit. Nous y sommes !

– Ça t'ennuierait d'aller le chercher tout à l'heure au collège ? poursuit Audrey. Demain, c'est mercredi, comme ça, vous aurez tout le temps de l'étudier avec papa. Il sort à cinq heures. Bien sûr, tu diras que c'était une idée à vous.

Bien sûr ! Réfléchissons : que se passe-t-il cet après-midi ? Gymnastique d'entretien avec Marie-Rose. Et demain ? Demain, j'avais l'intention d'aller chez le coiffeur pour faire rectifier mes « racines », les traîtres, d'un sale gris qui tranche avec mon beau châtain doré : teinte 12, « Ava Gardner ». Entre des racines et un petit-fils dans l'affliction, où es-tu, liberté ? Les racines attendront. En revanche, celui qui n'en peut plus d'attendre, à en croire le concert à l'extérieur, c'est mon chauffeur.

– Ton père m'attend pour le ravitaillement. Préviens Tim que j'irai le chercher. On se rappelle plus tard.

Je récupère ma seconde chaussure, renonce à retrouver la liste, dévale les escaliers, attrape canadienne et cache-nez, rejoins dans la cour mon marin qui fait furieusement le quart.

– Qu'est-ce que tu fabriquais ? J'allais monter.

– C'était Audrey.

– Elle pourrait t'appeler à une autre heure, quand même ! Elle sait bien qu'on va au marché le mardi. On va avoir un monde fou. On ne pourra jamais se garer.

À peine ai-je le pied dans la voiture que le Commandant appareille. J'annonce :

– Nous avons Tim à coucher ce soir.

Le visage du grand-père s'éclaire. Il a un faible pour ce garçon qui ne se lasse pas de l'interroger sur la mer et dont on dit qu'il lui ressemble.

– En quel honneur ?

– Il paraît que ce n'est pas ça à l'école. Audrey voudrait que nous le sondions.

Silence du conducteur. Nous passons la maison des Lelièvre, nos plus proches voisins, à la croisée de la départementale et de notre chemin creux. Les champs dorment sous le givre, veillés par des pommiers de sucre glace. Trois bidons de lait attendent d'être enlevés. Normandie, je t'aime ! Cette ride au front de Grégoire s'appelle Thibaut. La phrase la plus innocente peut réveiller la blessure. Pour Thibaut aussi, ce n'était « pas ça » à l'école... Je regarde le visage fermé de mon mari : si au moins on pouvait en parler, reprendre l'histoire du début pour essayer de comprendre. Il reste toujours quelque chose à comprendre.

... lorsque le père revenait de la mer, dans son uniforme de vainqueur, le petit garçon courait vers lui, mais toujours, avant de l'atteindre, il s'arrêtait et baissait la tête, exprimant ainsi son amour et sa timidité. Le père regardait cet enfant calme, craintif et rêveur, qui lui ressemblait si peu. Il lui disait : « Je compte sur toi, tu es l'homme de la maison. » Ou encore : « Grandis ! » Mais on aurait cru que l'enfant n'y parvenait pas. Il était comme ces arbres, en Californie, à qui les séquoias volent toute la lumière ; qui, faute de pouvoir s'élever, se déploient à ras de terre. À l'école, où les résultats n'étaient pas bons, les professeurs relevaient qu'il se laissait vivre. Je crois plutôt qu'il se retenait de vivre, comme on retient son souffle devant un saut trop difficile. Le père confiait à la mère : « Tu le couves trop », ce qui était bien possible parce que, en face de la fragilité, les mères ont tendance à déployer leurs ailes. Et l'enfant grandissait, il devenait un adolescent gauche et maladroit dans ses entreprises, y compris la conquête des filles. Et lorsque le père, ayant fait ses adieux à la mer, rentrait pour de bon à la maison, tous deux se regardaient comme des étrangers. Par amour, le père décidait de prendre les choses en main. Par désespoir, le fils résistait. Par impuissance, la mère se taisait.

C'est ainsi que le terrain est prêt pour la première femme qui passe, qui lance au garçon malheureux : « Tu es un homme » et le lui prouve en se pâmant – ou faisant semblant – dans ses bras. Cette femme-là, qui l'a fait exister et s'aimer un peu, il est prêt à la suivre jusqu'au bout du monde.

Ce que Thibaut a fait.

Là-bas, le ciel se déchire. On dirait une naissance : du bleu tendre, du blanc laiteux.

– Regarde, ça se lève ! se réjouit Grégoire. Cet après-midi, nous aurons du soleil, on parie ?

Certainement pas ! Bars, millibars, isobars, pression atmosphérique et direction des vents, durant une année, Grégoire a été en charge de la météo sur sa *Jeanne*. Aujourd'hui, où ses rhumatismes viennent confirmer ses prévisions, il est imbattable.

– Je me demande si je n'en profiterai pas pour tailler le liquidambar, propose-t-il avec un sourire malicieux. Je ne sais si tu as remarqué, mais il déborde de partout, ce vieux bavard.

Humour. Tendresse.

Voici Caen et ses églises. Pierre, Jean, Étienne, Nicolas et les autres, tous les saints qui patronnent notre ville. Que serait-elle sans ses clochers ? Un damier de pierre blanche et d'ardoise grise, tristement éclairé par les clignotants des feux de circulation et les néons publicitaires.

Voici la place où, depuis neuf cents ans, se tient le marché. Grégoire trouve tout de suite à se garer. Nous prenons les paniers. Il sort de sa poche la précieuse liste que j'ai passé une heure à chercher.

« Madame, voyez ma salade, ma poire, mon miel… », « Monsieur, tâtez mon camembert, goûtez de mon pâté, admirez-moi ces tripes… »

L'Europe, il faut la faire, je sais. Mais pas question qu'elle me vole mon marché. Je veux garder mes livarots qui ne voyagent pas, mes Pont-l'Évêque à déguster dans la journée, ce fromage blanc qui s'égoutte au fond de mon cabas. Je veux acheter mon beurre à la motte, trouver du duvet collé à mes œufs, de la terre dans mes salades. Je déteste les produits aseptisés, calibrés, normalisés du Nord et les fonctionnaires à lunettes et attaché-case, sans couleurs ni odeurs, qui veulent régenter nos goûts en fonction de leur absence de goût. Laissez-moi ma vieille paysanne en sarrau noir qui, sur deux cageots retournés, m'offre un lapin, un pot de crème, deux douzaines d'œufs et quelques carottes terreuses comme si elle m'offrait le bon dieu. N'oublions jamais qu'il y a le mot « art » dans artisan et qu'ils sont l'âme d'un pays.

Crémerie, boucherie, légumes… nous remplissons les creux laissés par les envahisseurs du week-end. Je n'ose rappeler à mon homme que dimanche prochain, avec la bénédiction de Joséphine-la-démissionnaire, nous aurons un hôte de plus : le petit-fils d'un prince russe venu trouver refuge en France et dont notre fille porte l'enfant. Je réprime un fou rire : j'ai failli proposer méchamment à Grégoire, qui a horreur du chou et de la viande bouillie, un bortsch en l'honneur de notre invité… Mais je fonds lorsque je le vois glisser subrepticement dans son panier une bouteille de sauce tomate américaine, régal de Timothée, désapprouvé par le gastronome qui, sur sa *Jeanne*, se devait d'être le digne ambassadeur de la cuisine française.

Devant l'étal du poissonnier, je me soumets à l'examen habituel.

– Celui-là, qu'en penses-tu ? me demande Grégoire en pointant le doigt vers un cabillaud géant.

Sous l'œil inquiet du pêcheur, je rends mon verdict : peau irisée, branchies rouges à souhait, pupille noire et brillante…

– C'est bon. Il sort de l'eau.

Adjugé, pesé, vidé, écaillé. Grégoire me tend le paquet. Il a un sursaut :

– Mais qu'est-ce que tu as sur la figure ? Tu es malade ?

Malade, moi ? Je touche. Ça craque ! Mon masque… Avec le coup de téléphone d'Audrey, j'ai complètement oublié de retirer le masque transparent, régénérant, hydratant que, sur les conseils de Diane-Résidence, je m'applique chaque matin en douce, dans l'espoir de retrouver la peau de mes vingt ans.

Et le plus triste, c'est qu'il aura fallu une bonne heure à l'homme de ma vie pour remarquer que mon visage était gaufré. C'est cela, le mariage ! On se penche plus attentivement sur l'œil d'un cabillaud que sur celui – pas frais du jour, il est vrai – de sa tendre et chère.

CHAPITRE 6

« Ne meurs jamais par politesse », disait ma mère lorsque, jeune fille, un garçon venait me chercher en voiture. « N'accepte jamais d'être conduite par un mauvais conducteur ou par quelqu'un qui a trop bu. Tant pis pour lui s'il est vexé. »

Marie-Rose et moi, nous avons décidé de ne pas mourir par inconscience ou par paresse.

À une époque où la plupart des maisons sont « visitées », où, après une certaine heure, et même parfois avant, on ne peut plus se balader dans la rue sans risquer d'être agressé, où la drogue, la misère, mais aussi la perte du sens du bien et du mal laissent libre cours à toutes les violences, il est indispensable de connaître les gestes élémentaires pour assurer sa propre protection. Vital pour Marie-Rose, la décoratrice, appelée à se rendre quotidiennement au domicile d'inconnus. Rassurant pour moi qui vis dans une maison isolée. C'est ainsi que nous nous sommes inscrites au Samouraï : club d'arts martiaux et de self-defense, dirigé par M. Khu. Et, alors que tous pensent que nous avons opté pour la gymnastique d'entretien destinée au troisième âge, nous avons choisi l'option self-defense et ne désespérons pas d'y entraîner Diane, bien que dans sa résidence, elle s'imagine être en sécurité.

Cet après-midi, M. Khu nous a appris comment réagir à une attaque au rasoir. Le rasoir, à la fois, fascine et épouvante les hommes car ils ont tous, dans un coin de leur tête, la peur d'être émasculés. Nous, non ! La self-defense consiste aussi à connaître ses supériorités.

J'arrive juste à temps au collège de Tim. Les enfants s'échappent en flots serrés du lycée, tous pareils. Mêmes cris, mêmes plumes : baskets, jeans, blousons, sacs à dos. J'arrête ma Rugissante en double file et donne un bref coup de klaxon. Mon oiseau se détache d'un groupe et vole vers moi.

– Babou !

Il grimpe à mes côtés. Malgré les protestations sonores des autres véhicules, nous prenons le temps de nous embrasser.

– Alors, chef, que veux-tu faire ? Où va-t-on goûter ?

C'est la tradition de s'offrir, entre l'école et la maison, une petite fantaisie culinaire en tête-à-tête. Les filles, c'est le confortable salon de thé au milieu de belles dames à bijoux. Gauthier choisit généralement crêpes ou gaufres dégustées sur le macadam.

– Est-ce qu'on peut aller au MacDo ? demande Tim.

Ce qui est bien, c'est qu'au MacDo, à cinq heures de l'après-midi, on n'a pas à faire la queue pour avoir son steak et ses frites ! Et, après tout, moi aussi j'ai faim. Avant la gymnastique d'entretien, il est recommandé au troisième âge d'être frugal : je me suis contentée d'une pomme à midi.

Tout en savourant nos frites – à la tomate pour Tim, à la moutarde forte pour moi – j'observe mon petit-fils. On dirait qu'il n'a pas mangé depuis huit jours. Ou cet enfant est mal nourri – peu probable – ou il en avait « gros sur l'estomac » et soudain il se détend, rattrape le retard. Allons-y pour une nouvelle tournée de frites.

Je remarque : « Si Pacha nous voyait ! » Il rit. Grégoire et moi, nous nous sommes promis de ne pas lui parler d'école durant son séjour chez nous. Angoissés par l'avenir, les parents n'ont que ce mot à la bouche : le « travail ». Tim n'est pas paresseux. Il serait même du genre scrupuleux. Si ce « n'est pas ça » à l'école, c'est dû à autre chose.

Il regarde mon survêtement :

– Tu as été à ta gym ?

Et, soudain, je m'entends demander :

– Puis-je te confier un secret ?

Confier un secret, c'est parfois s'en attirer un en remerciement. Le visage de Tim s'éclaire. C'est aussi manifester sa confiance. Je désigne un gros bonhomme d'une centaine de kilos qui vient de s'installer non loin.

– Tu le vois, celui-là ? S'il lui prenait la fantaisie de venir nous embêter, nous interdire de manger nos frites par exemple… d'une pichenette, je te l'envoie au tapis.

Une frite en suspens, Tim considère son aïeule avec inquiétude.

– Ce n'est pas de la gym que je fais, c'est de la self-defense. On nous apprend quoi faire si nous sommes attaqués.

– Mais s'ils sont plusieurs ?

– Ça aussi, on nous l'apprend : à juger d'une situation, ne pas prendre de risques inutiles, au besoin remporter la victoire.

– Babou, tu me montreras ?

Un cri ! En moi s'allume un clignotant. Quelqu'un en voudrait-il à mon petit-fils ?

– Bien sûr, je te montrerai ! Je vais déjà t'apprendre la règle d'or pour que tu la médites. Notre premier adversaire, c'est nous : notre peur, notre colère. C'est d'abord elles qu'il nous faut regarder en face.

Il détourne les yeux.

Les joueurs de scrabble étaient en pleine action lorsque nous sommes rentrés à *La Maison*. Le Club des Cinq préparait activement la rencontre Caen-Granville, prévue la semaine prochaine. Par faveur spéciale, Tim a été admis dans le Carré. On lui a même confié la sonnette. Les adversaires ont trois minutes pour placer leur mot. À deux minutes trente : dring ! À trois minutes : redring ! Moi, la simple vue de cette sonnette suffit à me tétaniser l'esprit.

J'ai disposé d'une bonne heure pour mon coffre. Mais j'avais de la peine à me concentrer : de quoi, de qui, Tim éprouvait-il le besoin de se défendre ?

Nous n'avons guère fait honneur au dîner : « Je suppose que vous avez encore dévasté une pâtisserie », a remarqué Grégoire avec indulgence. Nous n'avons pas dit non.

Demain, c'est jour de congé, aussi Tim a-t-il droit de regarder le film. Nous nous installons devant l'écran avec lui. Il s'agit d'une série policière à gros succès. Cette fois, le célèbre inspecteur Makalou s'attaque à un dangereux trafiquant de drogue. Je regarde davantage le visage de mon petit-fils que celui des acteurs. Onze ans, comme c'est fragile encore ! Avec ses cheveux blonds, ses traits fins, on peut dire, oui, qu'il est racé. Est-ce une force ? C'est un enfant sérieux, posé, le contraire de Gauthier, son petit frère, toujours en mouvement. Que l'on ne me dise pas que l'éducation fait tout. L'un est né calme, l'autre explosif. Dès le biberon, cela crevait les yeux : leur façon de mordre la tétine, Tim en douceur, Gauthier férocement.

Il a pris la main de son grand-père. Sur l'écran, ça castagne. Faut-il interdire aux enfants ce genre de spectacle ? Peut-on les préserver de la violence alors qu'elle s'étale partout ? Peut-être n'est-il possible que de les accompagner en allumant des contre-feux, discutant avec eux, leur montrant qu'il existe aussi du bon et du beau.

« Nous avons fait notre boulot, proteste Diane. Chacun son tour. Aux parents d'assurer. »

En tout cas, moi, ce soir, je ne me vois pas ailleurs qu'auprès de ce petit garçon frêle, au mal secret.

Le film s'achève.

– Si tu nous ranimais un peu ce lamentable feu ? propose Grégoire à Tim.

Cela veut dire : « Si on parlait. » Je l'ai toujours su que les coffres à bois, c'était primordial ! Tim va choisir soigneusement ses munitions dans le nôtre. Grégoire n'intervient pas. Dans les maisons à cheminée, sa théorie est qu'il faut le plus vite possible charger les enfants de l'alimenter : ainsi en connaissent-ils de près les dangers.

– La drogue, est-ce qu'il y en avait déjà quand tu étais petit ? demande Tim à son grand-père, tout en actionnant le soufflet.

– La drogue a toujours existé, mais on en parlait moins. Il faut dire qu'elle était moins répandue.

– Pourquoi, Pacha ?

– Aujourd'hui, elle circule plus facilement. C'est beaucoup d'argent pour des pays qui, sinon, n'ont pas grand-chose...

– Et pour des salauds qui s'en mettent plein les poches, dis-je.

– Pourquoi on ne les met pas tous en prison, les trafiquants, puisque c'est défendu ? demande Tim.

– Ils sont trop nombreux, constate Grégoire.

Tim soupire :

– Alors, ça durera toujours ?

– Écoute, mon vieux, dis-je. Il n'y aura plus de drogue le jour où, quand ces ordures en proposeront, tout le monde dira : « Non merci, votre saloperie, vous pouvez vous la garder, elle ne nous intéresse pas… »

– Je ne vois pas ce que cela ajoute de parler comme un charretier ! proteste Grégoire.

Mais Tim m'a souri : la self-defense, est-ce que cela se pratique le petit doigt levé ?

Plus tard, nous sommes allés chacun notre tour l'embrasser dans son lit. En guise de pyjama, il portait un long T-shirt peuplé de monstres effroyables.

– Tu te rappelles, Babou, quand tu nous lisais des histoires avant qu'on dorme ? a-t-il demandé.

– Bien sûr ! Laquelle préférais-tu ?

– Celle du garçon qui n'avait jamais peur.

C'était un conte de Grimm. Le garçon qui n'avait jamais peur surmontait des épreuves de plus en plus terribles. Il n'avait pas de nom afin que chaque enfant puisse lui donner le sien.

– Tu vois, ai-je dit. En réalité, nous avons tous peur. Quelqu'un qui n'a jamais peur, cela n'existe pas.

– Même toi, tu as peur ?

Autrefois, pour rassurer mes enfants, je leur aurais répondu : « Non. » On s'instruit tout de même un peu en vieillissant. On apprend que les enfants ne sont réellement rassurés que par la « vérité vraie » et qu'ils sentent très bien lorsqu'on triche avec elle.

– Même moi ! Même ton Makalou tout à l'heure. Ce qu'il faut, c'est, avec sa peur, faire de la force. C'est possible.

Il a hésité. Un instant, il m'a semblé qu'il allait me dire quelque chose. Peut-être trop vite, trop anxieusement, j'ai demandé :

– Et toi, mon chéri, t'arrive-t-il d'avoir peur ?

Il n'a pas répondu. Il s'est enfoncé un peu plus sous le drap.

– Est-ce que tu peux laisser allumé dans l'entrée ? a-t-il demandé après que je l'ai eu embrassé. J'aime bien voir la lumière sous la porte.

– Moi aussi, lui ai-je confié. Voir la lumière sous la porte et entendre des voix en bas. Ne le dis surtout pas à Pacha.

Il a ri.

Et toute la journée du mercredi, où pourtant il a été gai, où il m'a semblé heureux, j'ai éprouvé comme un malaise : n'avais-je pas laissé passer une occasion ?

« Mais non ! Je l'ai bien observé, ton garçon », a affirmé Grégoire qui avait semé des radis et planté des laitues avec Tim. « Il n'a rien. Sans doute une petite crise passagère. Sais-tu qu'à son âge, j'ai connu mon premier amour ? Cela m'a ôté tous mes moyens durant quelques semaines. Mes parents s'arrachaient les cheveux. Quand je pense qu'elle s'appelait Léontine et avait de la moustache ! »

Lorsque nous avons téléphoné à Audrey pour la rassurer, j'ai eu l'impression que nous nous mentions à nous-mêmes, qu'en quelque sorte, nous nous cachions derrière la moustache de Léontine…

« Ma pauvre vieille, si tu commences à te faire du mouron pour tes petits-enfants, je me demande quand tu auras fini », remarque Diane.

J'ai la réponse : « Jamais. »

CHAPITRE 7

La drôle de voiture – blanche et or avec des phares comme des yeux de gastéropode – s'est annoncée par un bruit d'hélicoptère vers deux heures trente de l'après-midi. Nous avions attendu le fameux Boris jusqu'à une heure, après quoi Grégoire, ayant jugé le sursis suffisant, s'était d'autorité installé à table. Nous en étions au fromage.

Charlotte s'est levée en poussant le cri de la femelle énamourée : « C'est lui ! » En un éclair, tout le monde était dans la cour, moins Grégoire pour qui déguster un camembert est un acte que l'on n'interrompt qu'en cas d'extrême urgence.

De cette voiture – celle de la reine d'Angleterre : une Daimler – a jailli un grand jeune homme d'une quarantaine d'années, aux cheveux longs retenus par un ruban, vêtu de cuir noir et de soie fuchsia. En sont également descendus un adolescent d'une quinzaine d'années et une fille un peu plus jeune qui a aidé à mettre pied à terre, avec des précautions de mère, un petit garçon au visage livide mangé par d'immenses yeux de velours noir, *made in* Georgia.

Lorsque Charlotte et Capucine ont bien voulu se détacher du cou de Boris, celui-ci, ayant sans mal repéré la doyenne, est venu me baiser la main.

– Madame Babou, veuillez accepter toutes nos excuses pour le retard. Victor a eu de petites misères ce matin : nous avons dû passer par l'hôpital.

Victor ne pouvait être que le petit tout pâle qui tenait à peine sur ses jambes, ce qui ne l'a pas empêché de faire un plongeon vers ma main pour y poser, lui aussi, ses lèvres. Comme l'a fait à son tour Dimitri, l'aîné. La fille, Anastasia, s'est contentée d'une révérence.

– Mes pauvres, vous devez mourir de faim, a compati Charlotte.

Nous sommes allés retrouver Grégoire à table. Les présentations faites, il a ouvert une bouteille de vin, j'ai sorti trois serviettes supplémentaires et nous avons recommencé.

Il était quatre heures et nous en étions à nouveau au fromage lorsque la voiture de M. et Mme de Réville, vieille famille caennaise, parents de Jean-Philippe et beaux-parents d'Audrey, s'est arrêtée derrière la voiture de la reine d'Angleterre. Une ondée ayant abrégé leur partie de golf, ils venaient avec un peu d'avance chercher leur petite Adèle. (Ils préfèrent prendre les enfants un à un pour mieux en profiter ! ! !) Ils ont été confus de nous trouver encore à table. Nous avons présenté la famille Karatine sans entrer dans le détail. Le baisemain a visiblement charmé Mme de Réville.

– Avez-vous déjeuné, au moins ? s'est inquiétée Audrey.

Ils s'étaient contentés d'un pain au chocolat et n'ont pas dit non à un peu de fromage, ni à ce qui répandait cette délicieuse odeur caramélisée. Ne s'agissait-il pas d'un *crumble* aux pommes, comme les faisait si bien autrefois la gouvernante anglaise de Mme de Réville ? Grégoire a ouvert une autre bouteille de vin, j'ai sorti deux serviettes supplémentaires et la fine fleur des fromages à croûte fleurie non pasteurisés a circulé de nouveau.

Il est cinq heures.

Voilà plus de deux cent minutes que nous sommes assis autour de cette table. Commencé à neuf convives – petits inclus – le repas se poursuit à quinze. Les garçons vont et viennent. Capucine et Adèle écoutent, apparemment fascinées, Anastasia leur faire un cours de je ne sais quoi, où il s'agit de « demis » et de « lits ». Après le récit, plutôt drôle, des campagnes publicitaires de Boris, nous avons droit à celui – soporifique – du parcours de golf des Réville. Comment Grégoire survit-il ? Je le soupçonne de jouer les Michael Jackson : il s'est enfermé dans son caisson sensoriel. Il y respire l'air pur d'îles lointaines. D'ailleurs, sa tête dodeline.

Il s'endort sous les palmiers. Moi, je n'en peux plus, j'étouffe, j'explose. Après avoir posé, sous les applaudissements, le dessert de la gouvernante anglaise sur la table, je m'éclipse discrètement.

Dehors, la pluie a cessé, le vent mouline de savoureuses odeurs de terre et d'herbe mouillées, d'humus, de mer. Délice de marcher seule dans la paix retrouvée, s'en emplir, s'y fondre. Je ne m'arrête qu'au bout du jardin que je voudrais cent fois plus long, au grillage qui nous sépare du champ d'un fermier qui, parfois, y met quelques chevaux, ou une vache que les petits gavent de tout ce qui leur tombe sous la main. Ainsi avons-nous découvert que les chevaux avaient la passion des artichauts crus.

J'ai envie de me cacher derrière ce bouquet de noisetiers, de grimper dans les branches de cet arbre comme je le faisais, petite, pour espionner les grandes personnes.

Je n'ai plus envie d'être une grande personne.

Un jour, *Maison*, je t'ai vue et j'ai dit : « C'est toi ! » Je ne savais pas qu'en même temps, je disais : « C'est eux. » Que, dans les « eux », viendraient s'ajouter trois nouveaux enfants. Je vais être une « belle-grand-mère » et ma fille, belle-mère d'un garçon de quinze ans !

Boris et Charlotte ont décidé de se marier au printemps prochain.

Elle bruit, *La Maison*, elle bourdonne, elle me dit que la vie est belle, que la vie est lourde, que j'ai bu trop de vin car, sans avertir, mes yeux se voilent en pensant aux manquants, à ce geste qu'a eu Dimitri durant tout le repas, de repousser une mèche sur son front, exactement comme le faisait Thibaut. Grégoire l'a-t-il remarqué ?

Depuis combien de temps n'a-t-il pas donné de nouvelles, notre fils ? C'est le seul secret important que j'aie pour Grégoire : de loin en loin, Thibaut m'écrit par l'intermédiaire de ses sœurs. Cent fois j'ai été sur le point de l'appeler. Cent fois j'ai rêvé que je prenais l'avion et filais là-bas. Mais comment agir ainsi sans blesser irrémédiablement le père ? Et, d'une certaine façon, le trahir ?

Plus de nouvelles depuis deux mois. Thibaut a-t-il « fait son deuil » de nous, ainsi que disent les psy ? A-t-il adopté la famille de sa danseuse ? À quoi ressemble ce petit-fils – Justino – dont je n'ai jamais eu qu'une horrible photo de babouin savant en dentelles ?

N'espère pas me voir faire mon deuil de toi, Thibaut ! Jamais ! Je t'aime. Et ce que je gagne avec ma peinture, que je thésaurise comme une vieille avare, est peut-être bien pour le jour où j'aurai le courage de filer te voir, quelles qu'en soient les conséquences.

– Babou... Babou...

Deux petites filles galopent vers moi, criant je n'entends quoi pour ne pas perdre de temps surtout, parce que c'est passionnant, la vie et tout ce qui s'y passe. Les voilà, à bout de souffle, dans mes jupes – pardon, mon pantalon. « Maintenant, mes chéries, vous allez répéter. Je n'ai rien compris à ce que vous disiez ! »

– Babou... Vincent vient d'arriver. Et devine avec qui ? MELCHIOR !

À leur stupéfaction, leur immense plaisir, je me laisse tomber sur l'herbe, bras en croix, faisant la morte de rire. Vincent ! L'ex-mari de ma Charlotte et son tout nouveau-né ! Il ne manquait plus qu'eux.

– C'est sa semaine, tu te rappelais pas ? me demande Capucine, une pointe de reproche dans la voix.

Un dimanche sur deux, Vincent vient récupérer sa fille ici. Car, bien que la nôtre l'ait jeté, il continue à nous aimer et nous le lui rendons. Nous n'avions vraiment rien à lui reprocher au délicieux Vincent, qui n'avait comme seul défaut que d'être trop gentil, trop classique et de barber Mururoa. Nous avons assisté à son remariage et, si je ne me trompe pas, Melchior ne doit guère avoir dépassé une quinzaine de jours. Sans doute a-t-il voulu le présenter au plus vite à « Babou ». Charlotte lui a-t-elle présenté Boris ?

– Dis, Babou, quand est-ce qu'on lui plantera son chêne à Melchior ? demande Capucine en montrant notre vert jardin d'enfants.

Tout le monde est au salon autour du plateau du café puisque le repas est enfin terminé. Une chance qu'on n'en soit pas aux croissants du petit déjeuner. Lorsque j'entre,

Grégoire capte mon regard et, un doigt sur les lèvres, un œil sur Boris et Charlotte, il m'indique fermement que, pour les nouveautés, nul n'a été mis au courant. On se tait ! Bon.

Mais on ne perd rien pour attendre car, dans quelques instants, nous allons comprendre ce qu'Anastasia, durant le second service, expliquait de si passionnant aux petites. Cela advient après que Mme de Réville, penchée sur Melchior, en un louable effort de modernité, déclare à Capucine :

– Quel ravissant petit frère tu as !

Capucine se concentre un instant :

– Melchior n'est que mon demi-frère, rectifie-t-elle. Elle désigne son inspiratrice : Comme Anastasia, Dimitri et Victor qui seront bientôt mes demis aussi.

– Tu comprends, grand-mère, enchaîne Adèle avec le respect dû aux très vieilles personnes dont les fusibles sont prêts à sauter, Capucine est du premier lit, comme Anastasia, Dimitri et Victor. Mais Melchior, lui, est du second lit.

– Et le bébé de maman, reprend Capucine en montrant le ventre de Charlotte sera du second lit aussi mais il faut tous s'aimer autant et ça fera plein de cousins et cousines en plus, c'est extra.

Tim et Gauthier s'étouffent de rire. Le silence qui s'est abattu du côté des adultes ne semble pas troubler les inséparables.

– Et toi, grand-mère, de quel lit es-tu ? demande en conclusion Adèle à Mme de Réville.

Ainsi furent annoncés l'état intéressant de Charlotte et ses fiançailles avec Boris.

Avant que tout le monde regagne ses pénates – il était presque sept heures –, Tim a voulu prendre une photo avec l'appareil reçu en cadeau de Noël. Boris s'est chargé de la mise en scène. Premiers et seconds lits, demis et entiers se sont allégrement mêlés au gré des tailles.

Autrefois, à ceux qui avaient du mal à sourire devant un objectif, on conseillait de dire *cheese*. Adèle nous a appris qu'aujourd'hui, pour que la photo soit réussie, que tout le monde ait l'air joyeux et l'œil brillant, il suffisait de crier, en articulant bien : « OUISTITI SEXE. »

CHAPITRE 8

Le silence ! Ah, le silence ! Envolés les cris, rires, pleurs, appels. Finis les tonitruants « BABOU ! » Plus de « Arrête, tu me fais mal », d'enfants apprenant la vie, de marches d'escalier martyrisées, de portes claquées.

Le délicieux silence.

Ah, le temps ! De prendre son temps, le perdre, le gaspiller, mijoter en musique dans une baignoire, rêver à sa fenêtre, plonger dans un roman, s'asseoir devant un coffre à bois en cherchant la meilleure façon d'y placer l'étincelle qui éclairera la vie d'une jeune mariée et alimentera un jour ses souvenirs. Du temps à ne revendre en aucun cas, à garder égoïstement pour soi.

Silence, temps, espace : certains jours, cela fait de moi une femme de luxe.

Être grand-mère, c'est formidable. Se retrouver seule, c'est extra. Les enfants tout le temps, quelle galère ! Les enfants jamais, quelle tristesse ! Les enfants modérément : la moyenne impossible à trouver.

« Quand je rencontre une femme de nos âges, le teint blafard, la mèche triste, croulant sous les cabas, je sais : c'est une grand-mère », déclare Diane-Résidence.

Lundi matin, j'ai fait tourner cinq machines : une à laver la vaisselle, deux à laver le linge et deux à le sécher. J'ai rangé l'armoire aux trésors, remettant chaque jouet dans sa boîte, chaque boîte à sa place, sachant que dans l'heure, samedi prochain, tout serait sens dessus dessous. Il y a un âge où les jouets n'intéressent que pour être réduits en salmigondis. J'ai récupéré chaussettes et mouchoirs sous les lits, aéré les chambres. Il me semblait que *La Maison* aussi se détendait, reprenait souffle : « Ta maison de fous », avait déclaré hier Grégoire après le départ de la smala, mais, cette fois, m'épargnant le « Joséphine ». Devant tant de mansuétude, j'avais risqué : « Et Boris, qu'est-ce que tu en penses ? » Réponse inouïe : « Le jour où il acceptera de couper sa queue de cheval, il fera un gendre acceptable. »

Mine de rien, nous évoluons.

Moi, je sais quand je me suis mise à aimer mon futur nouveau gendre. C'était à table, second service. Victor-le-pâle expliquait à Timothée pourquoi il avait dû « faire halte » à l'hôpital : il avait des reins déficients. Chaque semaine, on lui faisait un grand nettoyage de sang, mais, attention, quand il aurait son rein neuf, alors il pourrait vivre comme tout le monde.

Tandis qu'il parlait, j'ai surpris le regard de son père pour lui : ardent, tendre. On se fout de la queue de cheval : Boris est un homme de cœur !

Il était plus de midi et je me faisais belle avant d'aller rejoindre mes « Grâces » à Caen pour notre déjeuner existentiel hebdomadaire, lorsque nos voisins ont débarqué, la mine catastrophée. Venaient-ils se plaindre des voitures qui n'avaient cessé de passer devant leurs fenêtres hier, jour du Seigneur ? Pas du tout. Ils nous ont raconté comment cette nuit, durant leur sommeil, des cambrioleurs s'étaient introduits chez eux et avaient pillé leur maison : tableaux, argenterie, et même leur précieuse pendule Empire. Tout avait disparu.

– Et vous n'avez rien entendu ? s'est étonné Grégoire.

– Rien.

Ils avaient constaté le désastre en se réveillant ce matin. « Il paraît que nous avons eu de la chance, a soupiré Mme Lelièvre. Ils n'ont rien dégradé. »

Venue aussitôt pour le constat, la police leur avait appris que, chaque jour, plusieurs cambriolages avaient lieu dans la région, pas forcément le fait de professionnels, parfois tout simplement des jeunes qui montaient ainsi leur ménage. Lorsque les malfaiteurs étaient pris, ils risquaient tout au plus quelques mois de prison. Il y avait très peu de chances que les objets des Lelièvre soient retrouvés. Ils n'avaient plus qu'à faire marcher leur assurance.

Je regarde ces pauvres gens dont on a pillé les quelques biens, ces gens « rangés » comme on dit, qui, de leur vie, n'ont pas dû voler un centime et à qui la police, la société avouent leur impuissance. Question : Aurait-il mieux valu qu'ils surprennent leurs voleurs au risque de se retrouver estropiés, peut-être pire, ou doivent-ils remercier le Ciel de n'avoir rien entendu ? Réponse catégorique de mon Commandant de Vaisseau, mon braveur de tempêtes, mon défendeur de *Jeanne* : « Réjouissez-vous d'avoir continué à dormir. »

PAS D'ACCORD !

Je le lance à Grégoire une fois nos voisins partis. Voudrait-il aussi que les Lelièvre remercient leurs cambrioleurs de n'avoir pas mis le feu chez eux avant de s'en aller ? Je marche dans le salon, pleine de révolte, du « c'est pas juste » des enfants. C'est pas juste de ne plus pouvoir dormir tranquille chez soi, de ne plus être protégés par ceux dont c'est le métier. C'est pas juste que les gendarmes, lorsqu'ils arrêtent les voleurs, souvent au péril de leur vie, sachent qu'ils seront presque aussitôt relâchés. Moi, je ne suis pas d'accord pour que des gens, quelles que soient leurs bonnes ou mauvaises raisons, avec excuses ou non, s'introduisent chez moi pour prendre la glace à bords dorés où, le matin de ses noces, ma mère s'est regardée dans sa robe de mariée, soudain saisie d'angoisse, se disant : « J'y vais ou j'y vais pas. » Cette glace, je m'y vois ! Pas d'accord pour que des vampires viennent fourrer leur sale museau dans mes souvenirs, leurs pattes dans mes tiroirs, mes joies, mon passé et « merci de ne pas m'avoir réveillée, torturée, merci Assurance, merci mon Dieu »...

Grégoire me regarde d'un œil rond, surpris par mon indignation.

– Mais qu'est-ce qui te prend ? On dirait que c'est à nous que c'est arrivé ?

– Ça sera à nous demain ! Et si tu te résignes à l'avance,

autant mettre tout de suite l'annonce sur la porte : « Entrez, servez-vous et surtout ne nous réveillez pas. »

– Veux-tu que je fasse poser une alarme ? propose-t-il. Ce qui est embêtant c'est qu'il paraît qu'au moindre coup de vent, ça hurle.

– C'est dans ta cervelle que je la veux, l'alarme. On t'attaque ? Tu te défends. La résignation, c'est la fin de tout. Moi, j'aurais préféré me réveiller.

– Et qu'aurais-tu fait ?

– Je les aurais massacrés.

Il rit. Pauvre marin ! Ce que tu ignores c'est que, tel que je te vois, si je le décide, tu es déjà par terre. Mais sourions, restons calme puisque la première règle du Samouraï, la plus longue à m'entrer dans la tête aux dires du souriant M. Khu, est de se maîtriser. L'esprit et non la colère doit guider le geste. Il s'agit, en toute circonstance, de garder la tête froide.

CHAPITRE 9

Le corps encore chaud ?

Je sors de chez le médecin : celui qui, selon mon poète de mari, s'occupe de la « tuyauterie féminine ». La tuyauterie tient le coup : merci chères hormones ! Pour cette visite, politesse oblige, je me suis faite belle. Dans la rue, je me sens plus légère qu'à l'aller, soulagée. Le contraire de ceux qui, autrefois, lorsque cette voie s'appelait la rue « Monte à regret », marchaient vers le pilori. Analyses diverses, mammographie, tout est bon, ouf ! Pas encore pour moi l'injuste torture du cancer à laquelle ont été déjà condamnés par le destin plusieurs de mes amies.

Il n'est que quatre heures et je musarde dans les rues piétonnières de ma vieille ville. Elle en a tant vu, la pauvre. Certains disent que Caen vient de « cadomum » qui veut dire « champ de combat ». Ça lui va bien. Comme j'aurais aimé la connaître lorsque toutes ses maisons ressemblaient à celles-ci, mêlant gothique et Renaissance, naïfs personnages de saints à langoureuses sirènes sous les faîtages pointus comme coiffes de paysannes déguisées en gentes dames.

« Et avec votre mari, ça se passe comment ? » a demandé le docteur Favre. Ma réponse : « Paisiblement », nous a fait rire tous les deux. Au bout de trente-sept ans de mariage, peut-il en être autrement ? Quand bien même utiliserais-je toutes les ruses conseillées par les magazines féminins et Grégoire ferait-il des orgies de corne de rhinocéros, nous ne retrouverons jamais le temps où nos corps étaient aimantés. C'est comme ça ! Parfois ça pince, puis on oublie.

Je m'arrête devant une vitrine de vêtements féminins. Jolie, cette robe ! La classique petite noire toute simple. Depuis combien de temps n'ai-je cédé à la coquetterie ? L'ennui avec toi, *Maison*, c'est que je te choisis à tous les coups. Plutôt une paire de draps, une nappe, qu'un vêtement non indispensable pour moi.

M'irait-elle ? De la taille quarante-deux j'ai grimpé jusqu'au quarante-quatre mais j'ai encore une taille. On dirait de la soie. Je me penche pour en voir le prix. C'est alors que cela m'arrive. Derrière mon épaule, une voix masculine constate : « Elle vous irait à ravir ! »

Cheveux blancs mais visage encore jeune, distingué, l'homme me sourit. Bêtement, j'interroge : « Nous sommes-nous déjà rencontrés ? » Air indigné du monsieur : « Si tel était le cas, madame, croyez-vous que je vous aurais oubliée ? » Puis, me montrant la vitrine, il demande : « Qu'est-ce qui vous ferait plaisir ? »

Je le regarde bien en face, je réponds : « TOUT », puis, dignement, droite comme ma conscience, je passe mon chemin. Il ne me suit pas : quel tact !

Et tandis que je redescends vers la place Saint-Sauveur, mon cerveau entre en ébullition. J'ai passé l'âge de la traite des blanches, il n'a plus celui de jouer les maquereaux, je dois me rendre à l'évidence : ON M'A DRAGUÉE… J'ai suscité, en pleine rue, le désir d'un homme, c'est fabuleux, je me sens femme, je vole !

Il est six heures du soir à *La Maison*. Pieds au feu, tout en parcourant son journal, Grégoire me raconte sa journée. En plaçant au bon moment le mot « squaw », il a coiffé tous ses copains au poteau. Ils ont tiré au sort le « sacrifié », celui qui, à l'issue de la fameuse rencontre à Granville – après-demain, jeudi – restera sobre afin de ramener toute la troupe à bon port. Le sort ne l'a pas désigné : son jour de chance !

Soudain, je m'entends proposer :

– Et si on se prenait une petite semaine tous les deux ?

Le journal descend, les lunettes se relèvent sur le front :

– Se prendre une petite semaine ? Que veux-tu dire exactement, ma chérie ?

– Eh bien, on part droit devant nous. On se balade, on visite.

Pas forcé d'aller loin. Le soir, on s'arrête dans une auberge à feu de bois. On dîne à la chandelle…

Silence ! Il fait peine à voir, mon mari, à chercher l'inspiration dans les dessins de ses babouches africaines. Quelle mouche a donc piqué la squaw ? Pourquoi veut-elle aller chercher ailleurs et payer très cher une flambée qu'on lui offre gratuitement sous la tente du Grand Chef ? Si cela peut lui faire plaisir, ce soir, on mettra des chandelles sur la table !

– Tu n'es pas bien ici ?

– Mais si, merveilleusement bien, ce serait juste pour changer, se retrouver tranquilles juste toi et moi.

– On n'est pas tranquilles toi et moi ?

Si ! Non ! À la fois trop et pas assez. « Qu'est-ce qui vous ferait plaisir ? », m'a demandé cet après-midi même un homme très séduisant, soudain pris d'une pulsion furieuse à mon égard. Et j'ai répondu « TOUT », comme ça, d'instinct.

TOUT.

Pas seulement la petite robe noire dans la vitrine, mais aussi avoir dessous un corps que l'on devine, que l'on désire. Il me ferait plaisir de flamber encore un peu avant que ça soit fini, de n'être plus seulement l'épouse, la mère, la grand-mère. Je n'en reviens pas moi-même de la tempête qu'ont soulevée en moi ce regard masculin, cette simple phrase. Ils ont été chercher au plus profond de ma mémoire d'anciennes délicieuses sensations. Tout à coup, je n'ai plus été transparente aux yeux des hommes. J'ai existé !

« Ça t'apprendra à ne vivre qu'en jean et pulls informes, dirait Diane. C'est quand même curieux, Marie-Rose et toi, vous vous habillez comme lorsque vous aviez vingt ans. Vous n'avez pas encore compris que nous avons l'âge de la soie, la dentelle, le clair-obscur, voyez Colette ! Comment croyez-vous qu'elle séduisait encore à plus de quatre-vingts ans ? »

Colette ? Il faudra élucider ça. En attendant, réfléchissons à notre cas. Et lucidement surtout. Le jean, les pulls informes, cette tempête… Aurais-je peur de vieillir ? Eh bien, non ! Je me sens mieux qu'hier dans ma peau et ma tête. Je suis ravie d'être grand-mère et vois venir sans appréhension le jour où je pourrai dire à Audrey : « Ma fille, va dire à ta fille, que la fille de sa fille pleure. » Mais cela n'empêche... C'était rudement bon les dents de la convoitise autour de ma beauté. Il faudra que j'en parle à Marie-Rose.

Mais, elle, à la question de mon inconnu, elle aurait été fichue de répondre : « Vous. » Alors que je me suis contentée de me précipiter dans la première parfumerie venue pour y acheter le plus gros flacon de sels de bain parfumés, « Évasion ».

– Veux-tu m'accompagner à Granville ? propose gentiment Grégoire. Maurice emmène son épouse, vous pourrez vous promener pendant que nous jouerons.

Je souris à mon mari : c'est avec lui que je voudrais d'enivrantes promenades, pas avec la femme de Maurice.

– Je te remercie, on n'y pense plus, c'était juste une idée comme ça.

Peut-on obliger un homme à vous enlever alors qu'il vous a à domicile ?

Soudain, il fronce les sourcils, dresse l'oreille :

– Tu n'as rien entendu ?

Si ! Au même moment que lui : un pas dans la cuisine. Elle donne sur la cour et nous ne la fermons à clé qu'au moment d'aller nous coucher. Un pas et personne n'a crié, selon la règle : « C'est moi. »

Nous nous levons d'un même mouvement : traumatisme Lelièvre ?

– Laisse, j'y vais, chuchote le Pacha en s'emparant mâlement de la pince à feu.

Mais il n'a pas le temps d'y aller. La porte du salon s'ouvre sur un petit garçon en pleurs. Il se jette dans nos bras. Timothée.

CHAPITRE 10

Vous lisez ça dans les journaux. On vous en parle à la radio ou à la télévision, vous vous indignez : « Ce n'est plus possible, cela ne peut durer »… le genre de phrase qui n'engage à rien. Au fond, vous n'êtes pas vraiment touchée, c'est loin !

Et puis un soir, c'est là ! Votre petit garçon, la chair de votre chair, la fragilité même, l'innocence, est menacé. Et d'un seul coup, la voilà envolée votre belle petite tranquillité. Et les clichés les plus éculés deviennent de brûlante actualité : le monde bascule, vous ne serez plus jamais tout à fait la même. C'est que vous êtes touchée au plus profond : dans la confiance que, malgré tout, vous portiez à la vie.

Deux « grands » du lycée de Timothée fourguaient de la drogue aux élèves, s'attaquant de préférence aux plus jeunes, leur offrant, gratuitement pour commencer, de « l'herbe » afin de mieux les entraîner après dans l'irréversible. Lorsqu'ils en avaient proposé à Tim, celui-ci les avait engueulés. Depuis, on le menaçait. « Si tu parles au lycée, gare à ta belle petite gueule de bourgeois », « Si tu caftes à la maison, brûlée la voiture neuve de ton père. » Ils connaissaient l'adresse de la famille. Ils savaient dans quelle école était Gauthier.

Tim avait peur. Tim avait honte lorsqu'il voyait les deux dealers continuer leur trafic sans rien pouvoir faire. Ce soir, après de nouvelles menaces, il s'était réfugié chez nous.

Nous avons commencé par le réchauffer. De l'arrêt du car – sur la route nationale – à notre bout de chemin creux, il y a vingt bonnes minutes de marche et, dans la soirée, la pluie s'était mise à tomber. À présent, assis sur le canapé, devant une belle flambée, un chocolat chaud à portée de main, il regarde le Pacha arpenter le salon, faire le quart, sa façon d'exprimer sa colère ou son désarroi.

– Ces grands, ils font partie de ton collège, dis-tu ? Tu connais leurs noms ?

– Tout le monde les connaît. Ils s'appellent Hugues et Aimé. Ils sont en terminale G. Aimé a agressé le prof d'anglais, il a été viré pendant huit jours. Après il est revenu et c'est le prof qui est parti. Hugues, c'est son copain.

– Sommes-nous les premiers à qui tu en parles ?

Il acquiesce. La demie de six heures sonne. Je sursaute :

– Dis-moi, Tim, ta mère, elle sait que tu es là ?

Il fait « non » de la tête.

– Mais elle doit s'inquiéter !

– Je l'appelle, décide Grégoire en allant décrocher l'appareil.

– Ne lui dis rien ! crie Tim.

Le grand-père suspend son geste, regarde le visage chaviré de son petit-fils et incline la tête.

« Ne lui dis rien... » Tim a été élevé dans le dialogue. Aucun sujet tabou chez lui. Il peut parler de tout, assuré d'être écouté, entendu. « Ne lui dis rien... »

« Ne dis pas à ma mère que je suis menacé, que j'ai peur. Ils se vengeraient sur moi ou sur Gauthier. N'avertis pas mon père : ils brûleraient sa voiture. »

C'est bien simple : Timothée ne fait plus confiance aux grandes personnes pour le protéger. Les histoires où les bons sont récompensés et les méchants punis ? Du vent pour les bébés ! Dans la réalité, ce n'est pas Tintin qui est le plus fort mais l'affreux Rastapopoulos. Les Dalton possèdent Lucky Lucke, les violents gagnent. La preuve ? Aimé est toujours au collège, c'est le prof d'anglais qui est parti. « Si l'on rattrape les malfaiteurs, au pire ils écoperont de quelques mois de prison, ont avoué les policiers aux Lelièvre. Faites marcher l'assurance. »

Timothée n'est pas assuré contre les coups des salauds qui le menacent. Les petits à qui ils vendent de la drogue ne sont pas assurés contre ses méfaits.

Sur un décontracté : « On vous embrasse », Grégoire a raccroché et revient vers nous. Il se penche sur la joue de son petit-fils :

– De la part de ta maman. J'ai dit que je passais par là, que j'avais été te chercher. Je me suis fait gronder : elle commençait à s'inquiéter.

Les larmes coulent sur la joue de Tim.

– Alors, que proposes-tu ? demande le Pacha d'une voix enrouée.

– Je ne veux plus aller au lycée, sanglote l'enfant. Je veux rester ici avec vous.

Ma gorge est de plomb, mon cœur bat à grands coups sourds. Je voudrais prendre Tim contre moi, en moi si je pouvais. Mais c'est Grégoire qui a raison lorsqu'il lui parle « d'homme à homme ».

– Résumons la situation. Ils ont l'adresse de tes parents et te menacent de représailles si tu les dénonces. Tu n'as parlé de cette histoire qu'à nous, alors c'est nous qui allons agir, conclut Grégoire, et béni soit-il pour ce « nous ». Ton collège doit être averti au plus tôt de ce qui se passe.

– Non ! crie Tim avec terreur.

– Écoute-moi, insiste le grand-père en s'accroupissant devant son petit-fils avec de sinistres craquements de vertèbres. Puisque tes deux... terminales G ignorent tout de notre existence, je ne vois pas comment ils pourraient savoir que tu as parlé.

À condition que le secret de notre visite soit gardé.

Tim tourne vers moi un visage implorant.

– De toute façon, on ne peut pas laisser les choses continuer comme ça, tu es bien d'accord ? dis-je avec la plus grande fermeté alors qu'une angoisse folle m'étreint. Ce qu'il faut, c'est que ces types soient pris en train de vendre leur camelote. En plus, songe que d'autres parents ont pu se plaindre...

– Mais Babou, ils ont des rasoirs... murmure-t-il.

Je vois les yeux de Grégoire s'obscurcir. Depuis combien de temps n'avaient-ils eu ce beau bleu dur ? Vent debout ! Le Commandant est sur le pont.

– Nous prenons les choses en main, décide-t-il d'un ton sans appel. Toi, tu vis ta vie sans plus te soucier d'eux. Ni de nous. La seule chose que je te demande, ajoute-t-il, est de tout raconter à tes parents quand les choses auront été réglées. On se fera tous passer à la moulinette mais tant pis.

La dernière phrase a tiré un sourire à Tim et le « quand les choses auront été réglées », proféré comme une évidence, semble l'avoir apaisé. Il ne voit pas, comme moi, le geste qu'a Grégoire de chercher dans sa poche une pipe qui ne s'y trouve plus depuis belle lurette et qui, soudain, me fait penser aux « doudous » que traînent partout avec eux les enfants pour se rassurer. Pipe-doudou ? Je me lève.

– Si on passait aux choses sérieuses ? Tu viens m'aider à préparer le dîner ?

Main dans la main, nous prenons le chemin de la cuisine. Il lève vers moi son visage où brillent des restes de larmes.

– Babou… est-ce qu'on pourra avoir des nouilles à la tomate avec du fromage et des lardons ?

C'est lui qui a râpé le fromage et fait revenir les lardons. Nous avons mis le couvert ensemble. Faire marcher ses mains, agir : le meilleur antidote à l'angoisse. Pendant le dîner, il nous a interrogés sur Victor, le fils de Boris, même âge que lui. Timothée voulait en savoir plus sur la maladie des reins dont il souffrait. Victor bénéficierait-il un jour, ainsi qu'il l'espérait, d'un rein tout neuf qui lui permettrait de vivre comme tout le monde ?

Grégoire lui a expliqué que l'on manquait de donneurs, surtout de jeunes donneurs. Il est cruel de demander à des parents, sous le choc de la perte d'un enfant, d'accepter un prélèvement.

– Victor m'a dit : « Puisque mon nom c'est presque Victoire, j'en trouverai forcément un », nous a raconté Tim. Et il a remarqué : Il est si gai quand même…

– C'est le courage ! ai-je répondu et il a baissé la tête comme s'il se sentait attaqué.

Lorsque cette histoire serait réglée, il nous faudrait aussi lui redonner confiance en lui-même.

Par faveur spéciale, il a été autorisé à se servir de notre baignoire et j'ai ouvert pour lui le flacon de sels parfumés « Évasion » acheté cet après-midi. Cet après-midi, vraiment ?

Avais-je bien, il y a quelques heures, été draguée par un inconnu dans une rue de Caen ! À la fois, la grand-mère devait se le répéter pour y croire et la femme en tirait, malgré tout, une chaleur réconfortante.

– Il accepte de retourner en classe demain, m'a annoncé Grégoire après être allé l'embrasser dans son lit. Il veut que tu ailles lui dire bonsoir. Surtout, reste calme. À part ça, je ne sais pas ce que tu lui as mis dans son bain, mais il sent furieusement la cocotte.

Lorsque je suis entrée dans sa chambre, Tim révisait sa leçon d'histoire de France et la vue de ce petit garçon qui ne demandait qu'à travailler et que nous avions, à tort, soupçonné de paresse, m'a retourné le cœur. Ils en étaient aux Croisades, les chevaliers.

– Te souviens-tu de notre secret ! lui ai-je demandé. Au Samouraï, on nous apprend qu'en chacun de nous un chevalier sommeille. Le danger le réveille. Il sait regarder sa peur en face et la transformer en force pour vaincre l'adversaire.

Il m'a tendu ses bras et, serrant contre moi ce chevalier fragile, jeté avec ma collaboration et celle de Grégoire dans une société où la violence et la laideur avaient trop souvent raison de l'âme, je me suis sentie prête à tout pour mériter l'élan qui l'avait poussé vers *La Maison*.

… et le convaincre que pour les braves, la vie, malgré tout, valait le coup d'être vécue et qu'à la lumière des grandes causes le monde restait beau.

« Apprenez à mieux vous connaître », ne cessait de me répéter le lumineux M. Khu. « Surtout, reste calme », m'avait recommandé Grégoire, il y a un instant. J'ai respiré à fond puis j'ai reposé Tim sur son oreiller.

– Dors bien, Cœur de Lion, ai-je dit.

Sa joue sentait bon mes sels parfumés, et j'ai su que l'odeur de « cocotte » imprégnerait à jamais pour moi le souvenir de cette journée.

CHAPITRE 11

« Rassure-moi », vient de me dire Tim en se jetant dans mes bras. « Rassure-moi », me demande le regard incertain de Grégoire par-dessus les lunettes de lecture.

Nous sommes au lit. J'ai éteint de mon côté, lui garde encore sa lampe allumée.

– Audrey nous fait tellement confiance ! soupire-t-il. Elle ne s'est même pas étonnée lorsque je lui ai dit que j'étais allé chercher Tim à son collège sans l'en avoir avertie. Elle a cru que c'était pour « l'étudier » à nouveau. Elle m'a même remercié, tu te rends compte ? Elle m'a dit merci, à moi...

... Moi, l'hypocrite, le dissimulateur ? Rassure-moi... Il retire ses lunettes, les range dans leur étui qu'il pose sur sa table de nuit, attention, pas n'importe où, dans un coin précis, près de son livre. Il y a les jours où ces petites manies m'horripilent et ceux où elles m'attendrissent. Nous sommes jour de tendresse.

– Aller voir le principal de son collège sans prévenir les parents, nous sommes complètement fous. Si Jean-Philippe ne nous le pardonnait pas, je le comprendrais.

– Que veux-tu faire d'autre puisque Timothée nous interdit de leur parler ? Écoute, on va régler ça en vitesse et après on leur dira tout. Tu verras, ils comprendront.

– Ils comprendront ? Je demande à voir... Et qui sait s'ils n'auraient pas une meilleure idée que la nôtre ?

– Je ne vois pas laquelle. Nous n'avons pas le choix.

– Tu crois vraiment ?

– VRAIMENT !

Mais j'ai beau avoir claironné, je suis soulagée lorsque Grégoire éteint. À force, lui aussi a appris à lire dans mon regard lorsqu'il s'en donne la peine. Il pourrait y lire depuis que la maison a retrouvé son calme et que notre petit garçon ne sanglote plus, que moi aussi je trouve énorme de laisser Audrey et Jean-Philippe en dehors de cette sale histoire. Eux surtout ! Ils sont de ces parents bénis des enseignants, assidus à toutes les réunions de classe, désireux de participer à chaque décision importante. Contrairement à Mururoa qui, elle, serait plutôt du genre à faire confiance à la nature, Audrey a des idées bien arrêtées sur l'éducation de ses petits, parfois même un peu figées à notre avis. Mais l'une de nos règles d'or est que les grands-parents n'ont pas à intervenir dans ce domaine : chacun élève les siens comme il veut. Comme il peut.

– Dur-dur, les petits mousses... soupire Grégoire.

– Tu aurais mieux fait d'épouser ta *Jeanne* ! Avec elle tu ne courais pas grand risque, dis-je pour le faire rire.

Mais c'est raté ! Je n'obtiens qu'un soupir de plus. S'y voit-il, sur sa *Jeanne*, au creux des bras berceurs de la mer ? Mes lèvres cherchent sa joue. Comme d'innombrables hommes à cette heure de la nuit, il glisse son bras sous mes épaules. Ainsi que d'innombrables femmes le font en réponse, je pose ma tête au creux de son cou. L'odeur de cette peau, son grain, cet osselet sous mes lèvres, c'est du par cœur. On dit que le désir naît du mystère, la tendresse viendrait-elle de la clarté ? Et l'amour, alors ? Où es-tu l'amour ? Mais ce n'est pas le sujet du jour.

– Sais-tu que cette rencontre à Granville, je n'ai plus du tout envie d'y aller ? déclare celui que j'aime. (Je ne sais plus de quelle façon, mais sûr, je l'aime, en tout cas chaque fois que je n'ai pas envie de le couper en morceaux.) Je me demande si je ne vais pas décommander ! ajoute-t-il.

– Et ton équipe ? Voilà six mois que vous vous entraînez. Tu ne vas pas les lâcher maintenant ? Et je ne vois pas ce que cela changerait. Demain, le collège sera averti. Ton principal prendra les choses en main. La drogue, ce n'est quand même pas rien. Ils vont le sentir passer, Hugues et Aimé !

– Je me demande à quoi ils ressemblent… s'interroge Grégoire.

… À ces garçons vus cent fois à la télévision : pleins de sève mais qui, sans tuteurs, sans garde-fous, sans boussoles, ne savent s'exprimer que par la violence : ces enfants que des parents paumés ont mis sur terre et puis voilà, va comme la vie te pousse ! Des adultes manqués qui jouent aux durs sans savoir que cogner est une façon d'exprimer sa faiblesse.

– À quoi penses-tu ? demande Grégoire.

À M. Khu ! Mais je ne le lui dirai pas. Depuis plus d'une année que je prends ces cours de self-defense, je n'arrive toujours pas à lui en parler. Peur qu'il ne se moque de moi ? S'inquiète ? Surtout la peur qu'il ne se rende pas compte de ce que ce choix a impliqué pour Marie-Rose et pour moi : une autre façon de regarder le monde, eh oui, rien que ça !

« Vous devez savoir sur quel chemin vous vous engagez », nous a averties M. Khu lorsque nous sommes allées le trouver pour exprimer notre désir de faire autre chose que de la gymnastique d'entretien troisième âge. Apprendre à se défendre, c'est sortir la tête de l'aile, accepter de regarder en face les dangers du monde où nous vivons.

« Et vous allez commencer par avoir très peur », avait-il ajouté en riant.

La tête sous l'aile, sûr que cela paraissait confortable. Mais regarder le monde en face, une fois la peur domptée, ça le devient véritablement.

– Je me disais que si ces deux garçons avaient eu des parents comme ceux de Tim, ils n'en seraient probablement pas là. Mais que chercher à les comprendre n'est pas une raison pour baisser sa garde.

– Baisser sa garde… tu as de ces expressions ! remarque Grégoire avec un rire indulgent.

– Je me disais aussi que, même s'ils ont un tas d'excuses, ils n'en sont pas moins des salauds de vendre leur poison à des gamins pour se faire du fric, et que si nous n'agissons pas, c'est nous qui serons les salauds.

Cette fois, Grégoire se dispense de commentaires, mais ses doigts viennent caresser mes lèvres, mes mots ? On dit bien « caresser une idée »… Je caresse bien, chaque soir en m'endormant, chaque soir que Dieu fait, le rêve que Thibaut un jour, oh ! un si beau jour, reviendra. Et sans doute mon Grégoire le caresse-t-il, lui aussi, au plus secret de son cœur, en s'en défendant, de crainte d'espérer pour rien. Mais si nous ne partagions cette même blessure, comment pourrions-nous partager notre vie ? Il me semble que tout ne serait que mensonge.

Les doigts du père de l'enfant égaré descendent le long de mon cou, vienne redessiner ma poitrine. Moi aussi, je suis du « par cœur » pour lui, mais, ce soir, insistant pour que mes seins se dressent, cette main me dit : « Rassure-moi. »

On peut avoir envie de faire l'amour rien que pour se prouver que l'on en est encore capable. On peut sentir se lever en soi une tempête parce que le regard d'un inconnu vous a rappelé que vous étiez encore désirable. Et l'on peut sourire secrètement à l'idée que c'est justement ce jour-là que, pour toutes sortes de raisons, votre compagnon se souvient de vous.

Je tends la main vers ce compagnon. Je sais qu'il l'aime ici, et puis là, et puis comme ça et il me le confirme. La sienne se glisse sous ma chemise. Je la voyais autrefois, cette main rude, comme celle d'un Commandant à qui tous obéissaient, la mer aussi. J'aimais qu'elle sache, pour la sirène, se faire patiente et douce.

Oui, elle était bien en soie, la petite robe noire dans cette vitrine à Caen. Oui, oui, je l'ai revêtue, je suis nue sous elle et lorsque la chaleur monte, oui, oui, mon amour, je m'oblige à garder les yeux ouverts. C'est Grégoire, mon inconnu, qui me rend ce corps d'eau vive et de houle.

Je le rassure.

CHAPITRE 12

Vous avez dompté l'accord diabolique des participes passés. Votre orthographe se porte plutôt bien et vous émerveillez votre descendance en faisant vos comptes plus vite « de tête » qu'avec une calculette... Les années aidant, il vous semble avoir distancé « l'élève moyenne », la « peut faire mieux », trop souvent inscrite sur vos carnets scolaires, pour être enfin devenue le « bon élément plein de promesses » de vos rêves... Et puis vous poussez la porte d'un M. le principal et voilà de retour la gamine à la confiance en soi recroquevillée, obligatoirement coupable devant l'Autorité, le Savoir.

– Je vous en prie, prenez place, dit-il.

Nous nous posons sur le bord de chaises en bois dur, face au bureau derrière lequel trône M. Loison, principal du collège. Il a une cinquantaine d'années, barbe, nœud pap', lunettes. Les poils sombres autour de ses lèvres en accentuent le rose délicat, on les dirait maquillées.

– Que puis-je faire pour vous ?

C'est Grégoire qui parle : prime d'ancienneté. Lorsque cet endroit s'appelait encore « lycée » et M. le principal, « M. le proviseur », mon mari hantait ces murs, les honorant par des résultats prometteurs. Il expose le cas de Timothée calmement, sans fioritures. Lorsqu'il a terminé, Loison garde un moment le silence, les yeux fixés sur ses longs doigts blancs croisés devant lui. Puis il relève la tête.

– Je ne crois pas avoir entendu le nom de l'enfant, dit-il. Seulement celui des élèves à qui il a eu affaire.

Grégoire s'agite sur sa chaise :

– Les élèves en question l'ont menacé de représailles s'il vous avertissait, monsieur le principal. Aussi préfère-t-il garder l'incognito.

– L'incognito? Le regard de Loison se remplit d'incrédulité : Voyons, Commandant, nous ne pourrions tenir compte d'une dénonciation anonyme. Et soyez assuré de notre discrétion.

– Il s'agit de Timothée de Réville, lâche Grégoire à regret.

Lorsque le principal l'inscrit sur une feuille, il me semble avoir manqué de parole.

– Le jeune Timothée est-il certain que c'est bien de la drogue dont il s'agissait?

Il a prononcé le mot à regret, comme s'il brûlait ses petites lèvres roses. Le dos de Grégoire se raidit. Je sens sa déception. J'éprouve la même. Nous escomptions une indignation à hauteur de la nôtre et voilà que cet homme nous regarde comme si nous étions venus l'accuser lui.

– Timothée n'est pas le genre à raconter n'importe quoi, monsieur le Principal, se rebiffe mon mari. Et, si je puis me permettre, l'attitude de ces deux voyous, leurs menaces, montrent suffisamment qu'ils n'ont pas la conscience tranquille. Nous avons appris d'autre part que le dénommé Aimé s'en serait pris, il y a quelques mois, à son professeur d'anglais.

– Terminale G! reconnaît le principal avec un soupir. Hélas! des enfants dont certains connaissent bien des difficultés!

– Des enfants qui, d'après ce que nous avons cru comprendre, sont largement majeurs. Et donc, en principe, responsables de leurs actes, proteste Grégoire en passant le doigt sous son col de chemise, signe que son sang commence à bouillir, ce que le mien fait depuis belle lurette.

Loison a un geste d'apaisement :

– Responsables, vous savez... Mais rassurez-vous, je vais avertir le conseiller d'éducation qui ouvrira une enquête.

– Le conseiller d'éducation? interroge Grégoire.

– Sans doute le connaissiez-vous sous le nom de surveillant général, en d'autres termes « surgé », explique Loison en regardant mon époux comme un émouvant fossile.

– Et cette... enquête prendra combien de temps?

– Nous n'aurions rien à gagner à agir à la hâte, répond le principal. Les garçons dont il est question viennent de quartiers sensibles. Leurs familles sont, en général, derrière eux. En cas de sanctions, des représailles sont à craindre. Pour tout vous dire, un rien peut actuellement mettre un établissement comme le nôtre à feu et à sang.

– Mais vous ne pouvez laisser se poursuivre ce trafic ! s'exclame Grégoire, incrédule. La santé des enfants qui vous sont confiés est en jeu.

– Croyez que nous sommes tous ici sensibles à ce problème, dit le principal d'un air offensé. Je puis d'ailleurs vous garantir qu'aucun produit nocif ne circule au collège ni dans ses abords immédiats. Quant à ce qui se passe plus loin... Bref, il n'est pas aussi simple que vous pensez de les prendre la main dans le sac.

– Et que ce soit un jour le cœur des parents qui soit à feu et à sang, vous vous en foutez royalement, dis-je.

Deux hommes se souviennent de mon existence. Le mien m'adresse des signes à la fois autoritaires et apaisants. L'autre, celui qui ne veut pas de vagues dans son établissement, celui qui craint de froisser son beau nœud papillon, pose sur moi un regard stupéfait et indigné. Je peux y lire à carnet scolaire ouvert : « Élève dissipée, prend la parole sans y avoir été invitée, sème la perturbation. »

– Voilà un verdict bien sévère, madame. Sachez qu'actuellement, maintenir le calme dans un collège alors que nous manquons de tout, tient du prodige. Et aucun enseignant ne se... « fout royalement » du sort de ses élèves.

– Mon épouse est très inquiète pour notre petit-fils, intervient Grégoire. Je suis sûr que ses paroles ont dépassé sa pensée.

– Votre petit-fils... répète Loison. Mais, en effet, vous me l'aviez dit... votre petit-fils. Est-ce vous qui en avez la garde ?

Grégoire sort un mouchoir de sa poche et éponge sur son front les perles amères de la mauvaise conscience.

– Nous n'en avons pas la garde, monsieur le principal, reconnaît-il. Cependant...

– Alors, je suppose que ce sont les parents de Timothée

qui vous ont envoyés, l'interrompt Loison, découvrant la faille et s'y engouffrant impitoyablement.

– Tel n'est pas précisément le cas, mais…

– Mais ces deux salauds l'ayant menacé de brûler la voiture de son père et de s'attaquer à son petit frère s'il parlait à ses parents, interviens-je, il nous a fait l'honneur de se confier à nous. Et, sans doute à tort, nous avons pensé que son cas pourrait vous intéresser.

– Voulez-vous dire que M. et Mme de Réville ne sont pas au courant de votre visite ? demande Loison, m'ignorant superbement pour continuer à s'adresser au plus fragile du couple.

Grégoire acquiesce.

Samouraï, leçon 3. Quelle que soit la situation, s'efforcer de respecter l'adversaire. Mais c'est cet hypocrite qui nous manque de respect. Il suffit pour s'en rendre compte de lire le verdict dans son regard faussement stupéfait : deux grands-parents abusifs qui se mêlent de ce qui ne les regarde pas et outrepassent leur rôle à l'insu des parents.

– La question est-elle de savoir qui est ou non au courant ou de faire en sorte que ce trafic s'interrompe ? demande Grégoire, haussant enfin le ton et oubliant pour la première fois le « monsieur le principal ».

La sonnerie du téléphone dispense ce dernier de lui répondre. Je le regarde tandis qu'il parle au « cher ami », l'assure de toute son attention, ouvre son carnet de rendez-vous, le prie de transmettre à son épouse… Un jour, au bout de ce fil, il y aura peut-être un père ou une mère désespérés qui lui annonceront que leur enfant, victime de la drogue, ne reviendra plus au collège. S'en sera-t-il, par avance, lavé les mains ?

Après avoir raccroché, il se lève :

– Désolé, mais on m'attend. Ne vous faites plus de souci. Nous allons nous occuper immédiatement de votre affaire.

NOTRE affaire, pas la sienne. NOUS, pas Je. La responsabilité de l'administration, pas celle du principal. À qui en référera le conseiller d'éducation une fois son enquête faite ? Et c'est ainsi qu'en cas d'accident regrettable, tout le monde est responsable et nul ne se juge coupable.

– Monsieur le principal, si je puis vous rappeler… demande Grégoire.

– N'ayez crainte : il ne sera en aucun cas fait mention du jeune Timothée, accorde Loison avec un sourire. Avant d'ouvrir la porte, il se tourne vers nous : En échange, et dans l'intérêt même de votre petit-fils, puis-je vous demander de ne pas ébruiter cette affaire ?

J'ignore sa main.

Jusqu'à la grand-route, Grégoire n'a pas desserré les dents mais il a pris quelques modestes revanches sur l'Autorité et, sans doute aussi sur sa faiblesse. Il a volontairement oublié d'attacher sa ceinture, il s'est offert un maximum de feux orange et a sombrement dépassé les limites de vitesse.

Je savais ce qui l'étouffait.

Lorsque Tim, notre premier petit-enfant était né, nous nous étions fait le serment de ne jamais prononcer la phrase des vieux : « De notre temps. » Même entre nous. Même pour nous. Si nous voulions être de quelque utilité à notre descendance, il faudrait nous efforcer de regarder devant, vers l'avenir, quelles qu'en soient les couleurs et non vers un passé peut-être superbe mais révolu.

La salutaire explosion s'est produite peu avant d'arriver à *La Maison*.

– Môssieur le principal… Môssier le conseiller d'éducation… Collège de quoi, pouvais-je le lui dire ? (Oui, mais je n'ai pas osé.) Que je le veuille ou non, DE SON TEMPS, oui, DE SON TEMPS, lorsque les collèges s'appelaient lycées et employaient proviseurs et surgé, les enfants au moins y étaient en sécurité. La discipline, l'autorité, la responsabilité étaient des mots qui voulaient encore dire quelque chose… Les mots ! Mais bon sang, qu'allait-il faire demain à Granville puisqu'ils n'étaient plus que du vent et lui, un vieux gâteux à leur chercher encore une signification ? On les changeait pour masquer la décrépitude de notre société. Les maîtres d'école, devenus enseignants, n'enseignaient plus aux enfants que l'égalité dans la médiocrité et l'usage du préservatif. Depuis qu'on les avait baptisés « gardiens », les concierges ne gardaient plus rien ! Les agents d'entretien n'entretenaient que leurs revendications. Les gardiens de l'ordre administraient le chaos, les malades mentaux – qu'on n'avait plus le droit d'appeler « fous » au risque de se voir lyncher – couraient partout en liberté, rendant maboul l'honnête citoyen. Interdit, le mot « voleur » avait été remplacé par « emprunteur » ce qui dispensait de punir ceux qui s'attaquaient au bien d'autrui. Il ne manquerait plus que les oignons perdent leur « i », que les éléphants abandonnent leur « ph » pour l'inconsistant « f », que les libellules...

Soudain, tandis que Grégoire vidait le dictionnaire, la Valise m'est apparue.

La Valise avec un grand V est l'adversaire de *La Maison*. Elle se présente à moi les jours de ras le bol. Elle est faite ! Dedans, rien que du beau, du réjouissant, de cet indispensable inutile qui rend la vie légère. Nous partons toutes les deux sans laisser d'adresse, avec la complicité de ma Rugissante. Nous faisons halte dans un hôtel décoré de plusieurs étoiles. Nous y prenons une chambre avec vue, salle de bains en marbre, poste de télévision multi-programmes que l'on peut télécommander d'un lit dont le matelas ne forme pas, à votre gauche, une détestable ornière pour cause de partenaire plus pesant que votre personne. Où l'on peut s'étaler dans la fraîcheur de draps tirés par quelqu'un d'autre que vous. « Allô, le service d'étage ? Pouvez-vous me monter une coupe de champagne-mûre ? Chambre 18. »

C'est toujours la 18 que je prends. C'est toujours du champagne-mûre que j'y déguste pour y fêter mon arrivée. La Valise est mon plus délicieux fantasme.

– Je me demande bien pourquoi tu souris, râle Grégoire qui a fini son homélie et m'observe d'un œil noir. Et bravo pour ta prestation ! De toute façon, je t'avertis : que tu le veuilles ou non, dès que je rentre, j'appelle Audrey. Je suis fou de t'avoir écoutée ! Ce type nous a pris pour deux vieux cinglés. Du coup, il n'a pas cru la moitié de ce que nous lui disions. En un sens, je le comprends.

– Mieux vaut être deux vieux cinglés qu'une carpette et un irresponsable comme lui, ai-je dit.

Lorsque, jeudi matin à l'aube, la Marine, toute guillerette, est venue embarquer Grégoire, celui-ci, alors qu'il m'avait déjà fait ses adieux, est remonté quatre à quatre dans la chambre.

– S'il se passait quoi que ce soit, je compte sur toi pour m'appeler. En une heure, je suis là.

– Mais que veux-tu qu'il se passe ?

Me regardant de plus près, lui qui se vante de connaître chaque inflexion de mon visage n'a pu que constater la sincérité de mon étonnement.

– Je ne sais pas... En tout cas, promets-moi de ne rien tenter toute seule.

J'ai promis. En parfaite bonne foi. Mon météorologue, diplômé de *La Jeanne*, flairait un vent que, moi-même, je ne sentais pas encore.

Et pourtant il se levait, le vent. Il se levait.

CHAPITRE 13

Tim a lancé son SOS en fin de matinée. Il m'appelait d'une cabine téléphonique située près de son collège, et pleurait tant que j'ai eu du mal à le comprendre. Le conseiller d'éducation, M. Mollet, l'avait convoqué dans son bureau pour lui demander de lui parler plus en détail de sa mésaventure : c'était le mot qu'il avait employé. Il voulait connaître entre autres le nom des enfants auxquels Hugues et Aimé avaient proposé de la drogue. Et quelle drogue ? Il avait promis à Tim que leur entretien demeurerait secret, mais, dans la cour, lors de la coupure, Aimé était venu rôder autour de lui avec des airs menaçants et il avait peur d'être attendu ce soir à la sortie.

Soudain, tandis qu'il parlait, une sorte de calme est descendu en moi. Envolés la nervosité, le malaise, que je ressentais depuis notre visite ratée à Loison. L'hésitation n'était plus permise : il fallait agir vite ! Tout de suite. Et je sentais se rassembler en moi, presque douloureusement, cette énergie née de la conscience du danger, dont nous entretenait si souvent notre maître.

– À quelle heure est la sortie dont tu parles ?

– À cinq heures.

– Maintenant, décris-moi le mieux possible tes agresseurs. Comment sont-ils ?

Il y a eu un silence.

– Il le faut, Tim, ai-je dit calmement. C'est indispensable.

… Aimé était martiniquais, très noir avec un anneau d'or à l'oreille gauche. Hugues était petit, des cheveux blonds en brosse. Ils portaient le même blouson rouge avec une inscription en anglais. Ils étaient toujours ensemble.

– Bien ! Écoute-moi maintenant : tu vas retourner en classe comme si de rien n'était. À cinq heures, tu sortiras normalement et tu iras prendre ton autobus pour rentrer chez toi. Tout se passera bien, O. K. ?

– O. K. ! Babou, a balbutié la misérable petite voix.

J'avais à peine raccroché que le téléphone s'est remis à sonner : Grégoire, cette fois. Il m'a semblé qu'il appelait d'une autre planète. Sa voix était joyeuse, détendue. La première partie, disputée à dix heures trente, s'était déroulée avec succès pour les nôtres. Le mot « lézard », habilement placé, avait rapporté 89 points à l'équipe. « Encore une chance que lézard s'écrive encore avec un z », ai-je plaisanté et il a ri. Bref, les Caennais menaient, mais, bien sûr, rien n'était encore joué. Restaient les deux rencontres de l'après-midi. En attendant, ils allaient déjeuner et il en avait profité pour m'appeler.

– Et à *La Maison*, rien de particulier ?

– Rien de particulier à *La Maison*, ai-je répondu.

– Ce soir, il y a une réception avec les officiels et tout. Ne m'attends pas pour te coucher, m'a-t-il avertie. Et ferme bien la porte à clé.

J'ai mis mon survêtement, de confortables chaussures de sport et je suis allée à la mer. En une vingtaine de minutes, vous êtes à Bernières, un bon coin, peu connu des touristes, riche en étrilles et en bouquets.

Madame s'était retirée à perpette. Je suis allée l'y chercher. Les mouettes se régalaient, l'odeur de tourbe, d'algue et de sel vous replaçait la tête sur les épaules, les idées à l'endroit. La mer, sauf trois années de pénitence où Grégoire avait été condamné à gratter du papier dans des bureaux à Paris, j'avais toujours vécu près d'elle. On n'est pas pour rien de maman méditerranéenne et de papa normand. Elle avait peint en bleu mes premiers souvenirs, déposé un peu de son sable au fond de tous mes souliers et, en prime, m'avait donné – prêté ? – Grégoire. Aux grands moments de ma vie, elle m'avait toujours été de bon conseil.

Elle m'a dit que la vie était à son image : grandes et petites marées, soleil et fonds noirs, sable fin et rochers coupants. Elle m'a rappelé que les hommes ne changeraient jamais, qu'ils auraient toujours au creux de leurs tripes autant de violence que de besoin d'aimer et que, parfois, les deux se mêlant, le ciel explosait. La mer m'a rappelé que, sur ce sable même, siècles après siècles, des guerriers avaient couru, la rage de vaincre, la peur de mourir au ventre ; dont les derniers, venus d'un autre continent, nous avaient sauvés de la barbarie.

Je l'ai écoutée jusqu'à ce que mes oreilles bourdonnent, puis je suis allée trouver Marie-Rose.

Dans sa brocante, un vieil hangar désaffecté qu'elle avait transformé en caverne d'Ali Baba, elle discutait avec un couple de Québécois venus en pèlerinage faire le circuit du Débarquement et j'y ai vu un signe. Elle a regardé mon survêtement, ma bobine et s'est prestement débarrassée de ses clients.

– Qu'est-ce qui t'arrive ?

Je lui ai tout raconté.

Nous étions assises sur ce banc, devant cette table qui fleurait bon le miel de l'encaustique et j'avais l'impression de toucher l'amitié, inchangée depuis le lycée où, sur d'autres bancs, nous discutions sans fin des palpitantes questions de l'amour, l'avenir, tout ça. Soudain la nostalgie m'est tombée dessus : j'aurais tant voulu revenir à cet enthousiasme, ces moments où le futur nous apparaissait comme un défi heureux que, de toutes nos forces, nous nous promettions de relever en beauté. Ma gorge s'est serrée, j'ai murmuré : « Tu te souviens ? » Cela voulait dire : « Comme c'est passé vite ! » Cela voulait dire aussi : « Ah, si alors nous avions pu nous voir aujourd'hui, moi la grand-mère en détresse, toi la brocanteuse sans famille, avec nos cheveux teints, nos visages et nos corps moins lisses mais les mêmes cœurs, sans doute plus vulnérables encore !... » Et nous avons toutes deux éclaté de rire en nous découvrant les larmes aux yeux.

– Pas le moment de devenir gaga, a déclaré Marie-Rose. Qu'est-ce qu'on attend pour appeler Diane ?

Le chiffre 3 est dangereux. Il fait trop facilement deux contre une, aussi avons-nous toujours veillé à tout partager. Mais, à la résidence, on nous a répondu que Mme Vaincourt n'était pas là : elle ne rentrerait qu'en fin d'après-midi. Nous avons laissé nos noms.

– Et maintenant, quel programme ? a demandé Marie-Rose.

– Un sandwich pour commencer.

Je venais de me rendre compte que je n'avais pas déjeuné et soudain j'avais faim parce que je ne me sentais plus seule. Marie-Rose a fermé boutique et nous sommes montées dans son studio. Le sandwich n'étant pas indiqué avant l'effort, j'ai eu droit à une carotte et une pomme.

Sur les murs de la cuisine étaient exposées de nombreuses photos de son « filleul », le garçon qu'elle a adopté pour les week-ends et les vacances, César, martiniquais pur teint.

– Il faut que je t'avertisse. Aimé aussi est martiniquais, ai-je dit.

– Aïe ! C'est bien ma chance, a-t-elle soupiré et j'ai compris sept sur sept le message : Au cas où...

– Au cas où, d'accord, ai-je acquiescé.

La Martinique serait pour moi.

Mais, nous en sommes convenues tandis qu'elle revêtait son survêtement, non sans avoir auparavant enfilé une genouillère car elle a une faiblesse du côté de la rotule droite, il ne s'agissait que de permettre à Timothée de rentrer chez lui sans encombre.

– D'ailleurs, j'ai promis à Grégoire de ne rien tenter seule.

– Merci de me compter pour des prunes, a protesté mon amie en riant.

– L'ennui, ai-je remarqué, est qu'il nous sera difficile d'être là à toutes les sorties de classe de Tim. Si quelqu'un pouvait leur donner une leçon, avoue que ce serait une bonne chose.

C'était justement ce qu'elle se disait ! Quarante années d'amitié vous mettent parfaitement sur la même longueur d'ondes.

Nous nous sommes livrées à quelques exercices d'assouplissement : sautillements sur place, lancer harmonieux du poing et du pied en avant, contrôle du ventre et du souffle, positions d'esquive, localisation des points vitaux. La routine !

À cinq heures moins le quart, nous étions devant le collège.

CHAPITRE 14

Marie-Rose planque tout près du portail, pour l'instant fermé. Je suis sur le trottoir d'en face, à l'abri d'une fourgonnette décrépite, véritable épave ornée d'art des rues, auprès de laquelle ma Rugissante, garée non loin, pourrait faire figure de virginale jeune fille.

Nous n'avons pas choisi nos places au hasard : je préfère n'être pas vue de Tim lorsqu'il sortira. Mon cœur bat.

D'autres parents nous ont rejointes et, à cinq heures précises, le portail s'ouvre sur la horde d'enfants. C'est parmi les aînés qu'il nous faut chercher nos terminales G : un grand Noir et un petit blond. La vue perçante de Marie-Rose, grâce à de toutes nouvelles lentilles de contact, lui permettra de repérer l'anneau à l'oreille d'Aimé.

Voilà Tim !

Je me jette derrière l'épave. Comme il me l'a promis, sans un regard autour de lui, il avance vers l'avenue voisine où se trouve son arrêt de bus. Apparemment, personne ne le suit. Je marche pour lui : « Vite, plus vite, mon chevalier… » Marie-Rose lève le bras : les blousons rouges sont là.

Aimé n'en finit pas : plus d'un mètre quatre-vingt-cinq, filiforme, crâne rasé moins la petite brosse au sommet du crâne. Hugues lui arrive péniblement à l'épaule. Autant l'un est foncé, autant l'autre – du blanc laiteux des rouquins – semble décoloré. Avec le V de la victoire, Marie-Rose me confirme pour la boucle d'oreille.

Tim vient de tourner dans l'avenue.

Nos terminales regardent autour d'elles. Cherchant qui ? D'un pas de promenade, je traverse la rue pour rejoindre

Marie-Rose. Une rue encombrée par les voitures des mères venues ramasser leur progéniture. Aimé et Hugues sont arrêtés. Aimé fait monter et descendre avec adresse un yoyo lumineux, de taille exceptionnelle comme lui. Un coup à droite, un coup à gauche, un coup devant, comme les prêtres avec leurs encensoirs et j'aimais tant cette odeur, pour moi un avant-goût de celle du paradis. Mains dans les poches, un léger sac noir pendant à l'épaule, Hugues regarde le paysage d'un air blasé. Qu'attendent-ils ?

Tim doit déjà être dans son autobus. Pour aujourd'hui, il est sauvé. Marie-Rose et moi échangeons un regard et je la sens, elle aussi, à la fois soulagée et déçue : toute cette mobilisation pour rien ?

– Si on attendait de voir ce qu'ils font ? suggère-t-elle à voix basse.

– Quelle bonne idée puisqu'on est là !

Nous nous tenons suffisamment à l'écart pour qu'ils ne nous repèrent pas. Et quand bien même… Ils ne verraient que deux mamies venues chercher leurs petits. Pour qui nous prenons-nous ? Mata-Hari ?

Soudain Marie-Rose me pince le bras : un garçonnet s'est arrêté près de nos suspects, apparemment fasciné par le yoyo lumineux. L'âge de Tim, une sixième sans aucun doute. Avec ses longues pattes, ses oreilles décollées, il a tout du vilain têtard qui hésite à passer dans la catégorie supérieure, obligatoirement mal dans une peau qui le lâche sans que la neuve lui soit complètement poussée. Il tend maintenant la main vers le yoyo toujours en action comme s'il demandait qu'on le lui prête. Est-ce le mot de passe ? L'ignorant superbement, Hugues et Aimé se mettent en marche. Le têtard leur emboîte le pas, à quelques mètres de distance. Marie-Rose et moi suivons comme un seul Samouraï.

Et, tout à coup, je ne m'habite plus. Incrédule, je m'observe de haut. À quoi joues-tu, mère-grand ? Est-ce bien toi qui files deux « fourmis » dont l'une mangerait des petits pâtés sur la tête de Grégoire ? Et ta promesse ? Marie-Rose se tourne vers moi : avec un sourire, elle me fait : « chut ! » La première qui parle réveille l'autre, c'est cela ? J'appelle à moi les sanglots de Tim ce matin : « Babou, j'ai peur. » Je fixe la nuque si fragile du têtard. Il doit bien avoir quelque part une grand-mère, celui-là aussi ! Une pauvre femme qui se fait un mouron terrible en pensant à tous les prédateurs qui guettent sa descendance et me remercie sans le savoir. Il me semble qu'elle me le confie. Tant bien que mal, je réintègre ma peau.

Le yoyo lumineux nous balade un certain temps comme ça. Les « abords du collège » sont largement dépassés, ni M. le principal ni M. le conseiller d'éducation ne viendront jamais regarder jusque-là. Puis soudain, *exit* les terminales, il n'y a plus que la sixième devant nous. Elle s'engouffre sous une porte cochère. Nous suivons.

C'est un hall lépreux et glacé qui ouvre sur une cour-poubelle que contemplent d'un œil myope des fenêtres aux carreaux opaques : le vrai décor de Série noire. Aimé et Hugues entourent le têtard en train de sortir des pièces de sa poche. Nous voyant apparaître dans la cour, tout ce petit monde se pétrifie. Puis, tel un éclair, le petit décampe, manquant nous renverser au passage. Hugues et Aimé nous regardent comme s'ils n'avaient jamais vu de leur vie deux dames d'âge respectable, en survêtement, sautillant légèrement sur place pour chauffer leurs muscles vieillissants.

– C'que v'foutez là ? demande Aimé.

Plus prompte que moi, Marie-Rose tend la main :

– Nous aussi on en voudrait. C'est combien ?

La stupeur cloue à nouveau Hugues et Aimé… Avant qu'ils éclatent de rire. Ils se tordent, ils n'en peuvent plus. Nous restons de marbre.

– Et tu voudrais quoi, la vieille ?

– Ce que vous alliez fourguer au petit.

Le vouvoiement est volontaire. Samouraï, cours n°1 : Ne jamais oublier la dignité de l'autre, fût-il un immonde crapaud. Viser, sous la peau gluante de l'immonde crapaud ce qui lui reste éventuellement de conscience, le petit morceau d'éternel.

En attendant, nos terminales ont cessé de rire. Très lentement, en un geste d'acteur – western dernière catégorie –, Aimé range son yoyo dans sa poche tandis qu'Hugues laisse glisser son sac sur le pavé. Et ça y est, me voilà ! Toute. Présente, rassemblée. Situation visualisée. L'issue est bouchée, personne derrière les vitres opaques, nul secours à attendre que de nous-mêmes. Je sens Marie-Rose très près par la pensée. Aimé sera pour moi au cas où. Au cas où, car il n'est pas question d'ouvrir les hostilités. Leçon 3 : Ne jamais attaquer la première. Faire passer sa détermination dans son regard en se préparant à toute éventualité. Nous nous fixons ainsi en silence durant quelques secondes d'éternité.

– Et qu'est-ce qu'on allait lui vendre ? demande Hugues.

– De la saloperie de merde, dit Marie-Rose qui a toujours eu un langage plus libéré que le mien.

Ils se jettent sur nous.

L'ensemble de l'action n'a certainement pas duré une minute. Hugues a choisi celle qui lui avait répondu. Au moment où Aimé a foncé sur moi, j'ai fait un petit saut en arrière ce qui l'a déséquilibré, but de la manœuvre. Tandis qu'il tentait d'agripper ma veste de survêtement, je lui ai envoyé un coup de latte à l'endroit sensible. Il n'y a pas de demi-mesure dans la self-defense, pas d'à peu près, pas de presque, c'est lui ou toi, cela peut être la vie ou la mort et c'est bien ce qui fait si peur au début.

Et même pendant.

Aimé s'est écroulé en criant. Marie-Rose semblait avoir obtenu le même résultat que moi car Hugues vomissait des injures, le nez sur le macadam. Trop étant l'ennemi du bien et la voie libre, nous nous sommes élancées vers la sortie. C'est là que les choses se sont compliquées.

Dans le hall, il y en avait deux autres qui nous barraient le passage. Comme l'un tentait de me ceinturer, en un mouvement plongeant mille fois remis sur le métier chez le cher M. Khu, j'ai attrapé l'une de ses jambes, le faisant choir avec un grand « Han ! » stupéfait. Celui de Marie-Rose a poussé un cri aigu – dans la self-defense la morsure n'est pas à négliger. Mais voici que d'autres surgissaient de partout, ceux-là en uniforme. « Police », ont-ils crié.

Je me suis rendue sans hésiter aux forces de l'ordre. Marie-Rose est tombée à quatre pattes sur le sol.

– Une bonne âme pour m'aider à chercher mes lentilles, a-t-elle gémi. Je les ai paumées, elles sont neuves !

CHAPITRE 15

Sans se préoccuper des lentilles, celui de Marie-Rose, enroulant un mouchoir autour de sa main ensanglantée, a rugi au mien, qui se massait le bas du dos : « On les embarque dans le sous-marin ! » Les autres – ceux en uniforme – poussaient sans ménagements Hugues et Aimé dans un panier à salade musical. Tous se sont donné rendez-vous à la Grande Maison.

La Grande Maison, c'était le commissariat central de Caen. Le sous-marin, la fourgonnette épave derrière laquelle je m'étais dissimulée tout à l'heure sans me douter qu'à l'intérieur deux inspecteurs en civil – nos victimes en second – alertés par des parents d'élèves, guettaient depuis quelques jours la sortie des terminales G. Les mamies en état d'arrestation, c'étaient nous.

On nous a poussées sur une dure banquette en fer à l'arrière du sous-marin. Mon inspecteur a pris le volant, celui de Marie-Rose s'est placé entre la porte arrière et nous comme s'il craignait que nous ne descendions en marche. Au coin de l'œil de mon amie fleurissait un superbe œuf de pigeon. L'œuf, il me semblait l'avoir du côté des lombaires : impossible de me redresser. La gorge serrée, je regardais, par la vitre poussiéreuse, défiler les rues de ma ville ; elles me paraissaient changées : je n'étais plus libre de m'y promener. Quel châtiment réservait-on à celle qui faisait mordre la poussière à un représentant de l'ordre ? Je me suis juré, même sous la torture, de ne pas prononcer le nom de Timothée.

Au commissariat, nous avons été remises chacune à un policier plus frais pour vérification d'identité. Nous n'avions rien pour prouver la nôtre. « Lorsque nous faisions notre jogging, ai-je expliqué, nous laissions toujours nos papiers dans ma voiture. J'en tenais la clé – suspendue autour de mon cou par une fine cordelette – à la disposition des officiers de la paix. »

– Votre jogging, le faites-vous toujours centre-ville à l'heure de pointe ? m'a demandé mon interrogateur. Et en profitez-vous souvent pour vous en prendre à la police ?

– Ils n'étaient pas en uniforme, monsieur l'Inspecteur, ai-je protesté.

– Sans lentilles de contact, je n'y voyais plus, se défendait Marie-Rose à quelques mètres de moi.

Trouble à l'ordre public, violence et voies de faits à agents dans l'exercice de leurs fonctions, voici ce dont nous étions accusées. Nous nous en expliquerions avec l'inspecteur divisionnaire lors de la confrontation.

Le temps qu'un agent aille quérir nos papiers dans ma Rugissante, nous avons été remisées dans un bout de couloir, sous la surveillance d'un petit flic intérimaire, cousu de vert aux épaulettes et qui roulait des yeux terribles pour faire oublier sa jeunesse. Il était presque six heures. Combien de temps tout ceci allait-il durer ? Parviendrions-nous à prouver notre innocence. Et Grégoire ?

Je l'imaginais rentrant à la maison, trouvant désert le lit conjugal. Qu'allait-il penser ? Moi qui, depuis des années, cherchais en vain une définition correcte à l'amour, voici que l'épreuve me la fournissait : aimer, c'était, en cas de malheur, souffrir davantage pour l'autre que pour soi-même.

– Crois-tu qu'on va nous garder longtemps ? ai-je demandé à Marie-Rose d'une voix qui m'a emplie de honte.

– Pas si tu me laisses carte blanche, a-t-elle répondu.

J'ai laissé et elle s'est soudain mise à vieillir à une vitesse surprenante, se ratatinant sur son siège, poussant force soupirs, tamponnant son œuf de pigeon tout en jetant des regards de détresse en direction de notre « petit Vert ». Finissant par écouter son cœur, celui-ci s'est approché.

– Que vous arrive-t-il, madame ?

– Puis-je avertir les miens de ma détention ? a chevroté Marie-Rose.

Il a commencé par dire non : le règlement ! Interdiction aux prévenus de communiquer avec l'extérieur. Marie-Rose a réprimé un sanglot – elle tenait toujours les premiers rôles lors de la fête de notre lycée –, le petit Vert a fini par craquer. À cet âge, on a encore toutes ses grand-mères, sans parler des arrière. Longévité et remariages aidant, cela peut vous mener à une bonne demi-douzaine, voir notre adorable Capucine qui, après les secondes noces de Mururoa, disposera de quatre mamies et de deux arrière-mamies.

Bref, notre poulet intérimaire est allé parlementer avec un plus expérimenté. « Un seul appel et très bref », a-t-il dit en revenant, dissimulant sa joie sous une voix de gendarme. Et il a soutenu Marie-Rose jusqu'à un appareil dans un bureau voisin.

J'ai profité de ses bonnes dispositions pour lui demander un verre d'eau. Les émotions ont le don de m'altérer : en certains cas, comme lors des enterrements, c'est la faim qui me saisit. « Le besoin de vous prouver qu'en ce qui vous concerne, vous êtes toujours en vie », m'avait un jour expliqué un psy.

Je racontais tout cela au petit Vert, en savourant mon quart d'eau minérale, tandis que Marie-Rose, miraculeusement rajeunie, parlait telle une mitraillette au téléphone. Elle a été brève comme promis ; en classe tous nos professeurs louaient son esprit de synthèse.

– Jean-Yves va faire le nécessaire pour nous tirer de là, m'a-t-elle soufflé en revenant.

J'ai frémi sans bien comprendre pourquoi : Jean-Yves, son compagnon à temps partiel, reporter à la télévision.

– Et vous, pas de famille à appeler ? m'a demandé le petit Vert sur sa lancée.

Grégoire défendait à Granville l'honneur de notre cité. Parler à Audrey aurait été trahir notre promesse à Tim. L'état de Charlotte recommandait qu'on la ménage... Non, je n'avais personne et lorsque je le lui ai dit, ma gorge s'est soudain serrée, les larmes sont montées : on peut vivre entourée d'affection et, en certains cas, éprouver la solitude.

– Ne faites pas attention, c'est le contrecoup, ai-je expliqué au petit Vert. Je ne suis plus toute jeune, vous savez.

En attendant, nos papiers étaient arrivés et nous avons pu satisfaire la curiosité administrative d'un malheureux aux prises avec une machine aussi délabrée que le sous-marin. Nos réponses ont semblé faire une certaine impression. Oui, mon époux avait bien occupé un haut poste dans la Marine, et j'étais grand-mère de quatre adorables petits-enfants, bientôt cinq. Exact, le père de Marie-Rose était maire d'une commune voisine et elle avait reçu les palmes académiques pour « exemple donné à la jeunesse », alors qu'elle s'occupait d'une maison de la culture. En effet, nous étions toutes deux dans ce qu'on appelle le « Troisième Age ». Cela nous interdisait-il de nous défendre en cas d'agression.

– L'ennui, voyez-vous, c'est que vos « agresseurs » assurent que c'est vous qui leur êtes tombées dessus, nous a-t-on répondu.

Mais on allait éclaircir ça : le moment de la confrontation était venu. M. l'inspecteur divisionnaire nous attendait dans son bureau.

CHAPITRE 16

Hugues et Aimé s'y trouvent déjà lorsque nous entrons. Ils nous fusillent du regard. À cette minute, Samouraï ou non, s'ils avaient les poignets libres, je ne donnerais pas cher de ce qui nous reste de peau.

Sont également présents, dépoussiérés, nos deux autres victimes dont l'une arbore, pour nous faire honte, un beau pansement à la main. M. l'inspecteur divisionnaire est tout rond, moustachu, équipé de sourcils noirs d'une remarquable épaisseur. Il nous prie de nous asseoir.

– Ces deux jeunes gens affirment avoir été agressés par vous alors qu'ils rentraient tranquillement chez eux après leurs cours. Pouvez-vous nous donner votre version des faits ? demande-t-il.

Marie-Rose me laissant la parole, je raconte comment, concluant notre jogging sur le spectacle rafraîchissant de la jeunesse, une scène a attiré notre attention : une sorte de conciliabule secret entre ces deux terminales et une sixième d'aspect fragile, proie toute désignée pour des vendeurs de paradis artificiels.

– Le problème de la drogue nous soucie beaucoup, renchérit Marie-Rose, et l'attitude de ces garçons nous a tout de suite paru suspecte.

– Raciste ! hurle Aimé en se dressant tel un serpent.

Marie-Rose regarde le noir Martiniquais et réprime un soupir : raciste, elle ? Je sais à qui elle pense. Elle a l'élégance de n'en point parler. Un flic appuie sur les épaules d'Aimé pour l'obliger à se rasseoir. Les mimiques d'Hugues nous avertissent que nous ne perdons rien pour attendre.

– Nous les avons suivis jusqu'à cette horrible cour, dis-je. Là, nous avons pu voir le petit sortir de l'argent de sa poche. À notre arrivée, il a filé sans demander son reste. Alors que nous cherchions à nous renseigner sur... ce reste, ces deux-là nous sont tombés dessus. Nous n'avons fait que nous défendre, monsieur l'inspecteur divisionnaire.

Les terminales G hurlent à notre intention toutes sortes d'adjectifs certainement pas enseignés au cours de français. On leur enjoint de contrôler leur langage. Mais ils ont beau jurer que ce sont nous les agresseuses et qu'ils sont – même Aimé – blancs comme neige, ce qu'on a trouvé dans leurs poches – rasoirs, billets de banque et, surtout, un échantillonnage de produits toxiques – conforte notre déclaration.

On les emmène.

Hélas ! ce n'est pas terminé. Reste le second chef d'accusation : violence et voies de faits à agents dans l'exercice de leurs fonctions.

Lesdits agents racontent à l'inspecteur divisionnaire comment, filant discrètement les terminales G, ils ont été conduits jusqu'à la fameuse cour où ils ont pu voir – de leurs yeux voir – deux personnes d'âge respectable en train de massacrer leur gibier. Alors qu'ils tentaient d'intervenir, ils se sont eux-mêmes retrouvés au tapis.

– Qu'avez-vous à répondre à cela ? demande l'inspecteur Gros Sourcils.

C'est alors que m'emplit ce que ma mère appelle si justement une « sainte colère ». Les mots vous viennent directement du cœur, même les plus endurcis ne peuvent mettre en doute leur sincérité. Je me suis levée pour les prononcer.

– Monsieur le divisionnaire, comment une personne qui a baptisé l'endroit de ses rêves *La Maison*, pourrait-elle n'avoir pas le plus grand respect pour ceux qui font partie de la « Grande Maison » ?

Oui, j'aime l'uniforme, l'armée, la marine, la police, le haut clergé, les chevaliers du Saint-Sépulcre dont faisait partie mon grand-père. Je vibre aux parades et aux défilés, je dépose des gerbes en pensée aux victimes de leur devoir. Est-il de plus beau titre que celui d'« officier ou agent de la paix » ? Bien sûr, je n'ignore pas que, sous l'uniforme, se cachent parfois des brebis galeuses. J'en suis la première ulcérée.

Rappelée à l'ordre par mes lombaires, je suis retombée sur ma chaise. L'atmosphère ne s'est-elle pas soudain allégée ? Marie-Rose ne me regarde-t-elle pas avec une certaine considération ? L'inspecteur divisionnaire consulte à voix basse ceux du sous-marin. Trois visages souriants se tournent vers nous.

– Ces messieurs ont décidé de ne pas porter plainte !

Mais il sera dit que c'est la journée des surprises ! Avant que nous ayons eu le temps de remercier, la porte s'ouvre à toute volée sur un représentant de l'ordre, accompagné de notre gentil petit Vert, rouge comme une tomate : « Chef, si vous permettez... »

Et, sans attendre la permission, il court allumer un poste de télévision aussi délabré que les machines à écrire et le sous-marin.

C'est l'heure des actualités régionales. Le visage souriant de notre cher présentateur apparaît : « Comme je vous l'annonçais il y a un instant, nous venons d'apprendre cette surprenante nouvelle : deux grand-mères s'en seraient prises à de jeunes revendeurs de drogue à Caen, les mettant sérieusement à mal. À la suite d'un regrettable malentendu, elles se seraient également attaquées à deux représentants de l'ordre en civil. Nos cartes vermeilles sont actuellement entendues par la police qui saura, faisons-lui confiance, distinguer le bon grain de l'ivraie. »

Le bon grain, c'est nous ! Et ce texte ne peut être signé que Jean-Yves, poète rentré. Mais, en attendant, l'atmosphère s'est à nouveau dégradée. On nous regarde avec méfiance : coup monté ?

– Décidément, les médias sont partout, soupire Marie-Rose d'un air navré.

S'ensuit, sur l'écran, un topo sur la drogue à la sortie des écoles, que personne ne regarde vraiment. S'ensuit l'arrivée progressive dans le bureau de l'inspecteur divisionnaire de l'ensemble du personnel. S'ensuit un coup de téléphone du

Caïman (le commissaire principal), dont nous pouvons sans peine entendre les éclats de voix.

Qu'est-ce que c'est que cette galère ? Qu'on ne nous relâche pas. Il vient !

CHAPITRE 17

Diane l'a précédé de quelques encablures, dénoncée par les cris furieux de la Folle de Poméranie. Lorsqu'elle a menacé d'appeler un ami au ministère de l'Intérieur, on l'a laissée entrer dans ce qui ressemblait de plus en plus à la fameuse cabine des Marx Brothers.

Regardant son petit écran, elle avait tout de suite deviné de quelles Vermeilles il s'agissait. Elle venait payer la caution, si nous allions en prison, elle ferait une grève de la faim sous les fenêtres de nos cellules, son mari connaissait le meilleur avocat du pays, spécialisé en actes de terrorisme, quant à elle, dès demain, elle s'inscrirait au Samouraï pour nous prêter main-forte lors de notre prochaine expédition punitive.

Avant que nous ayons pu lui apprendre que nous étions libres, la Folle de Poméranie, qui portait un blouson d'aviatrice très *in*, s'est à nouveau déchaînée avec l'arrivée du commissaire principal. Il est venu droit sur nous.

– Trois ! a-t-il tempêté. La télévision n'en signalait pourtant que deux !

Diane s'est alors avancée d'un pas, offrant à notre cause sa poitrine superbement remodelée par la chirurgie esthétique. Elle a déclaré qu'elle était totalement solidaire de notre action bien que n'ayant pu y participer. La Loulou approuvait à pleins poumons. Le Caïman les a balayées d'un revers de bras puis il s'est tourné vers nous qui nous étions respectueusement levées. Son regard d'expert nous a mesurées, pesées, jaugées et il a posé la première question vraiment intéressante de la journée :

– Maintenant, vous allez me montrer comment vous avez fait !

Nous étions en train d'expliquer à l'effectif au grand complet la meilleure façon de gérer son énergie, d'obtenir de ses muscles, fussent-ils féminins, le maximum d'efficacité, en y associant la réflexion (ce à quoi, apparemment, tous ici n'avaient pas pensé), nous suggérions à ces braves de s'adresser parfois à leur néocortex, siège de l'intelligence, plutôt que de faire appel à leur seul cerveau reptilien, celui qui commande les gestes primaires, tout ceci sans jamais oublier le respect de l'autre et de sa dignité... Nous leur dévoilions les secrets de la morsure bien placée, le coup de genou en vrille, le « plie mais ne rompt pas », devise du plus faible face au plus fort, bref, tout ce qui permet à des personnes farouchement non violentes, de défendre leur peau en ces temps troublés où la police a tant à faire et se voit si peu aidée par des hauts responsables, qui, n'ayant jamais connu que le calme des beaux quartiers et les dorures des ministères, ont peine à imaginer que la violence puisse parfois se traiter autrement que par de bonnes paroles et un coup de peinture sur des murs souillés d'art des rues, lorsque j'ai reconnu entre toutes, à la porte du commissariat, la voix de l'homme de ma vie.

Il criait quelque chose comme : « Rendez-moi ma femme » et j'ai compris combien il m'aimait malgré les ravages du temps. Il est entré telle une torpille dans le bureau du commissaire et m'a regardée comme s'il s'attendait à me trouver les fers aux pieds. Son verdict me faisait bien plus peur que celui de toute la Grande Maison, quoique l'œuf de pigeon au visage de Marie-Rose soit là pour prouver que, tenant ma promesse, je n'avais pas agi toute seule.

Après avoir constaté que j'avais encore l'usage de mes membres, sinon celui du verbe, sans un regard pour l'assistance, il m'a tendu la main en disant d'une voix superbement rouillée par l'émotion : « Allez, moussaillon, on rentre à la maison » et, cette nuit-là, c'est lui qui m'a rassurée.

Le surlendemain de cette journée peu ordinaire, je me suis éveillée avec de curieuses plaques rouges un peu partout sur le visage. C'était aussi désagréable qu'inesthétique, aussi ai-je couru chez Mme Dupeu, ma dermatologue.

Elle a dirigé une petite lampe sur l'éruption, l'a longuement examinée, en a prélevé un spécimen pour culture ultérieure.

– Cela vous démange-t-il ?

– Énormément, ai-je reconnu.

– Et si vous me parliez un peu de votre vie ? s'est-elle enquise d'une voix très douce.

La veille, lors d'une réunion secrète au siège des officiers de la paix, tous les participants à cette affaire s'étaient engagés sur l'honneur à ne divulguer à personne l'identité des deux grand-mères dont la presse locale et nationale faisait ses choux gras, afin d'épargner à celles-ci d'éventuelles représailles. Je me suis donc contentée d'évoquer ma vie, *La Maison*, mon marin retraité, une famille parfois un peu envahissante mais que j'aimais beaucoup. Comme Mme Dupeu me demandait d'entrer davantage dans le détail de ces dernières journées, j'ai avoué avoir, tout récemment, fait une folie en acquérant un flacon de sels parfumés après qu'un homme m'eut remarquée dans la rue. Son regard s'est allumé.

– L'achat-sparadrap ! s'est-elle exclamée. L'achat-pansement destiné à masquer une secrète blessure...

N'aurais-je pas eu, dans une vie sans doute un peu trop rangée à mon goût, un élément de contrariété ? Il me faudrait réfléchir à cela. En attendant les résultats de la culture, elle m'a prescrit une crème anti-inflammatoire, m'a conseillé de ne pas me gratter et, me raccompagnant à la porte, m'a suggéré d'accepter la vie comme elle était, avec, parfois, ses désagréables démangeaisons, mais ses joies aussi !

Une joie, j'en avais eu une : l'équipe caennaise, Grégoire en tête, avait réduit en chair à pâté ceux de Granville.

Une désagréable démangeaison aussi : Grégoire avait décidé de m'emmener, que je le veuille ou non, à la prochaine rencontre. À Maubeuge. En automne.

CHAPITRE 18

Je suis allée choisir mes légumes au marché : carottes, courgettes et pommes de terre. Une poignée de haricots verts, quelques blancs de poireau, les feuilles d'une branche de céleri, plus trois grosses tomates mûres à souhait. J'ai pris à la crémerie, mon Hollande (bien dur), mon gruyère (non râpé), et chez M. Alfred, le charcutier, un morceau de petit salé. Ail, basilic, huile d'olive, j'en ai toujours à *La Maison*. On m'a élevée en conséquence. J'ai interdit à Grégoire l'accès de la cuisine, sorti la grosse marmite et me suis livrée à ma leçon de philosophie : la soupe au pistou.

La recette de la soupe au pistou m'a été léguée en avance d'hoirie par ma mère qui la tenait de la sienne et ainsi de suite. C'est une soupe longue et belle à faire, succulente à déguster et qui vous tient au corps. Cependant, sa vertu cardinale est d'apporter à celle qui s'y lance une sorte de calme que j'appellerais bien « sérénité » si j'aimais le mot. Mais, sereine, j'aurai tout le temps de l'être dans mon cercueil. Cela vous vient du mélange subtil des textures, couleurs et odeurs qui peu à peu se fondent en une parfaite harmonie, de l'accomplissement des gestes quotidiens inlassablement répétés d'un bout à l'autre de la terre par de pauvres bipèdes essayant de survivre et même, parfois, d'être heureux.

« Si tu allais faire ta soupe au pistou », se gourmandait ma mère lorsque les vents mauvais de la nostalgie, du regret ou de la révolte se levaient dans sa maison. Elle commençait l'épluchage les dents serrées et le terminait un étrange sourire aux lèvres.

J'ai lavé mes légumes, les ai coupés en dés puis jetés dans la marmite où l'eau commençait à bouillir. J'y ai ajouté une pluie de cocos blancs et mon petit salé. Couvercle, madame ! J'avais une heure devant moi pour préparer la suite.

J'ai ouvert la fenêtre sur la cour. Cela commençait à sentir sérieusement le printemps. Bientôt fleuriraient les gros massifs de marguerites, la fleur préférée des enfants, la fleur à vérifier l'amour. Sur les dessins de maisons que je faisais alors, je mettais toujours une femme à la fenêtre. C'était obligatoirement ma mère. Aujourd'hui, à la fenêtre, c'était moi, il n'y avait rien à faire contre ça et cela m'a donné un sérieux coup de bourdon.

J'ai nettoyé mes tomates, les ai coupées en quatre, constatant que l'on ne m'avait pas trompée sur la marchandise. Aujourd'hui, vous en achetez de rutilantes et, lorsque vous leur ouvrez le ventre, elles perdent des entrailles verdâtres.

À propos de couleur, en quelques jours les plaques rouges avaient disparu de mon visage mais il me semblait à présent les avoir à la conscience. Une sorte de démangeaison provoquée par deux prénoms : Hugues et Aimé. À dix-neuf ans, ils se retrouvaient derrière les barreaux, privés de liberté par ma faute !

« Non, madame, pas par votre faute, GRÂCE À VOUS », avait tempêté le Caïman à qui j'étais allée confier mes états d'âme. Les doses de LSD, cette graine de folie, que l'on avait trouvées sur eux, prêtes à être consommées par le têtard ou d'autres innocents, devaient me libérer de tout scrupule mal placé. Je murmure LSD chaque fois que leur visage se présente à moi.

J'ai râpé mon gruyère et mon fromage de Hollande. Cela bouillonnait gentiment dans la marmite : « Pourquoi dis-tu toujours "marmite" ? s'était moqué Grégoire les premiers temps de notre mariage. Cela ne s'appelle plus comme ça, tu sais ! » Il avait été tout surpris de la violence de ma réaction. Puis je lui avais expliqué et il avait compris.

Quel homme surprenant, mon mari ! Lorsque, au lendemain de notre aventure, je m'étais décidée à lui parler du Samouraï, il avait songé à s'y inscrire. Une chance que sa colonne vertébrale délabrée ait répondu « non » pour lui.

Aux légumes qui commençaient à embaumer, j'ai ajouté mes tomates. Il était temps de préparer ce qu'au pays de ma mère on appelle la « pommade », sans laquelle cette soupe ne serait qu'un banal brouet de légumes. Vous pilez dans un mortier quatre gousses d'ail avec une poignée de feuilles de basilic. Quelle odeur ! Piquante, insolente, une odeur pas du tout comme il faut, à déshonorer une maison dite « bourgeoise ».

« Surtout, pas un mot à ma belle-famille », nous avait recommandé Audrey lorsqu'elle avait appris notre aventure. C'est Tim qui, au vu des informations, nous avait rendu le fier service de casser le morceau. Un journaliste inspiré racontait l'odyssée de celles qu'il appelait les « Mamies-Ninja », Tim avait tout de suite compris de qui il s'agissait et fondu en larmes en prononçant mon nom. Le pensant saisi de délire, ses parents avaient d'abord pris sa température, puis appelé en vain *La Maison*. Ils y étaient lorsque Grégoire m'avait ramenée.

« Pas un mot à ma belle-famille ! » Premières paroles de Casamance, saluant mon exploit. On n'est jamais reconnu par les siens.

J'ai retiré délicatement mes tomates de l'eau, en ai détaché la peau et les ai jointes à l'ail et au basilic. J'ai versé le tout dans mon plus grand saladier et mêlé sans hâte. Parfois, regardant du côté des Réville, j'éprouve une grande frustration. Voyez-les ! Leurs quatre enfants sont mariés à l'église et à la mairie, il semble que l'idée même du divorce n'effleure pas leur esprit. Je mettrais ma main au feu que jamais une de leurs filles ne leur annoncera au petit déjeuner qu'elle attend un enfant d'un metteur en scène russe. Leurs petits-enfants sont tous notés sur le livret de famille. On peut les voir à la messe le dimanche, auprès de leurs parents, sages comme des images pieuses. Les plus grands sont déjà inscrits au golf, les plus petits ont des jeunes filles au pair. Tous font partie des rallyes...

Pourquoi, sur trois enfants, n'en ai-je qu'un de ce modèle ? Comme j'aurais aimé ! (Excepté le golf qui mange la tête de ceux qui s'y adonnent.)

J'ai retiré mon petit salé de la marmite et l'ai pilé dans le saladier avec ail, basilic et tomates. La chair, rose à souhait, se défaisait toute seule, M. Alfred ne s'était pas moqué de moi. Au mélange, j'ai ajouté mes fromages râpés et lié avec quelques cuillerées d'huile d'olive. Il me restait à verser progressivement sur le tout deux louches de bouillon de soupe, tournant, tournant encore comme si j'aidais la terre à tourner et, finalement, n'était-ce pas ce que je faisais à ma façon ? Et ce que faisaient avec moi toutes les femmes qui, aux quatre coins de cette terre, le cœur serré par le départ d'un enfant, l'inconstance ou la violence d'un homme, l'inquiétude mêlée de joie pour la fille qui, à son tour, porte la vie, pétrissaient, cuisaient, accommodaient les produits de leur sol pour nourrir les leurs, tressant d'épouse à épouse, de mère à mère, de fille à fille, les liens des gestes éternels.

J'ai versé la pommade dans la marmite, mêlé une dernière fois, jeté une poignée de petits coudes, c'était fini.

Et, à propos de ma fille, la mienne a attendu avec beaucoup de tact que soit terminée la leçon de philosophie pour entrer telle une tornade dans la cuisine.

– Viens que je te présente Zoom !

CHAPITRE 19

Les élytres frémissants de la voiture donnent l'impression d'un envol imminent. Les pattes sont rétractables, elle a l'innocent regard de E. T. Une grosse faveur, de même teinte que la carapace – rose bonbon – est nouée sur le dos du coléoptère géant.

– Tu remarqueras la couleur anti-stress ! À part ça, tout est électrique, explique fièrement Charlotte. Pas plus difficile à conduire que ton four à régler. Le cadeau de Boris pour Tatiana.

C'est ainsi que me sont annoncées deux nouvelles d'importance : la présence d'une fille dans le ventre-ballon de Charlotte, mis en valeur par un collant noir que coiffe un microscopique blouson argenté. Et la réussite de Boris, là où, depuis des années, Grégoire et moi échouions lamentablement : à mettre un toit sur le véhicule de Mururoa qui, depuis le trompeur âge de raison, n'avait jamais voulu circuler autrement qu'à l'air libre, ses petites affaires – dont un jour Capucine – dans un panier en équilibre instable sur le porte-bagages de son vélo.

– Boris dit qu'avec Victor, on a assez d'un éclopé dans la famille ! Un petit tour ?

– Plus tard.

Mais Charlotte a humé l'atmosphère, elle fonce à la cuisine où je la retrouve, le nez dans la marmite, respirant la leçon de philosophie.

– Une soupe au pistou ! En quel honneur ?

– En l'honneur de tout ce qui me dégringole sur la tête depuis quelque temps.

– La grande dégustation, c'est pour quand ?
– Samedi soir.
– Compte Boris, *please*. Il est fou de potages. Ça nous changera du bortsch. Tatiana, tu aimes comme prénom ?
– Ça nous changera des produits du terroir.
Elle rit.
– Et papa, tu l'as expédié où ?
– Il est en ville.
– Il ose encore te laisser seule ?
Là, c'est moi qui ris. Au diable le complexe Réville. Braque ou pas, je suis heureuse d'avoir cette fille-là ! Et elle, lorsqu'elle a appris qui étaient les Mamies-Ninja, elle m'a dit : « Chapeau ! »
Je m'étonne.
– Tu ne travailles pas aujourd'hui ?
– J'ai pris ma matinée pour l'échographie. À propos, l'heureux événement est pour la Pentecôte. Si c'est pas un signe, ça !
Soudain, dans son regard, une gravité inattendue.
– Et puis j'avais une question à te poser. Urgentissime… On se fait des tartines ?
Les tartines grillées, le pot de café rempli, nous nous installons sur le grand canapé du salon.
– Réfléchis bien avant de répondre, me recommande Charlotte, les yeux plantés dans les miens. Et dis-toi que je peux TOUT entendre. Comment suis-je née ?
– Comment tu es née ?
– À l'avance ? À terme ? Un siège ? Forceps ?
– Pourquoi pas dans une éprouvette ? Si je ne t'ai rien dit c'est que tout s'est passé normalement.
– Désirée ?
– Disons que tu as plutôt été une surprise. Mais une bonne.
Comme une liane que le vent courbe, Charlotte se laisse glisser sur le sol. Yeux fermés, bouche ouverte, elle aspire l'air à grosses goulées. Son visage devient écarlate, son ventre gonfle encore, on dirait un poisson tiré de l'eau. Le cœur en débandade, je tombe à genoux près d'elle.
– Qu'est-ce qui t'arrive ? Tu te sens mal ? Tu accouches ? Veux-tu que j'appelle le docteur ?

Elle prend une dernière inspiration, ouvre un œil goguenard, se lève d'un bond et me rejoint sur le canapé.

– Le « rebirth », ça ne te dit rien ?

J'avoue : non ! Le mot n'as pas encore atteint le fond de nos campagnes. En revanche, l'infarctus, je connais ! Trois petites séances comme celle-là et je suis mûre pour l'expérience.

– Et le « cri primal », rien non plus ?

Devant l'air incrédule de ma fille, je fais un effort de réflexion : «primal » ? « Primate » ? Le cri du singe ? Charlotte soupire devant tant d'ignorance. « Le cri primal », m'apprend-elle, est celui que le nouveau-né pousse en remplissant pour la première fois ses poumons de notre air terrestre. Cette terrible souffrance, qui marque son inconscient, ne s'effacera que le jour où, adulte, il l'aura retrouvé et le poussera, cette fois en connaissance de cause et en acceptant le sale coup que ses parents lui ont fait en le jetant dans ce bas monde. Bref, les exercices respiratoires, auxquels se livrait il y a un instant ma fille, ne visaient pas à m'envoyer, moi, dans l'autre monde, mais à retrouver le cri de détresse qu'elle avait poussé en atterrissant dans celui-ci.

– Autant régler le problème avant de donner naissance à Tatiana. Et puis, ça ira mieux, déclare-t-elle en se beurrant une tartine.

– Parce que ça ne va pas, ma chérie ?

– Apparemment si. Mais sait-on jamais ?

Sous l'étendard du « Sait-on jamais », depuis ses quatorze ans, Charlotte a tâté de tout. Elle a été végétarienne intégrale (sans poisson ni œufs fécondés), puis semi-végétarienne (avec poisson et œufs fécondés mais sans viande), puis résolument carnivore. Elle a fait des stages de gong pour se découvrir elle-même grâce aux sons puissants de cet instrument, elle a eu recours aux massages japonais afin de faire passer l'énergie à travers son corps, mis son aura en couleur, défait ses nœufs internes par la polarité, est entrée en extase en découvrant son unité. Tout !

Par bonheur, aucun grand maître ne lui a jamais interdit les tartines, celles-ci vont bon train, mon cœur a retrouvé son calme, je bénis le Ciel que Grégoire ne soit pas rentré alors qu'elle recherchait son cri primal. Lui, aurait risqué de pousser le dernier ! La famille Réville m'apparaît à nouveau dans toute sa lumineuse normalité. Je l'envie, comme je l'envie !

– Et maintenant, veux-tu que nous parlions de Thibaut ? me demande-t-elle soudain. Audrey et moi, on a peur que tu t'en fasses.

Thibaut ! Chaque fois que les filles en ont des nouvelles, elles me les communiquent. Nous avons mis au point un code secret lorsque Grégoire est proche. Il suffit qu'elles me disent : « Vivement les vacances » et je comprends que je dois rappeler. Il m'est arrivé de courir jusqu'à une cabine publique...

Je m'en fais, c'est vrai, car depuis trois mois le code n'a pas été prononcé. Jamais Thibaut n'était resté silencieux si longtemps.

– Qu'est-ce qui se passe ? Il lui est arrivé quelque chose ?

Air réprobateur de Mururoa. Il m'est impossible de parler de mon fils sans changer de voix. Thibaut, ça doit être mon cri primal à moi.

– La lettre qu'on avait envoyée pour Noël est revenue, m'apprend Charlotte. On a essayé d'appeler mais ça ne répond pas. Audrey pense qu'ils ont dû déménager.

– Sans vous avertir ?

– On n'est pas ses nounous. Et puis ne fais pas cette tête-là, maman ! Thibaut a trente et un ans, c'est un homme.

– Quand j'y pense, c'est toujours l'adolescent que je vois. Il était... si gamin.

– Espérons qu'il a grandi. Il a un fils, une famille, un métier, je suppose.

Je ne réponds pas. Difficultés respiratoires. L'air désolé, Charlotte me tend une tartine. Elle ne supporte pas de me voir triste. Je suis toujours pour elle, je dois rester la protectrice. Elle n'a pas envie de devenir vraiment grande. On grandit lorsque l'on découvre que son tour est venu de protéger ses parents et ce n'est pas agréable du tout. Finalement, on grandit en devenant parents de ses parents... L'idée d'avoir Mururoa pour mère me fait sourire. Elle me regarde, soulagée.

– Si seulement ils n'étaient pas aussi butés l'un que l'autre, papa et lui ! Aucun des deux foutu de faire le premier pas !

– Après tout ce temps, ce n'est plus un pas qu'il faudrait faire, c'est le grand saut.

Je dis « le grand saut », et l'idée explose en moi, elle pulvérise huit années de patience. De lâcheté ? Je me lève.

– On l'appelle !

Charlotte écarquille les yeux.

– Tu veux dire... Thibaut ? Maintenant ?

– Tout de suite. On essaie.

– Et papa ?

– Tant pis !

Elle se lève à son tour, court chercher dans son sac à dos un agenda de ministre.

– Quand tu dis « on », ça veut dire toi ou moi ?

– Ça veut dire toi pour commencer. Moi après.

Mon fils sera là, je le sais, je le sens ! Et mes jambes flageolent en suivant Charlotte vers l'appareil. Je vais entendre, après huit années de silence, la voix de Thibaut. Comment n'ai-je pas fait avant un geste aussi simple que décrocher ce téléphone ? En ne voulant pas trahir Grégoire, je trahissais l'amour. Je laissais tomber celui qui avait le plus besoin de moi.

– On y va ? demande Charlotte d'une voix un peu crispée.

– On y va.

Ses doigts dansent sur le clavier, vite, comme pour ne pas me laisser le temps de me reprendre. À nouveau, mon cœur s'affole. Au diable la leçon de philosophie. Tout ce que je demande est d'être capable de parler à mon fils, ne serait-ce que pour lui dire que je l'aime, qu'il est sans cesse dans ma pensée, qu'il figure sur toutes mes œuvres, lui et son petit Justino.

D'un air désolé, Charlotte écarte l'appareil pour que je puisse entendre la sonnerie, là-bas, au bout du monde, appeler l'amour en vain.

– Toujours personne ! soupire-t-elle.

Elle raccroche. Et je m'entends promettre d'une voix de tonnerre de Dieu :

– On s'en fout. On recommencera !

Grégoire a été tout heureux de trouver sa fille à *La Maison*.

Découvrant la Zoom dans la cour, il avait pensé un instant à la visite d'un extraterrestre. Il s'est félicité que Mururoa rentabilise enfin un permis de conduire acquis à grands frais après une demi-douzaine d'essais malheureux.

Avant de retourner à l'Agence, Charlotte a accepté de picorer dans l'omelette familiale. L'odeur de pain grillé, qui avait détrôné celle de la soupe au pistou – toutes deux ayant finalement de mêmes vertus curatives –, a permis à notre homme de comprendre le peu d'appétit des femmes.

Deux heures sonnaient lorsque la future mère à casé son ventre dans le coléoptère. Sans qu'elle ait un geste à faire, la ceinture de sécurité a entouré son précieux fardeau tandis que se refermait l'élytre. Le carreau s'est baissé avec un bruit soyeux.

– J'allais oublier... Mariage le 12 avril. Mairie dix heures, église, onze ! D'accord pour faire le déjeuner à *La Maison* ?

– Église ? s'est prudemment enquis Grégoire, n'osant rappeler à la chair qu'en ce qui concernait le Ciel son mariage avec Vincent restait valide jusqu'à la disparition – non souhaitée – d'un des deux époux.

– L'Église orthodoxe, bien sûr ! On viendra vous raconter ça un de ces soirs. Maintenant, faut que j'y aille, je vais être en retard.

Dans un surprenant silence, elle a parcouru une dizaine de mètres avant de s'arrêter net et revenir se poser près de nous :

– J'y pense. Il faudrait peut-être mettre grand-mère au parfum. Tu t'en occupes, Mamouchka ?

CHAPITRE 20

Ma mère s'appelle Indépendance ! Et le fameux « Esclavage », collier à médaillon reçu le jour de son mariage des mains de sa belle-mère, n'y a rien changé ; ni les trois chaînes supplémentaires offertes par son mari à la naissance de chaque enfant : Hugo, mon frère aîné, l'infortunée qu'elle appela Joséphine, et Dorothée, la petite sœur écrabouillée par un chauffard que l'on ne rattrapa jamais, alors que, dans une ruelle de notre village, elle venait de lancer son galet dans le ciel d'une marelle-avion.

Enlevée près de la Méditerranée par un descendant des Vikings (mon père), aussi blond qu'elle était brune, Félicie Provensal supporta vaillamment durant une quarantaine d'années pluies, frimas et diktats d'un mari plus mauvais que le pire ciel de Normandie.

Mon père était – pardon – un beau salaud ! Fils unique, élevé dans la religion de sa propre personne, il régnait en maître absolu sur la maisonnée, cherchant à démolir ceux qui l'entouraient par les armes redoutables de l'ironie et du mépris. Sa cible favorite, parce que celle qui blessait le plus son souffre-douleur, était la famille Provensal. Il adorait tourner en dérision ces « paysans » à l'impossible accent. Face à la tyrannie, toute la rébellion de Félicie se cristallisa en un mot : « marmite », qu'elle s'entêta, malgré les rages de son mari, à préférer à « casserole » ou « faitout ». Sans doute, par ce mot, revendiquait-elle ses racines, tout en faisant sentir à Jean Valléry, son mari, le ridicule de ses colères. À part cela, il la trompait aussi souvent que l'occasion s'en présentait, c'est-à-dire avec une rare constance.

Elle, Félicie, avait été élevée dans la religion catholique et s'était mariée pour le meilleur et pour le pire. Lorsque le pire l'emportait, elle s'enfermait dans sa cuisine pour faire la soupe au pistou dont, par miracle, mon père était friand. L'innocent ! Une petite phrase que nous l'entendions parfois prononcer durant la préparation trahissait son souhait de passer son mari à la marmite. Le ton rêveur, elle murmurait : « Quand l'un de nous deux sera mort, je retournerai à Grimaud. » Grimaud, son village d'enfance, le chaud berceau de la famille où Hugo, gourmand de soleil, de cigales et de melon chaud, mais surtout de paix domestique, avait filé dès sa majorité pour s'installer dans le grand mas des « paysans ».

Comme prévu, sitôt son mari – de quinze années plus âgé qu'elle – décédé, Félicie l'y avait rejoint. J'avais épousé mon Capitaine et attrapé le virus de la pluie. Je suis restée.

Aujourd'hui, du haut de ses quatre-vingt-deux ans, Félicie Provensal anime avec compétence un groupe d'actionnaires féminines. Elle milite pour la protection des espèces rares (n'en fait-elle pas partie ?). Et, sitôt qu'elle a huit jours devant elle, s'embarque pour une croisière.

Devant cette métamorphose, Grégoire qui, par solidarité masculine, s'est toujours refusé à juger son beau-père, manifeste la plus grande méfiance. Craint-il qu'un jour je ne me transforme moi aussi en veuve joyeuse ? J'ai beau lui expliquer l'évolution de la condition féminine et qu'il n'est plus obligatoire de passer son mari à la marmite pour s'épanouir, lui démontrer avec moult affectueux exemples que je ne serais pas restée si longtemps avec un ronfleur, si ses bons côtés ne l'avaient finalement emporté sur les mauvais, lorsqu'il me regarde d'une certaine façon, je sens bien que cet homme, naturellement possessif, rêve au temps où les épouses étaient enterrées vives à côté de leur cher défunt.

J'ai pris mon courage à deux mains et j'ai appelé Indépendance pour lui annoncer que sa petite-fille préférée – à ne pas dire à Audrey – s'apprêtait à épouser en secondes noces, avec la bénédiction d'un pope, un metteur en scène russe dont elle était enceinte.

Elle m'a laissée aller sans m'interrompre jusqu'à la fin de la nouvelle. Au bout du fil, sa respiration régulière aurait pu laisser croire qu'à Grimaud, dans sa chambre-bureau qui fixe les collines boisées et le joli village de Gassin, elle s'était endormie. Pas du tout !

– Et c'est pour quand, cette mascarade ? a-t-elle demandé d'une voix électrique.

– Le samedi 12 avril. Charlotte compte sur toi.

– Nous verrons ce que nous déciderons, a-t-elle répondu avant de raccrocher.

J'ai oublié de dire que Félicie ne parle d'elle qu'à la première personne du pluriel. Pour moi, ce « nous » est la fusion de trois personnes : l'adolescente pétant le feu, la femme aux illusions perdues, la veuve joyeuse. Il indique qu'à sa façon, acceptant les unes comme les autres, Félicie a trouvé son unité.

« Alors que je n'ai jamais connu le mal de mer, quand tu joues au psy, tu arrives à me le donner », dit Grégoire en se prenant la tête à deux mains.

Un dimanche comme les autres à neuf heures du matin. Capucine et Adèle envoient valser leurs baskets et grimpent dans mon lit. Capucine dissimule quelque chose sous son T-shirt.

– Dis, Babou, est-ce que tu vas mourir bientôt ?

– Mais quelle idée ! Je ne suis pas pressée. Pourquoi ?

– Parce que les grand-mères, ça meurt d'abord.

Une ardente pensée pour ma pauvre petite sœur écrasée à sept ans par un salaud qui, lui, coule peut-être encore de vieux, sinon heureux jours. Le diable l'emporte.

– C'est vrai qu'en général, les plus âgés partent les premiers.

Échange de regards entre les comploteuses.

– Et si Pacha meurt avant toi, est-ce que tu le suivras très vite dans sa tombe ?

Par la fenêtre ouverte, je regarde avec tendresse mon pauvre cher homme qui, dans le jardin, solidement arrimé sur ses pattes de derrière, contemple ses jeunes chênes avec l'assurance de celui qui connaîtra l'éternité.

– Suivre dans sa tombe... Mais où avez-vous entendu ça ?

– À la télé, explique Adèle, et ça nous a fait peur. On a même un peu pleuré.

Je les prends contre moi. Une partie du tas de sable s'est déversée au creux du drap.

– Écoutez-moi, les pestes ! Tant qu'on est utile, on essaie de rester.

– C'est quoi, utile ? interroge Capucine.

– C'est servir à quelque chose.

– À faire des allumettes au fromage pour l'apéritif de ce soir ? suggère Adèle dont c'est le régal.

– Par exemple, mais ce n'est pas assez.

– À venir dans ton lit quand Pacha fait le jardin ?

– C'est pas mal mais pas suffisant non plus.

– À se raconter des choses comme maintenant ?

– Voilà ! Ça, c'est important : se raconter des choses !

– Babou, on peut entrer sous ta couette deux minutes ?

Je soulève. Bref séminaire dans leur cachette préférée où, parfois, nous en trouvons une endormie, écarlate, à demi étouffée, béate. Puis, double dégoulinade sur le plancher, fous rires pas catholiques du tout, disparition.

Sous la couette, je trouverai tout à l'heure, en plus du sable, un de ces monstres dont raffolent les enfants parce que la peur de la mort les habite. Mi-squelette, mi-Frankenstein, trois poils sur le caillou, yeux phosphorescents.

« Dis, Babou, la mort c'est comme ça, n'est-ce pas ? Pas pour de vrai ? »

CHAPITRE 21

Ce soir, appel de Casamance : « Tout va bien, maman ? Tu peux me passer papa deux minutes ? » La voix de mes filles ne m'a jamais trompée : quelque chose de pas net dans celle d'Audrey m'indique qu'il y a du complot dans l'air. Je lui passe son père et, comme il n'est pas dans ma nature d'écouter aux portes, je me retire dans mes appartements où m'attend le brave Hercule Poirot. Lire est aussi pour moi une façon de faire la Valise. Depuis que, adolescente, j'en ai découvert le goût, fournie en livres « sérieux » par ma mère et en polars par mon frère Hugo, je ne peux vivre sans avoir sur ma table de nuit un exemplaire des deux littératures et passe de l'une à l'autre selon l'humeur.

En fait de deux minutes, la conversation entre Audrey et son père dure le temps d'un chapitre et d'un assassinat par défenestration. La brève sonnerie de l'appareil en bas indique à mes sens en éveil que c'est fini. Presque aussitôt le pas lourd d'un Commandant fait trembler l'escalier. Aurait-on quelque chose à me demander ? J'embarque pour le chapitre suivant.

Impossible de vivre plus de trente ans avec un homme sans connaître toute la gamme de ses sourires. Celui qu'arbore Grégoire en entrant dans la chambre est l'un des plus faux de sa panoplie. Le « quelque chose » doit être un gros morceau ! Je replonge le nez dans mon livre. Il se penche pour en lire le titre : « C'est bien ce bouquin ? » Voix aussi fausse que le sourire : Grégoire méprise mes lectures. Seuls Conrad et le capitaine Horn Blower trouvent grâce à ses yeux. Tout cela sent furieusement les travaux d'approche. Parions que dans deux minutes, il me parle de son arthrose cervicale.

Posé sur le bord du lit conjugal, il se dévisse le cou en grimaçant pitoyablement. Et voilà :

– Je ne sais pas si ça te fait ça, gémit-il, mais ce soir j'ai un mal fou à tourner la tête. Ça doit être le temps.

Je mets le marque-page dans mon livre, le referme, pose mes lunettes de lecture.

– Allez, vas-y, qu'est-ce que ta fille et toi avez à me demander ?

Profond soupir de l'époux. Une femme vraiment aimante lui aurait proposé un massage de la nuque durant lequel, sans la regarder, il aurait pu exposer sa requête. Je lui ai cassé son coup.

– C'est à propos de l'anniversaire de Tim, répond-il en s'éclaircissant la gorge. Il dit que son vieux clou peut encore tenir jusqu'à l'année prochaine. Il a une autre idée.

Dimanche, nous fêtons les douze ans de Timothée. Il était prévu qu'il irait samedi avec son grand-père choisir un vélo neuf. J'ai, pour ma part, un petit cadeau confidentiel à lui remettre.

Je remarque :

– Il a bien le droit de changer d'avis. Et quelle est cette idée ?

– C'est justement à ce propos que Audrey m'appelait, temporise lamentablement Grégoire. Elle voulait avoir ton opinion.

Cruellement, je fais mine de m'étonner :

– Mais pourquoi ne me l'a-t-elle pas demandée directement ?

Le pauvre homme se masse le cou, se racle la gorge, finit par plonger.

– Voilà. Il pense à une chèvre naine angora. L'oncle de l'un de ses amis en fait l'élevage. Il paraît que c'est adorable.

Dans ma nuque à moi – et ce n'est pas le temps – je sens monter une chaleur. Je souris à Grégoire.

– Mais quelle bonne idée, une chèvre naine angora ! Évidemment, dans leur quatre-pièces à Caen, ce ne sera pas très pratique, surtout au troisième sans ascenseur, mais les chèvres sont d'excellentes alpinistes et c'est en tout cas mieux qu'un boa. Il paraît que les boas ont un succès fou en ce moment.

Grégoire me lance un long regard de reproche.

– Bien sûr, Audrey souhaite que nous la logions ici. Quatre planches et un toit au fond du jardin, un lit de paille, un peu de céréales, c'est tout ce que demande une chèvre. Naine en plus. Sans compter qu'elle tondra la pelouse. Toi, évidemment, tu n'auras pas à t'en occuper.

– NON !

Tous ! Nous les avons tous eus ! Du hamster ou du cochon d'Inde – machines à se multiplier – à l'indifférent poisson rouge ou à l'oiseau déplumé, rapportés en triomphe de la fête foraine. Chats et chiens bien sûr. Perroquets désespérément muets. Sans compter la fourmilière dans une maison de verre d'où l'on pouvait voir ces admirables travailleuses à l'ouvrage... jusqu'au jour où Charlotte leur offrit la liberté. Les deux filles mariées, c'est Grégoire lui-même qui a décidé que nous n'aurions plus d'animaux afin d'être libres de partir du jour au lendemain en escapade (il venait de fonder son association de scrabble).

Je n'ai rien contre les animaux sinon que, flairant en moi la mère nourricière, ils me vouent une adoration sans bornes. Ils sont les pires ennemis de la Valise. Sitôt qu'elle m'apparaît, ils piaillent, miaulent, aboient, crèvent la gueule ouverte. Ils sont les rois de la culpabilisation avec leurs yeux larmoyants, leurs langues tendues, le hurlement muet de leur dépendance.

– Tu ne peux pas refuser comme ça ! Réfléchis au moins. Tim en meurt d'envie. Et après ce qui lui est arrivé, Audrey assure qu'il a besoin de protéger quelqu'un pour se sentir fort.

– C'est tout réfléchi : qu'il protège son petit frère.

– Gauthier ? C'est bien là tout le problème, se désole Grégoire. Il paraît que, depuis sa mésaventure, c'est Gauthier qui l'a pris sous son aile. Et, une chèvre n'est-elle pas un beau symbole ? M. Seguin...

– Beau symbole qui finit par être dévoré !

– C'est minuscule, insiste Grégoire. Tu ne la verras même pas. Je croyais que tu l'aimais, ton petit-fils...

Le chantage maintenant !

– De mon vivant, une chèvre naine angora ne mettra pas la patte ici…

Liquidambar, j'arrive !

Samedi matin, Jean-Philippe, Timothée et Grégoire ont monté la cabane et l'abreuvoir. Ils étaient aidés par M. Lelièvre, notre voisin, qui s'était autrefois ruiné en faisant du mouton sélectionné et dirigeait les opérations avec un entrain suspect. Le sol de la cabane a été garni d'une bonne couche de paille. Une provision de foin, nourriture de base des chèvres, a été constituée. C'était un animal difficile sur la qualité. Blé, orge, feuilles de choux composaient ses desserts. Il faudrait l'attacher court pour qu'elle ne dévaste pas le jardin.

Samedi après-midi, Grégoire a emmené Tim choisir son cadeau dans un petit élevage à une centaine de kilomètres de *La Maison*. Scarlett n'était guère plus haute que la Folle de Poméranie, sans cornes, le cou orné de pampilles. Elle avait les yeux jaunes sous de longs cils blancs et les sourcils en bataille. Une houppelande de mohair l'enveloppait tout entière, balayant le sol. Pas sauvage pour deux sous, elle a participé au goûter, mangeant ce qu'on lui offrait, cherchant à chaparder le reste.

Tout le monde était là : les Réville au grand complet, qui l'ont trouvée charmante, Boris et sa tribu, Vincent (l'ex de Charlotte) et son petit Melchior. J'avais convié mes grâces : Diane est la marraine d'Audrey, Marie-Rose celle de Mururoa – le hasard a bien fait les choses. « Tu es foutue », m'a dit sans ménagement Marie-Rose après que Tim lui eut présenté Scarlett.

« Je songe à une séparation, lui ai-je répondu de façon à ce que Grégoire entende. Cherche-moi quelqu'un d'urgence. » Pour la galerie, Grégoire a fait semblant de rire.

Maman a appelé dans la soirée pour annoncer à Tim qu'il était désormais propriétaire d'une sicav monétaire. Elle téléphonait de son rallye-bridge, profitant de ce qu'elle était morte, et n'a souhaité parler qu'au héros de la fête. C'est elle qui a eu l'idée de baptiser *Tara*, la cabane de Scarlett.

Avant que Tim ne rentre chez lui, je l'ai pris à part afin

de lui remettre son petit présent supplémentaire. J'avais, à vrai dire, beaucoup hésité à le lui offrir car ce cadeau était bel et bien le produit d'un vol ! Mais, au moins, celui-ci valait-il son pesant de symboles. À côté, toutes les chèvres angora du monde pouvaient aller se rhabiller.

Dans certaines tribus africaines, on mangeait autrefois le cerveau de son ennemi pour s'approprier sa force, c'est ce que j'ai expliqué à Tim tandis qu'il défaisait le paquet. En y découvrant le yoyo lumineux d'Aimé, il est devenu écarlate. À peine s'il osait y toucher.

« Tu l'as bien gagné, lui ai-je dit. C'est toi le vainqueur. »

Il a fini par s'en saisir. J'avais changé les piles et il marchait très bien. Restait à espérer que cette fragile lumière montant et descendant lui parlerait désormais d'espoir et non de mort.

CHAPITRE 22

Je connais des couples qui vivent dans le silence. Pas le bon, qui régénère, l'autre. Lorsque je dis « l'autre », tous me comprennent.

Ils enfouissent au fond d'eux-mêmes leurs pensées les plus importantes, leurs désirs secrets, leurs rancœurs et même, parfois, l'amour qu'ils se portent encore. Ce silence travaille entre eux comme la rouille, il ronge en douce les liens qui les unissaient et un jour plus rien ! Des gestes, des habitudes, une routine. Sur du vide.

Soudain il m'a semblé entendre comme un cri d'alarme et je n'ai plus supporté le silence entre Grégoire et moi à propos de Thibaut. Je peux en citer le moment exact : lorsque, le cœur battant, je regardais Charlotte pianoter sur le cadran du téléphone et ne comprenais plus comment cette femme, cette mère, moi, avait pu être assez faible, ou lâche, pour ne pas appeler son fils plus tôt. J'en ai voulu à Grégoire de m'avoir imposé cette séparation. Je m'en suis voulue de l'avoir acceptée.

Mais rompre le silence…

Après tant d'années de partage, c'est dire à l'autre, qui ne s'y attend pas, qui se croit protégé : « Eh bien voilà, mon amour, nous avons vécu tout ce temps dans le mensonge, toutes ces heures sans partager l'essentiel. » C'est finalement lui avouer : « Nous ne nous sommes pas bien aimés. »

Sept heures du soir. Fin de journée grise et boueuse. Le vent jette sur les vitres des poignées d'eau de pluie. Assis sur un tabouret devant la cheminée, Grégoire cire ses chaussures.

C'est une tâche qu'il aime. Il lui arrive de cirer les miennes et cela m'émeut : du cirage ici, là, n'oublions pas les coins… J'ai un peu l'impression qu'il me fait l'amour. Je crois qu'il y pense aussi.

– Je voudrais que nous parlions de Thibaut, dis-je.

La brosse marque un temps d'arrêt. « Pardon ? » Il a bien entendu mais refuse de croire ses oreilles. La dernière fois que nous avons « parlé de Thibaut », c'était après la naissance de Justino que les filles venaient de m'apprendre. J'avais supplié : nous tenions là l'occasion de faire un signe à notre fils. J'espérais encore. « Si signe il doit y avoir, ce n'est pas à nous de le faire. Ce n'est pas nous qui avons claqué la porte. » Et il avait quitté la pièce.

Il reste.

– J'ai régulièrement des nouvelles de lui par ses sœurs.

– Et tu crois que je ne le savais pas ?

IL SAVAIT ! Il savait que j'avais des nouvelles de Thibaut et jamais il ne m'a demandé : « Comment va-t-il ? » Je le croyais blessé comme moi, c'était malgré tout un lien entre nous, je me trompais. Il avait bel et bien rayé son fils de sa vie.

Je regarde cet homme résigné à l'amputation d'une partie de son cœur. Je ne le reconnais plus. En attendant, il a repris sa brosse. Il me semble avancer seule dans le désert comme un soldat perdu. Je continue.

– Voilà quatre mois qu'elles sont sans nouvelles. Et chez lui, à Rio, ça ne répond plus. Nous sommes inquiètes.

Alors il rit : un sale rire de rancune. Rire de corbeau sur la putréfaction d'un sentiment.

– Mon Dieu ! Quatre mois ! Quel désastre… Voilà huit ans qu'il a filé avec cette putain. S'il est resté là-bas, c'est qu'il s'y plaît, non ?

– Tais-toi !

J'ai crié. Mais l'amour s'en va, Grégoire, l'amour coule et tu ne le vois pas. Continue et il se noie pour de bon. Comment pourrais-je encore aimer un homme qui rit lorsque j'ai envie de pleurer, qui répète les mots de la rupture : « Cette putain ou nous », la phrase qui a tout bousillé. Ne s'est-il jamais demandé pourquoi Thibaut avait choisi la « putain » plutôt que deux si merveilleux parents ?

Je me lève : ce bloc de béton, ce vieux machin sclérosé sur son tabouret, je ne peux plus le supporter.

– Je vais y aller, Grégoire.

Enfin, il lâche sa brosse. Il se lève. Une grosse veine bat à son cou.

– Tu vas aller où ?

– Tu as très bien compris : à Rio. Sitôt que Charlotte aura accouché.

Ce n'était pas prévu. L'urgence m'a arraché ces mots. Et je ne suis pas sûre d'y croire moi-même. Et je découvre comme c'est fragile, un couple. J'ignorais qu'en cassant le mur du silence, la maison, derrière, se lézarderait. Il y avait une bombe à retardement dans le mur.

Grégoire a saisi mon bras. Il me secoue :

– Mais qu'est-ce qui t'arrive, Jo ? Tu es devenue folle ou quoi ? Puis la lumière lui vient : C'est encore ton Samouraï qui t'a mis ça dans la tête ?

À mon tour de rire : le Samouraï ? Je n'y avais pas pensé ! Mais j'aurais pu, c'est exact. Ce soir, c'est bien un combat vital que je mène. Et autrement plus difficile que celui livré contre les adversaires de Tim. C'est mon mari en face, trente-sept années de vie commune, une existence. Et ce n'est pas au corps que je risque de récolter plaies et bosses.

– Mon Samouraï n'y est pour rien. J'ai simplement décidé que nous avons perdu assez de temps comme ça. Moi, je veux revoir Thibaut. Je veux connaître mon petit-fils.

Il lâche mon bras.

– Ton petit-fils ? s'exclame-t-il. Mais ma pauvre chérie qu'est-ce que tu crois ? Ton petit-fils ne doit même pas connaître notre existence. Il ne parle pas notre langue, c'est l'enfant de cette…

Dis-le et je m'en vais. Et pas question d'être ta « pauvre chérie ».

– Cette Estrella… fait-il, alerté par un reste d'instinct.

C'est toujours un bref instant qui cheville dans la mémoire les moments importants de la vie. Comme un clou qui maintiendrait le tableau du souvenir. Celui-ci s'appelle : « Jour de rupture chez les Rougemont. »

Nous habitions un appartement à Caen. *Maison*, nous ne nous étions pas encore trouvées : et, à propos, n'est-ce pas pour fuir un lieu imprégné de Thibaut que je t'ai si ardemment cherchée ? Les filles étaient mariées. Nous n'avions plus que notre fils avec nous. Son service militaire accompli, il étudiait vaguement le droit. C'est vrai qu'il faisait tout « vaguement », Thibaut. Sans passion, sans feu. Mais pourquoi le feu n'avait-il jamais pris en lui ?

Ce soir-là, de novembre, il arrive en retard pour dîner. Il n'a pas averti et, à juste titre, Grégoire le lui reproche. Nous soupçonnons sa liaison avec cette danseuse brésilienne dont les portraits entourés d'étoiles tapissent les murs de sa chambre. Nous sommes inquiets.

– De toute façon, répond Thibaut à la réprimande de son père, je ne t'embarrasserai plus longtemps. Je pars pour Rio.

– Arrête de plaisanter, veux-tu, ce n'est pas drôle, riposte Grégoire.

Moi, c'est mon cœur qui s'est arrêté : j'ai compris qu'il ne plaisantait pas.

– Estrella a accepté de m'épouser, dit Thibaut.

Avec quelle naïve fierté il a annoncé ça ! Estrella, la brûlante danseuse qui attire les foules dans le cabaret le plus en vue de Caen, l'a élu, LUI.

Grégoire ne peut croire à tant d'innocence. Il en reste d'abord sans voix. Puis il explose :

– L'épouser ? Mais réveille-toi imbécile. Tu n'as donc pas compris qui était ton... étoile ?

Elle est la femme qui a appris à Thibaut à être un homme. Avec quelle pudeur s'est-il parfois confié à moi : « Les filles l'intimident... il n'ose... il ne peut... » Misérablement, il tient tête à son Commandant de père, fort, galonné, dont il doit penser qu'il n'a jamais eu peur de rien et certainement pas des filles...

– Elle est celle que j'aime, répond-il.

Et ce sont les mots irréparables, dictés par la colère, la certitude d'être dans le VRAI. Ah, le VRAI, la ligne droite, le droit chemin, comme je vous déteste, que de dégâts font ceux qui se prévalent de vous !

– Si tu pars avec elle, inutile de revenir ici, dit Grégoire. Ce sera cette putain ou nous.

L'injure a fait sursauter Thibaut. Il se tourne vers moi.

Voilà l'instant dont je me souviens. Le clou incandescent qui va river à jamais ce moment dans mon cœur, quand le regard incrédule de mon fils m'a interrogée : « Toi aussi, maman, tu penses qu'Estrella est une putain ? » Car Grégoire a dit « nous », le nous du couple, de la solidarité.

Moi, je ne veux pas que mon fils suive cette danseuse au Brésil. Mais je ne veux pas davantage du choix impossible devant lequel l'a placé Grégoire. Grégoire qui, lui aussi, attend un soutien dont il ne doute pas. Tandis qu'entre deux amours, je sens autour de moi se défaire ma vie.

Combien de secondes suis-je restée muette ? Trop ! Thibaut n'est plus là. Sans claquer la porte, sur la pointe des pieds, il est sorti de notre existence.

Grégoire a repris mes poignets.

– Pas question que tu ailles là-bas, je te l'interdis.

– Que tu le veuilles ou non, j'irai. Il le faut.

Pour répondre au regard de mon fils.

Mais, dans le souvenir, un autre regard est déjà en train d'imprimer sa brûlure : celui, stupéfait, d'un enfant trahi, dans le visage d'un vieux Commandant dont le bateau sombre alors qu'il s'en croyait le maître… avant qu'il ne quitte la pièce, le dos courbé, ses chaussures bien brillantes à la main.

CHAPITRE 23

Des fleurs, des flammes, des oiseaux, un élan ! Voilà bien le cœur du message que je voulais inscrire sur mon coffre : la fusée embrasée de l'amour. Rien que ça !

Ma fusée sent le pétard mouillé. Ce travail commencé dans l'enthousiasme, je le poursuis dans le doute : peindre l'amour, n'est-ce pas peindre une illusion ? Un magnifique trompe-l'œil sur lequel on se casse le nez quand on veut y voir de plus près ? Et si l'amour vieillissait comme le reste ? S'il se pinçait comme les lèvres des gens âgés, se ramollissait comme leur peau, vidée de sa sève. Si c'était par peur de la solitude que l'on continuait à se dire « Je t'aime » ?

Rien ne va plus depuis que j'ai osé exprimer à Grégoire le fond de mon cœur. Nous n'avons reparlé de rien mais, entre nous, tout sonne faux. Je le soupçonne de penser que « Madame fait sa crise, ça lui passera… » Et je lui en veux. Comme dans la chanson, je me demande : « Que reste-t-il ? »

Il y avait, oui, il y avait, cette douceur à se retrouver, se savoir là, se sentir deux. Je le sens loin, je me sens seule. Le moment le plus pénible est celui des repas où, l'un en face de l'autre, prisonniers d'une assiette, d'une côtelette, d'une obligation autrefois agréable, nous nous efforçons de parler comme avant. Ce ne sont pas les sujets de conversation qui manquent grâce à Charlotte, le prochain mariage de Charlotte, la naissance de Tatiana. Pardon, petite Tatiana, combien de fois seras-tu venue à notre secours avant même que tu ne sois là. Mais les mots sonnent creux car l'esprit est ailleurs. Et les gestes aussi me semblent à présent vides de sens, d'esprit, comme celui qu'il continue à avoir, chaque soir, la lumière éteinte, de passer son bras autour de mes épaules avant qu'un peu plus tard nous ne nous tournions de l'autre côté pour dormir.

N'est-ce pas ainsi que nous vivons désormais ? Chacun tourné de l'autre côté ?

Une phrase qu'il a prononcée à propos de Justino, et à laquelle, sur le moment, je n'avais pas attaché d'importance, me met le moral à zéro. Il a dit : « Mais qu'est-ce que tu crois, ma pauvre ? Ton petit-fils ne doit pas connaître notre existence. Il ne parle pas notre langue. »

Et s'il voyait juste ? Pourquoi Estrella, et même Thibaut, auraient-ils parlé à leur fils de grands-parents du bout du monde qui ont claqué la porte au nez de son père. Sait-il seulement ce qu'est la France ? Encore heureux si on ne nous a pas démolis dans le cœur du petit Justino. Ah ! je l'imagine, contre la jupe de son autre grand-mère, posant ses questions d'enfant, celles qu'ils posent tous parce qu'ils n'aiment rien tant que comptabiliser leurs racines et plus ils en ont, plus ils sont rassurés, ce sont des forêts qu'il faudrait sur la tête des enfants, et le vent de la vie les berçant dans les branches de l'arbre généalogique : « N'aie pas peur, nous sommes là. » Oui, je l'entends, ce petit Justino que je ne connais pas : « Le papa, la maman de mon papa, c'est qui ? Où ils sont ? Quand est-ce qu'on ira les voir ? » lui demande-t-il dans cette langue pour moi étrangère. Que lui répond-elle, la grand-mère brésilienne ? Quand je pense qu'elle l'a pris sur ses genoux, serré contre sa grosse poitrine, qu'elle a savouré l'odeur de sa joue (aucun enfant n'a la même), qu'il lui dit : « Vovo » (ridicule, je me suis renseignée, on appelle comme ça les grand-mères là-bas : Vovo !).

L'amour, je l'ai planté sur mon coffre pour mon lointain petit-fils, sous la forme d'un bouquet de feuilles de chêne, le chêne d'Amérique. Il flamboie en bas et à gauche – côté cœur, mettons toutes les chances de notre côté – et je l'ai peint avec tant de feu que je ne suis pas loin de penser que c'est ce que j'ai le mieux réussi. Bien que tout petit, on ne voit que lui.

– Tu vas vraiment aller là-bas ? demande Diane, partagée

entre l'incrédulité et, me semble-t-il, une certaine admiration.

– Bien sûr, elle va y aller ! répond Marie-Rose à ma place. Elle a assez attendu comme ça, non ?

Toutes deux me fixent comme au lycée, le jour où j'avais promis de sauter du plongeoir olympique et, au dernier moment, la peur me nouant le ventre, j'avais fait marche arrière. Sur mon postérieur en plus !

Je m'étonne :

– Vous auriez voulu que j'agisse et vous ne me le disiez pas ?

– C'est toi, ma chère, qui n'étais guère prolixe sur le sujet, observe Marie-Rose.

– De toute façon, cette décision, on ne pouvait pas la prendre pour toi, remarque sagement Diane.

Diane-Résidence ! Si tranquille dans la vie qu'elle s'est choisie, à l'abri de sa descendance, au cri de : « Chacun son tour. » Serais-je jalouse ? La vie, c'est choisir ses responsabilités et ses soucis. Et c'est bien son droit d'avoir préféré se faire du mouron pour la Folle de Poméranie et ses grands yeux amoureux, plutôt que pour des enfants qui n'ont rien à faire des conseils de leurs vieux.

– Écoute, lui dis-je. Admettons que pareille chose te soit arrivée – je sais bien que c'est impossible, mais admettons. Tu y serais allée, toi, au Brésil ? Contre le gré de Louis ?

– Tout ce que je sais, c'est que ce n'est pas Louis qui m'en aurait empêchée si j'en avais eu envie !

– Jo-mea-culpa… rit Marie-Rose en me regardant comme la dernière des irrécupérables.

Jo-mea-culpa… Jo-le-remords… Elles m'appelaient comme ça au lycée. Je traîne un sérieux handicap : j'ai toujours peur de faire de la peine.

En attendant, le discret serveur a posé devant nous un assortiment de plats : canard aux cinq parfums pour moi, crevettes piquantes pour Marie-Rose, salade de soja pour Mme Diététique. La Folle, qui a déjà failli trois fois emporter notre table pour aller goûter le porc aux épices de voisins, revient, pleine d'espoir, dans nos régions.

Cette fois, c'est un restaurant chinois que nous avons élu. Il fait toujours calme chez le Chinois. D'ailleurs, il suffit que l'une propose : « Si on allait manger des *nems* pour que les autres comprennent qu'il y a confidence sous roche. Les *nems* étaient croustillants à souhait, tièdes, parfumés à la menthe. Et quel bien cela m'a fait de tout raconter ! Je regarde mes « Grâces » et je me sens riche : j'ai deux amies en or.

– Bien sûr, si tu veux une avance sur le coffre, à ta disposition, propose mon employeuse. Je suppose que tu ne prendras pas ton billet d'avion sur le compte joint.

– Et avant de prendre ton billet d'avion, renseigne-toi pour savoir si Thibaut est toujours à Rio, conseille Diane. Veux-tu que Louis appelle l'ambassade ?

– Je vous remercie mais c'est trop tôt. Je ne ferai rien avant la naissance de Tatiana.

J'éprouve un malaise : ne dirait-on pas que mes amies en or sont plus pressées que moi de me voir partir ? Que, pour elles, Grégoire ne compte pas ? C'est drôle, dès qu'il est loin, Grégoire, je me remets à l'aimer. Et je l'imagine, à cet instant même, chez le « Bougnat », à quelques encablures de notre Chinois, dégustant avec ses copains leurs bien-aimés pieds-paquets farcis aux tripes d'agneau, elles-mêmes farcies à je ne sais quoi. S'il a une qualité, mon Capitaine, c'est bien la droiture. Ah ! ce n'est pas lui qui irait faire, derrière mon dos, d'autres plans que ceux concernant ses tournois de scrabble ! Jo-mea-culpa ?

– Il faut quand même que vous sachiez une chose, mes vieilles, j'aime mon mari !

– Pourquoi dis-tu ça comme si tu te raccrochais aux branches de ta petite vie ? répond cruellement Marie-Rose.

Pour changer, nous avons parlé mariage. Bien que celui de Charlotte ait lieu dans l'intimité et que Boris n'ait pratiquement pas de famille en France, nous serions une bonne soixantaine de personnes. Un déjeuner était prévu à la maison, sous une tente, après la cérémonie religieuse.

C'est à sa marraine que Charlotte avait demandé de la guider dans le choix de sa tenue de noces. Mes filles ne partagent pas mes goûts vestimentaires. Trop classique pour Charlotte, je ne le suis pas assez pour Audrey. Il faut reconnaître qu'en dehors des jours où je foudroie de désir les hommes dans les rues de Caen, je suis abonnée au pull-pantalon sans histoire.

– Pendant que j'y suis, si la mère de la mariée le souhaite, je suis prête à la conseiller elle aussi, a proposé Marie-Rose.

– Et à part ça, cette chère Scarlett, quelles nouvelles ? a demandé perfidement Diane qui savoure de n'être plus la seule enchaînée à un animal.

À part ça, à en croire mes oreilles, Scarlett-la-chèvre logeait toujours à *Tara*, dans le fond du jardin. On avait tenté de me cacher qu'elle avait dévoré un morceau de liquidambar qui, bien que nourri au venin des gros mots, avait échoué à l'empoisonner.

Et, à part ça, hier, une grande actrice est morte. Elle avait quatre-vingt-douze ans. Ses dernières paroles ont été pour réclamer sa mère : « Maman, maman. » Je ne sais pas pourquoi, quand j'ai lu ça dans le journal, ça m'a fichue par terre. J'aurais préféré naître dans les choux. D'ailleurs, qu'est-ce qu'elle fait, ma mère ? Viendra-t-elle au mariage ou non ? Elle aurait pu répondre, au moins.

Et, à part ça, l'autre soir, ouvrant l'armoire de la salle de bains (côté réserves et pharmacie d'urgence), je suis tombée sur les fameux sels de bains moussant « Évasion ». Et, flottant dans l'eau tiède qui fleurait bon la « cocotte » (merci Grégoire), tandis que j'évoquais la mémorable journée qui me paraissait si loin déjà, j'ai tout bonnement fondu en larmes.

CHAPITRE 24

« Père spirituel »… le papa de l'âme, celui qui se préoccupe de son futur hébergement au ciel (si possible pas trop au chaud).

Je pensais le terme révolu, eh bien pas du tout. C'est bel et bien le « père spirituel » de Boris, moine orthodoxe de son état qui, ayant constaté que l'essence du mariage – amour et sexualité – n'existait plus entre Boris et son ex-femme, pas plus qu'entre Charlotte et Vincent, et après qu'ils eurent reconnu l'erreur que constituaient leur première union et se furent déclarés fermement résolus à ce que la seconde soit la bonne, a obtenu de l'évêque le feu vert pour leur remariage religieux du 12 avril prochain.

Voici ce que vient de nous expliquer le futur jeune couple autour d'une gibelotte de lapin accompagnée, en l'honneur de Boris, de bolets à la Tolstoï.

– Trop facile ! râle Audrey. Si maintenant Dieu accepte que l'on divorce quand le sexe et l'amour sont en baisse dans le couple, tous ceux qui auront passé cinq années de mariage – et je suis large – se mettront sur la liste d'attente. Et bien sûr, les dégâts pour les enfants, on n'en parle pas. Le Ciel s'en balance.

– Ce n'est pas parce que le sexe et l'amour triomphent dans ton couple depuis douze ans et que Jean-Philippe et toi avez décidé que ça continuerait encore cinquante ans, que tu es en droit d'exiger de tous un même record, proteste Charlotte. Et je te prierai de constater que tous nos enfants sont… aux anges.

– Que tu changes de mari, soit, c'est la mode ! s'entête Audrey sans égard aucun pour le fiancé énamouré placé à sa droite. Mais que vous vous débrouilliez pour avoir, en plus, la bénédiction du Ciel, tu ne crois pas que vous y allez fort ?

– Dieu complique tout, c'est vrai. N'empêche qu'on le veut de notre côté, tranche Charlotte. Elle se tourne vers moi : Maman, elle m'énerve, ma sainte grande sœur, file-lui quelques bolets-Satan s'il te plaît.

Avec un sourire tordu, Audrey présente son assiette. Filer un bolet-Satan à quelqu'un pour l'envoyer plus vite au paradis est la façon des filles de passer leur prochain à la marmite. Je refais une tournée de gendarmes noirs. Ce bolet à sombre coiffure marbrée de brun est pour moi le plus savoureux, le plus parfumé et, depuis l'enfance, la chasse aux champignons est mon sport favori. Durant quelques instants, le nez dans la grande marmite de l'automne, sous le toit protecteur d'une forêt que je connais comme ma maison, j'oublie qu'il existe d'autres toits, moins naturels, et, dessous, des familles merveilleuses et accaparantes, indispensables et tuantes. Lorsqu'en septembre dernier, je mettais mes gendarmes en bocaux (découverts dans un coin fabuleux dont je tairai le nom pour qu'on ne me le pille pas), j'ignorais que nous les dégusterions avec un futur gendre slave qui semble avoir déjà compris que la plus élémentaire prudence est de faire le mort lorsque les sœurs s'accrochent.

– Vous direz ce que vous voudrez, conclut Mururoa en parcourant d'un œil aussi sombre que les champignons, la tablée silencieuse, moi, je suis sûre que, là-haut, Dieu ne se livre pas à vos calculs sordides. Pour la bonne raison que s'il s'y livrait, vu l'épidémie de divorces – et ça ne fait que commencer – il n'y aura bientôt plus dans les églises cathos que des corps glorieux comme Audrey et Jean-Philippe, déjà pré-inscrits au Ciel, ou des hypocrites qui se défoulent en douce.

Le « corps glorieux », Jean-Philippe, étouffe un rire discret. Charlotte se tourne vers moi.

– M'man, dis quelque chose, *please* !

J'émerge péniblement de mes sous-bois. Moi, c'est moins à Charlotte, divorcée volontaire que je pense, qu'à ceux qui se sont mariés pour toujours et que l'autre a laissé tomber.

J'en connais tant ! Et ceux-là – plus généralement « celles-là » –, les empêcher de « mettre le Ciel de leur côté » lorsqu'ils retrouvent l'âme-sœur, j'ai envie de dire : « C'est pas juste. »

Mais je crains que le grand pardon n'entraîne la grande anarchie, alors je ne sais que répondre à Charlotte qui, découragée, s'adresse maintenant à son père :

– Et toi, papa, dans le cirage comme ta femme ?

Grégoire se réveille en sursaut. Vous croyez qu'il suit la conversation, et même de façon plutôt bienveillante, vu le sourire qui flotte sur ses lèvres. Pas du tout. Il dort !

– Moi, quoi ? bredouille-t-il.

C'est à ce moment que le délivre un grand vent venu de la porte, brusquement poussée par une femme à qui ne manquent que les revolvers à la ceinture pour parfaire le portrait de Calamity Jane. Pantalons de cow-boy, chemise à carreaux, blouson, bottes parce que, comme chacun sait, il pleut tout le temps en Normandie...

– Et nous ? clame-t-elle d'une voix masculine adoucie par l'accent grimalien. Notre avis à nous, il ne t'intéresse pas, peut-être ?

– Fée ! triomphe Charlotte en prenant son élan. Je savais bien que tu viendrais.

– Eh bien, justement, nous sommes venue te dire que nous ne viendrions pas ! En tout cas certainement pas dans cette église communiste, déclare Félicie Provensal en s'arc-boutant au sol pour ne pas succomber sous l'étreinte de sa petite-fille.

Puis elle cherche Grégoire des yeux :

– Mon cher gendre, salut !

Et, comme il lui tend la main, elle y laisse tomber les clés de sa voiture.

– Je crains fort d'avoir raté ma manœuvre et mis votre portail à mal. En tout cas, le résultat est là : impossible d'avancer ni de reculer. Auriez-vous l'obligeance de me dépanner ?

Et nous nous avisons seulement que le morceau de bois blanc qu'elle tient sous son bras est l'une des précieuses lattes qui forment notre portail d'entrée.

Tout à fait réveillé, Grégoire sort au galop. Le regard de

maman fait le tour de l'assistance, s'arrête sur celui qui, bien que de sexe masculin, porte une queue de cheval nouée par un « chouchou ».

– C'est donc vous, le fameux Boris ?

– C'est donc vous la célèbre Fée ? répond celui-ci en se jetant sur la main qu'on lui offre pour y appuyer fougueusement les lèvres.

Quant à moi, c'est au moment d'embrasser la nouvelle venue que je mets le doigt sur ce qui me gênait depuis son arrivée. Nous l'avons quittée brune à Noël, elle nous revient platinée. « Teinte Marilyn Monroe », me glisse-t-elle à l'oreille.

Elle était montée de Grimaud en voiture, conduite par un étudiant heureux d'économiser son billet de train pour Paris et à qui elle avait offert un festin du côté de Lyon. Dans la capitale, elle avait pris le temps de visiter la Pyramide du Louvre avant d'appareiller pour la Normandie. Ses bagages déposés dans le meilleur hôtel de Caen – car il n'était pas question qu'elle encombre *La Maison*, et l'hôtel n'est-il pas l'endroit idéal pour faire des rencontres – que l'on accepte de lui laisser sa chance –, elle avait pris notre chemin creux.

Elle venait signifier à Charlotte que la cérémonie qui allait avoir lieu samedi à onze heures, ne s'appellerait en aucun cas pour elle un mariage, quand bien même le jeune homme ici présent lui paraissait digne d'intérêt. (Merci, a dit le jeune homme en se jetant à nouveau sur sa main.) Elle était là pour leur rappeler que, pour Dieu, Charlotte restait l'épouse de Vincent, tout comme Boris demeurait l'époux de… « Galina », s'est empressé de répondre l'intéressé. Et ce n'était pas parce que, pour des commodités personnelles, Charlotte changeait de religion, que la parole du Christ suivait le mouvement. Sans doute, a-t-elle conclu, Charlotte et Boris seraient-ils unis aux yeux du maire, du percepteur et des païens, mais ni à ses yeux à elle ni à ceux du Ciel.

Il y a eu un silence. Consterné du côté de Charlotte, triomphant de celui des Réville qui s'étaient pris la main. Amour, sexualité, mésentente, ceci ou cela, Félicie ne voulait même pas en entendre parler. On se mariait pour toujours, il n'y avait pas à y revenir et que ce soit Indépendance, la femme sous le joug durant tant d'années, qui nous le rappelle, cela faisait un sacré choc. Et elle nous rappelait par la même occasion que choisir Dieu n'était pas, comme certains le prétendaient, choisir le confort ou la facilité, mais opter pour ce genre de folie : rester unis toute la vie à une même personne alors qu'on baignait jusqu'au cou dans la civilisation du « Prenez, consommez, jetez », sexe inclus.

Entre-temps, Grégoire était rentré, la mine sombre. Il avait posé en soupirant, sur la table, un spécimen supplémentaire de notre cher portail. Puis, Boris a pris la parole.

Il a déclaré à Félicie qu'avec tout le respect qu'il portait à une si superbe dame qu'il se réjouissait tant d'avoir pour Babouchka, il n'était pas d'accord avec elle. Que lorsque celle qui se prétendait son épouse Galina avait rejeté leur petit Victor, que le Ciel avait doté de reins déficients, ce même Ciel s'était mis en colère et lui avait dit, à lui, qu'il le libérait d'un contrat qui ne méritait pas le nom de mariage. Et c'était encore le Ciel qui, lorsqu'il avait croisé le chemin de la plus merveilleuse des femmes, Charlotte (sur un plateau de tournage), lui avait annoncé : « C'est elle ! »

Ici, sa voix a vibré d'indignation. Non, ce n'était pas par commodité personnelle que Charlotte avait choisi de rejoindre l'Église orthodoxe à laquelle il avait l'honneur d'appartenir et dont tant de membres, en particulier ses parents, avaient péri sous le joug communiste. Ce n'était pas par commodité personnelle qu'ils voulaient tous deux avoir, en plus du feu vert de la société, celui de Dieu, au contraire ! C'était par exigence personnelle, pour accomplir un acte sacré qui les engage totalement l'un à l'autre. Et samedi prochain, il en mettait sa main au feu, leur union serait bel et bien reconnue là-haut.

Au fur et à mesure de la plaidoirie de Boris, généralement silencieux comme une tombe, Charlotte se transformait en flipper. Chaque parole de son fiancé faisait tilt, allumait une lumière supplémentaire sur sa personne. Nous avons eu droit à l'éblouissement, le ravissement, l'extase. Grégoire semblait avoir oublié son portail, Audrey et Jean-Philippe, leur précédente leçon de morale. Quant à Félicie Provensal, nous l'avons tous vue, Dieu ou non, tomber amoureuse de son futur beau-petit-fils.

– Il faudra nous parler de votre Victor, a-t-elle dit simplement lorsque Boris eut terminé.

Puis elle a désigné le ventre de Charlotte : puisqu'un père s'imposait, elle était heureuse que ce père fût Boris.

Et lorsqu'elle a retiré de son annulaire droit l'émouvante bague « Bonne foi », faite de deux mains enlacées, bague des fiançailles de sa mère Joséphine que nous guignions toutes (et moi en particulier), et qu'elle l'a tendue à Boris en lui ordonnant : « Passez-la donc vous-même au doigt de votre voisine, nous n'y voyons plus assez clair », étant donné que cette voisine s'appelait Charlotte, nous avons tous compris qu'à sa façon, Félicie leur donnait sa bénédiction.

CHAPITRE 25

L'église frémit de la discrète lumière des bougies et des cierges qui caresse les icônes, fait chatoyer la dentelle des auréoles. Au-dessus de chaque icône, une petite lanterne rouge, comme fanal dans la tempête, semble indiquer le rivage : c'est Dieu ! C'est là !

On attend les mariés.

Pour la bonne raison qu'il n'y a aucun siège, tout le monde est debout, de chaque côté de l'allée centrale qui mène au Christ en croix posé à plat sur un pupitre. D'autel, point. Mais, sur une table, les couronnes dorées qui, dans un instant, marqueront le moment de l'union de ma fille et de son prince russe blanc.

La famille est à gauche. Près de Jean-Philippe, en costume trois-pièces bleu foncé, Audrey, éblouissante dans son tailleur fuchsia. Entourant Grégoire, légèrement engoncé dans sa tenue de Commandant que Mururoa a exigé qu'il porte, Tim et Gauthier, petits mousses tout fiers de ce grand-père à dorures. « Puisqu'ils y tiennent... » a été le seul commentaire de Grégoire concernant le mariage orthodoxe de sa fille. Grégoire ne pratique plus depuis longtemps mais attaquez la religion, moquez-vous de Dieu, il explose.

C'est Marie-Rose qui a choisi ma robe, en soie légère fleur de pêcher, une folie, tant pis ! Avouerai-je qu'elle me rappelle une autre petite robe, noire, celle-là, très près du corps également, entrevue dans une vitrine à Caen un jour de séduction ? Tant mieux ! Marie-Rose a habillé aussi les inséparables qui semblent prêtes à s'envoler avec leurs jupes gonflées :

deux adorables poupées russes. Une couronne de fleurs d'où tombent de fins rubans de toutes les couleurs cercle leur front. Pour l'instant, elles sont très occupées à faire du charme à Dimitri, de l'autre côté de l'allée, côté Karatine, représenté par une poignée de vieux oncles à barbe et de tantes à fichus, perdus dans la troupe d'amis-pub dont les tenues cocasses font plutôt penser au spectacle qu'à l'oraison.

Hier soir, avant d'aller se coucher, les enfants ont eu droit à un cours magistral de leur arrière-grand-mère sur les différentes religions. La religion orthodoxe, celle de Boris, leur a expliqué Fée, permet que l'on se remarie si l'on s'est trompé la première fois. La religion catholique, la nôtre, n'est pas d'accord : on se marie une fois pour toutes. Dans quelle galère s'était-elle embarquée ! Adèle a déclaré que quand elle serait grande elle changerait de religion comme sa tante Charlotte parce que la maîtresse avait dit que les gens qui ne se trompaient jamais, cela n'existait pas. Gauthier a annoncé qu'il prendrait, lui, une religion comme celles de l'Afrique où on avait le droit d'avoir plein de femmes. Prudemment, Félicie en est restée là.

Tenant parole, elle n'est pas venue à l'office religieux ce qui a dû coûter beaucoup à sa curiosité. Elle a promis de prier pour Charlotte et Boris et, telle que je la connais, elle doit être à l'œuvre.

Mon frère Hugo a appelé hier soir pour embrasser l'héroïne de la fête et déplorer qu'une sciatique foudroyante l'ait, au dernier moment, empêché de nous rejoindre. Nul n'a été dupe. Hugo est un sauvage auquel les réunions de plus de trois personnes procurent un sentiment de solitude extrême. Il est malheureux comme les pierres, se sent dépareillé, rejeté ce qui, bien entendu, est faux d'un bout à l'autre et se passe dans sa tête de petit garçon bafoué par le mari de Félicie. Bref, il boit un verre de trop pour se sentir intelligent, et, du coup, devient idiot et encombrant. Hugo a donc trouvé la solution avec cette sciatique qui le cloue à la maison dès qu'il lui tombe une invitation.

« Babou, est-ce que ça va bientôt commencer ? » s'impatientent les filles.

Et, comme elles posent leur question, toutes les lumières

s'allument à la fois dans l'église tandis que s'élèvent les voix du chœur et qu'à la porte d'entrée apparaît Victor.

Il porte un pantalon noir et une chemise blanche. Petit garçon de porcelaine au visage rose d'émotion, il avance lentement, tenant contre sa poitrine, bien en vue, sur un linge brodé, une icône représentant le Christ. Arrivé au pupitre, il remet son précieux fardeau à un pope qui le pose sur un socle. Puis il rejoint sa famille côté slave.

Les voilà !

Boris est en jaquette, sa queue de cheval retenue par un ruban de satin gris perle. À son bras, Charlotte porte la même robe – à grosses fleurs de couleur – que les petites filles. Il y a tant de plis, fronces, rubans, que son ventre se remarque à peine. L'idée des poupées russes, c'est Marie-Rose. Du fond de l'église où elle-même vient d'entrer – elle a habillé sa filleule – elle me fait de grands signes interrogateurs : « Est-ce que j'aime ? » J'approuve de tout mon cœur. Diane est à ses côtés en panthère non synthétique.

Derrière le couple, suivent six jeunes gens en habit, un œillet blanc à la boutonnière. Après avoir fait trois pas dans l'église, tout ce petit monde s'immobilise.

Deux popes à barbe fournie, en tenue de cérémonie, s'avancent vers les postulants au mariage et remettent à chacun une bougie allumée. Commencent les chants, les demandes d'absolution, d'indulgence. Chœur et religieux se répondent, expriment le repentir de Charlotte et de Boris, implorent miséricorde.

Miséricorde !

Ma fille avait vingt ans lorsqu'elle avait épousé Vincent, à peine plus âgé qu'elle. Que connaissaient-ils de l'amour ? Elle a presque trente ans. C'est une femme qui a souffert, qui s'est battue et, à travers l'épreuve, a appris à se connaître mieux. Aujourd'hui, me semble-t-il, elle peut s'engager en connaissance de cause. Et je me prends – pardon Félicie, pardon catéchisme de mon enfance – à réformer ma religion, à souhaiter ardemment que ne soient plus écartés des sacrements ceux qui, par inexpérience, ont choisi le mauvais numéro ; et tous ces innocents, abandonnés par leur conjoint, et qui, toute souffrance bue, souhaitent former un nouveau couple avec la bénédiction de l'Église, alors que, cette bénédiction, aujourd'hui, la plupart s'en balancent !

Je regarde mes trois « grands-beaux-enfants » : Dimitri, Anastasia et Victor. Victor qui appelle déjà Charlotte « maman », puisque cette salope de Galina – pardon, pardon – l'a rejeté avec son rein déficient. Leurs visages sont éclairés. Pour eux, comme pour ma Capucine, ce n'est pas à la mairie tout à l'heure qu'a eu lieu le vrai mariage dont ils attendent leur sécurité, c'est maintenant ! Et il faut les voir retenir leur souffle lorsque le pope passe les anneaux aux doigts des prétendants.

– Ça y est ? souffle Adèle à Capucine.

– Ça y est pas, ça y « étra » quand on leur mettra les couronnes, explique la doctoresse en théologie.

Cela y est pour le pardon ! Suivant les officiants, Charlotte et Boris marchent à présent vers le Christ en croix, escortés de chants plus allègres, presque joyeux et mon cœur se remplit. C'est de lumière ! Côté Karatine, on renifle, on essuie ses yeux, on se congratule. C'est la victoire de Dieu sur un régime infâme qui a retiré à chacun de ces pauvres gens une partie de sa famille tout simplement parce qu'elle CROYAIT. Mais de quel droit ? Il coule dans les veines de chacun d'entre nous ce refus de disparaître tout à fait, ce besoin de penser que peut-être… sait-on jamais… après la mort… là-haut… S'y attaquer, c'est s'attaquer à l'espoir.

– Jo, ça va ? me demande Grégoire.

J'ai arraché le carré de soie noué savamment autour de mon cou ce matin par Marie-Rose : l'indignation ! J'étouffe. Tant de morts pour rien. Les salauds !

– Ça va !

– C'est maintenant ! crie Capucine à sa voisine, faisant sursauter toute la famille.

Sur la tête de Boris et de Charlotte, les religieux viennent de lever les couronnes d'or. Elles signifient qu'ils devront être roi et reine l'un de l'autre ; mais elles font aussi référence aux martyrs, m'a expliqué Boris, en rappelant que tout véritable amour demande le sacrifice de soi.

En attendant, la présence des six jeunes gens derrière les héros de la fête nous est expliquée ! Ils vont, jusqu'à la fin de la cérémonie, tenir ces couronnes au-dessus de la tête des mariés, se relayant lorsque monte la crampe.

Oui, ça y est, Capucine ! Ça y est, Adèle ! Les voilà unis et, lorsqu'ils se retournent, radieux, vers nous et font signe à leurs enfants de venir les rejoindre, j'ai, moi aussi, la certitude que Dieu, là-haut, les bénit.

Même qu'il leur sourit ! Ma main au feu…

De la fête qui a suivi, je garde un souvenir flou. Je me devais à tous, je n'ai vu personne. Les amis-pub avaient donné à la tente un petit air de cabaret russe. Boris avait tenu à concevoir et offrir le déjeuner : zakouskis divers, agrémentés de cornichons géants pour commencer, poissons fumés et esturgeons à la broche pour suivre, bœuf Stroganoff et goulash d'agneau Tolstoï comme plats de résistance. Le tout arrosé de vodka parfumée.

Au dessert : mousse au chocolat à la géorgienne et pièce montée au pavot, les amis ont, selon l'usage, impitoyablement démoli les mariés à l'occasion de discours empoisonnés. Dimitri a dansé à la cosaque, achevant d'emporter le cœur des inséparables. De *Tara*, où on l'avait enfermée de crainte qu'un invité ne craque pour ses yeux doux et n'ait l'idée de la détacher, Scarlett ne cessait d'appeler au secours. Les enfants étaient trop ivres de bonheur et d'excitation pour l'entendre, mais je me hâte, je me hâte, pour arriver à l'inoubliable.

Il est près de six heures du soir et nos derniers invités viennent de s'en aller. Ne reste que la famille qui pousse un gros « ouf » heureux. Nous avons entassé dans la cuisine les reliefs du festin, de quoi nourrir tout le monde demain. Les mariés seront avec nous, Charlotte préférant attendre pour le voyage de noces d'avoir retrouvé la ligne. Question : à qui seront confiés les cinq petits Karatine pendant que Boris profitera de cette ligne ?

Dimitri et Anastasia viennent de partir pour Caen finir la soirée en boîte avec des amis. Nous gardons Victor. Les enfants nous ont arraché la permission de dormir sous la tente et de grands transports de literie ont eu lieu sous l'égide de Jean-Philippe et de Boris.

Il est donc six heures et, dans le salon, nous nous racontons avec force rires ces anecdotes qui égaient tout mariage, tandis que Fée, fraîche comme la rose, apprend une patience aux amateurs. Grégoire vient de monter se changer. On sonne.

On a si souvent sonné aujourd'hui que nul ne s'étonne. Un cadeau ? Un télégramme ? Quelqu'un qui aurait oublié quelque chose ? Je suis la plus près de la porte. Dans l'indifférence générale, j'y vais.

Devant moi se tient un petit garçon – sept-huit ans ? – au teint basané. Un petit Indien aux cheveux noirs, très noirs, très raides, aux yeux de même couleur mais dont le visage, pourtant, m'est familier. Il porte un costume de velours bleu roi sur lequel s'étale un immense col de dentelle, chaussures vernies et socquettes blanches. Je regarde derrière lui dans la cour, personne ! Personne non plus sur le chemin, aucune voiture à l'horizon. À ses pieds, un sac de voyage. Je commence à trembler.

– Est-ce que tu es Babou ? demande-t-il.

Le français est impeccable, l'accent doux, chantant. J'entends, derrière mon dos, comme en rêve, les rires de la famille, maman qui explique sa patience aux enfants et j'ai envie de crier : « Arrêtez ! » mais, toujours comme en rêve, aucun son ne sort de ma bouche. J'incline la tête : « Oui, c'est moi, Babou. »

– Je suis Justino Rougemont, dit l'enfant. Est-ce que je peux venir habiter dans ta maison ?

CHAPITRE 26

J'ai pris sa main et nous sommes rentrés au salon. Seule Audrey regardait dans notre direction. Ses yeux se sont agrandis et elle a plaqué ses doigts sur sa bouche comme pour retenir un cri. Au fur et à mesure que nous avancions, le silence se faisait. Mon cœur battait si fort que j'en étais étourdie. Cela pouvait-il s'appeler le bonheur? Cela faisait trop mal. J'avais envie de crier : « Pouce. »

À son tour, maman s'est levée, plantant là patience et élèves : « Mais Fée, pourquoi tu arrêtes ? » a protesté un enfant. Les grands yeux sombres de Justino allaient de l'un à l'autre et il a serré plus fort ma main.

Je leur ai dit : « Voilà, c'est Justino, il vient chez nous. »

Le silence est devenu violent, puis les petits l'ont cassé en se précipitant, filles en tête, vers leur cousin. Mais celui-ci, dressé sur la pointe des pieds, semblait chercher quelqu'un.

« Le Pacha n'est pas là? » a-t-il demandé d'une voix anxieuse.

À cet instant, j'ai découvert Grégoire sur les marches de l'escalier. Sa veste était déboutonnée, sa cravate défaite. Alerté par la sonnette et venu aux nouvelles alors qu'il se changeait, il découvrait ce petit garçon qui le réclamait, cette graine d'Indien qui l'appelait Pacha et, comprenant de qui il s'agissait, il se pétrifiait.

Voyant son grand-père, Justino a couru vers lui. Son regard admiratif s'est posé sur la veste d'uniforme : « Papa m'a dit que tu étais un commandant, a-t-il constaté gravement. Tu commandes à la mer... » Et, quasiment au garde-à-vous, il a tendu la main au pauvre Grégoire qui, tel un somnambule, descendait à présent les dernières marches de l'escalier sur ses chaussettes de fil neuves. Grégoire a pris cette main, l'enfant l'a secouée avec force, après quoi il a daigné regarder le restant de la famille. « Je peux réciter tous les noms », a-t-il annoncé. « Mais je ne sais pas à qui il faut les donner. »

La première, Charlotte s'est élancée. Elle s'est accroupie devant Justino et son bébé semblait reposer dans le berceau de sa belle robe de poupée russe. Ses yeux étaient pleins de larmes de bonheur et sa voix tremblait lorsqu'elle a parlé.

« Moi, c'est Charlotte, a-t-elle dit. Et je suis très, très contente que tu sois là, et j'aimerais beaucoup t'embrasser. C'est permis ? »

Pour la première fois, Justino a souri. Il a tendu sa joue.

Jean-Philippe a semblé se réveiller. Il a traversé le salon à grandes enjambées et il est allé ouvrir la porte d'entrée. Il a regardé longuement dehors. Je savais qu'il n'y verrait personne. Je n'avais vu que ce petit garçon, son sac de voyage à ses pieds, comme s'il avait marché de Rio jusqu'à *La Maison*.

« Moi, je suis la maman de ta Babou, on m'appelle Fée, a dit Félicie à Justino d'une voix que l'émotion rendait plus masculine que jamais. Et, sans lui demander la permission, elle lui a appliqué deux baisers sonores sur les joues. Dis-moi, il y a du gâteau et de la mousse au chocolat, qu'est-ce que tu en penses ? Tu n'as pas faim ?

– J'ai faim, oui, un peu », a reconnu Justino.

Elle l'a conduit jusqu'à la table et l'y a fait asseoir. Les enfants ont suivi. « Eh bien, qu'attendez-vous ? » a-t-elle demandé et ils ont foncé à la cuisine et rapporté tout le sucré qu'ils ont trouvé avant de s'installer autour de leur cousin, le dévorant des yeux comme s'il s'était agi d'un extra-terrestre.

Je me suis approchée de l'homme qui commandait à la mer et qui, vaincu par l'émotion, était réduit à l'état de mollusque, d'invertébré, complètement *out*, et j'ai pris sa main pour partager le miracle. Ses doigts se sont accrochés aux miens comme ceux d'un noyé.

« Moi, je suis ta tante Audrey, s'est présentée Casamance

en embrassant à son tour Justino. Et j'aimerais bien savoir qui t'a amené ici.

– La Sainte Vierge », a répondu l'enfant.

Il l'a dit avec une telle conviction que nul n'a songé à rire, pas même Gauthier qui ne respecte rien. Et maman, il n'y avait qu'à la regarder pour comprendre que, comme leçon de foi, là, elle en prenait plein la figure.

« Je suis le mari de ta tante Charlotte, a annoncé Boris en s'asseyant parmi les enfants. Dis-moi, pourquoi n'est-elle pas rentrée avec toi, la Sainte Vierge ? »

Justino a poussé un gros soupir :

« Elle n'a pas que moi à s'occuper ! a-t-il expliqué. Elle a les autres aussi, tellement d'autres que parfois elle ne sait plus où donner de la tête !

– Et qui sont ces autres ? est intervenue Félicie Provensal d'un ton passionné.

– Les *favelados* de la France, a répondu Justino. Ceux qui n'ont pas d'endroit pour dormir, ceux qui n'ont qu'un bol de *yuca** à manger, ou même pas. »

Il a regardé l'assiette pleine de pâtisseries auxquelles il n'avait pas encore touché, puis son regard a fait le tour du salon, empli de fleurs et de cadeaux. Sans doute pensait-il que c'était tous les jours la même profusion. Il ne pouvait pas savoir qu'un mariage avait eu lieu aujourd'hui.

« Ceux qui n'ont pas un endroit aussi *magnifico* pour habiter, a-t-il repris avec son accent chantant, comme du velours, comme ses yeux, tant pis pour les clichés. D'ailleurs, papa me l'avait dit que c'était magnifique cette maison, mais autant *magnifico* que ça, je ne croyais pas.

– Justement, a demandé Charlotte. À propos de ton papa, pourquoi n'est-il pas venu avec toi ? »

Justino a gardé le silence durant quelques secondes. « Mon papa, il reviendra la tête haute », a-t-il répondu solennellement, et, comme en prononçant ces mots il avait regardé le plafond, nous avons compris que le sens de la phrase devait lui échapper un peu. « Mais, a-t-il poursuivi, la chambre était trop petite pour deux lits et il était embar-

* Manioc

rassé avec moi alors il a pensé que je pourrais, en attendant, venir habiter ici. »

Il s'est tourné vers ses grands-parents : « Si vous voulez bien me garder. »

Grégoire a fait un bruit bizarre avec sa gorge. Il a toussé pour donner le change, il est allé prendre sur la cheminée une pipe toute vermoulue, mise au rancart depuis son retour sur terre et il se l'est plantée dans la bouche, comme on entre le canon d'un revolver.

C'est alors que Gauthier, dans son innocence, a posé la question qui tourmentait tous les adultes au courant du passé. « Et ta maman ? Où elle est, ta maman ? »

Les yeux de Justino se sont remplis de larmes et il a répondu : « Ma maman, maintenant, elle danse au Ciel. »

CHAPITRE 27

– Calme-toi, mais calme-toi donc ! supplie Grégoire.

Je ne peux pas, c'est plus fort que moi, je passe du rire aux larmes, de toute façon c'est la même douleur, le même bonheur trop gros pour mon cœur, pour ma vie. Là, c'est le rire : celui qui laboure le ventre : « Alors, il ignorait notre existence, Justino ? Notre langue lui était inconnue ? La France ne représentait rien pour lui ? » Je revois son regard inquiet, cherchant son grand-père, puis son cri d'admiration : « Tu commandes à la mer... » Pendant que nous ressassions les vieux griefs, les sentiments mesquins, à Rio, on lui prodiguait l'amour de nous. Où était la générosité ?

C'est reparti pour les larmes, accompagnées d'un hoquet du tonnerre.

– Attends, je vais te chercher à boire.

Il est trois heures du matin. Je suis tombée comme une masse à onze, avant de me réveiller, il y a quelques minutes dans la tempête. Justino est là ! Justino Rougemont ! Est-ce bien vrai ? Est-ce possible ? Retour de Grégoire, un verre d'eau à la main. Et, en prime, je vais pouvoir recommencer à l'aimer comme avant. Hirsute, l'œil hébété, l'air d'avoir cent ans, il me regarde avec inquiétude. Amours vermeilles... Revoilà le rire. Je m'efforce de boire lentement, en retenant ma respiration.

– Grégoire, écoute-moi !

– Mais je ne fais que ça ! proteste-t-il.

– Si ton fils revient. S'il sonne à la porte comme Justino ce soir, promets de l'accueillir les bras ouverts, de ne poser aucune condition, aucune question.

– Mais tu me prends pour qui ? demande-t-il d'une voix brouillée.

… pour un pauvre bonhomme complètement paumé, comme la pauvre bonne femme que je suis. Il s'assoit près de moi, entoure mes épaules de son bras, je me laisse aller contre lui. Te revoici enfin, tendresse, berceau où l'on refait ses forces saccagées par les douches écossaises de cette chienne de vie. Tendresse, tu me manquais !

– Grégoire… Écoute-moi encore. Elle est morte ! Estrella est morte… Et nous, on s'est complètement fichus dedans, on a été nuls, tu es d'accord ?

Il détourne la tête. La « putain » nous a offert cette merveille, ce petit prince sombre si aimant et courtois. Elle a préservé dans le cœur de Justino une famille qui l'avait rejetée sans même la connaître. Estrella, le pardon ! Nous, le cœur étroit.

Je me lève.

– Qu'est-ce que tu fais ? demande Grégoire inquiet.

– Je vais le voir.

– Mais tu vas réveiller tout le monde.

– Tant pis.

– Mets au moins quelque chose à tes pieds.

Trop tard, je suis déjà dans l'escalier. Et s'il n'était plus là ? Si la Sainte Vierge était venue nous le reprendre ? Je traverse le salon qui sent encore la fête et quelle fête, *alleluia* ! L'herbe mouille mes pieds nus, je me faufile sous la tente où l'on a laissé une lampe allumée car tous ces invincibles Zorro, ces cruels Goldorak, n'acceptent pas de dormir dans le noir complet.

La soufflerie du chauffage fait un bruit de fond. On étouffe. Suspendu au-dessus des enfants, le petit appareil relié à la chambre des parents qui permet à ceux-ci de garder une oreille sur leur progéniture. Ça dort à poings fermés, garçons d'un côté, filles de l'autre, sur une literie variée, dans des sacs de couchage, des duvets, sous des couvertures. Justino a hérité du lit de camp. Sur la taie blanche de l'oreiller, tranche la couleur aile de corbeau de sa tignasse. Mon premier petit-fils aux cheveux foncés ! Tim et Gauthier sont blonds comme les blés, Victor et Dimitri châtain clair. « Nous voilà avec un blackie », a remarqué drôlement Charlotte.

Je m'approche au cas où, comme sa grand-mère à l'heure actuelle, mon « blackie » serait victime de difficultés respiratoires.

– Mais regardez-moi ce bazar ! s'exclame Grégoire dans mon dos.

Face au lit de Justino, sur une chaise recouverte d'une serviette, une sorte d'autel a été dressé. On y trouve une image de la Vierge, dorée à souhait, entourée d'un chapelet. On y trouve aussi une part de gâteau au chocolat devant la photo d'un couple enlacé sur une plage.

Elle, est métis. Plus chocolat que café au lait. Belle, appétissante, une femme « faite » comme on dit. Certainement plus faite que le jeune homme à l'air bravache qui entoure ses épaules de son bras. Thibaut est plus maigre que dans mon souvenir. C'est peut-être la barbe. Je n'avais encore jamais vu mon fils barbu. Devant l'image pieuse et la photo, une demi-douzaine de bougies.

– Il les avait allumées pour faire sa prière, nous apprend Audrey qui, talkie-walkie à la main, vient de nous rejoindre dans une longue chemise de nuit à l'ancienne. Vous auriez vu la tête des cousins ! Le gâteau, je crois que c'est pour sa mère, ça se fait là-bas, paraît-il. Avec tout ça, comment voulez-vous fermer l'œil sans voir des fantômes ?

Grégoire attend pour répondre d'avoir quitté la tente.

– Ta mère, elle, avait peur qu'il ne se soit volatilisé, s'efforce-t-il de plaisanter.

Alors que nous rentrons dans la chaleur du salon, c'est Charlotte que nous y trouvons, en court T-shirt décoré d'un dragon. Elle est énorme, ma fille !

– Alors, vous aussi, impossible de dormir ? constate-t-elle. Elle pose la main sur son ventre : Tatiana a la danse de Saint-Guy. Je suppose qu'elle salue Blackie.

– Je t'interdis de l'appeler comme ça, s'énerve soudain Grégoire. Ça va lui rester... Et puis, je te signale qu'il est... plutôt indien.

Après une seconde de stupeur, c'est l'éclat de rire général :

– Mais papa, on est raciste ? hoquette Charlotte.

– Et il a la bouche de Thibaut, tente de se rattraper Grégoire.

Je tombe dans le canapé : tout est si léger, soudain, harmonieux, transparent comme on dit. Je resterais bien là toute la vie à somnoler en les écoutant d'une oreille se chamailler à propos d'un petit garçon dont, hier encore, aucun de nous n'aurait eu le culot de prononcer le nom à voix haute.

– Que personne ne bouge, *please*, ordonne Charlotte.

Les deux sœurs disparaissent dans la cuisine. Grégoire s'effondre à mes côtés. Voilà le champagne.

– À notre frère, où qu'il soit, dit Charlotte en levant sa coupe.

– En souhaitant que la tête de cet imbécile ne mette pas trop longtemps à se relever, merde, il nous gonfle à faire des manières comme ça, râle Audrey, oubliant pour une fois son langage châtié.

Plus tard, avant d'éteindre la lumière, j'ai obligé Grégoire à me regarder dans les yeux : « Dis-moi la vérité, es-tu heureux ? »

Et cela a été au tour de cet homme de pleurer.

CHAPITRE 28

Le conseil de famille s'est tenu sous la tente après un succulent déjeuner composé des reliefs du festin. Bœuf Stroganoff et agneau Tostoï étaient encore meilleurs réchauffés. Il restait assez de desserts pour le bonheur des enfants, autorisés à pique-niquer de leur côté, prenant les plats dans l'ordre qu'ils voulaient.

Cette tente, nous en aurions bien profité ! On viendrait nous la retirer demain, lundi, et Grégoire se faisait du mouron pour sa pelouse, étouffée, prédisait-il, par un plancher piétiné durant quarante-huit heures presque sans discontinuer.

Sous la férule d'Anastasia, une partie de croquet avait été organisée au bout du jardin et, en principe, à moins de crâne défoncé par un maillet, nous avions du temps devant nous.

Bien que Justino n'ait jamais joué au croquet, tous les enfants l'avaient voulu dans leur camp et ils avaient fini par le tirer au sort. C'était, finalement, autour du même problème que portait notre discussion : tous manifestaient le désir d'héberger ce petit garçon tombé du ciel avec quelques vêtements de rechange et de papiers d'identité aucun.

« D'ailleurs, qui nous prouve que c'est vraiment Justino et non un imposteur venu capter l'héritage », a trouvé moyen de plaisanter Charlotte.

Nul n'a trouvé ça drôle. « Il a les oreilles décollées de mon père », a protesté Grégoire qui, d'heure en heure, trouvait une ressemblance de plus entre Justino et la famille.

C'est Audrey qui a pris la parole en premier : « Justino doit être scolarisé au plus tôt », a-t-elle déclaré avec autorité. Elle était encore – elle se demandait par quel miracle – en bons termes avec le collège des garçons (œil noir en direction d'une mamie-Ninja) et se faisait fort d'y faire admettre son neveu après les vacances de Pâques. Chez elle, un garçon de plus ou de moins, cela ne comptait pas. Prendre le petit lui paraissait donc être la solution la plus raisonnable.

« La raison, on s'assoit dessus, a répondu Charlotte. Dans cette histoire, c'est avant tout le cœur qui compte. »

Elle s'apprêtait à nous expliquer comment Justino aurait le cœur plus au chaud chez elle que nulle part ailleurs lorsqu'un cri de détresse a retenti du côté des joueurs de croquet. Nous nous sommes précipités.

Scarlett broutait avec entrain la jupe d'Adèle qui hurlait à la mort. Lors de l'arrivée du cadeau de Tim, Grégoire avait réuni les enfants pour leur apprendre avec gravité que les chèvres MANGEAIENT TOUT. Visiblement, Adèle s'épouvantait à l'idée qu'après la jupe, la ruminante s'attaquerait au reste de sa personne. Ses cousins la tiraient, la chèvre s'entêtait, la jupe a dû être sacrifiée.

La petite fille a été consolée et changée, Scarlett tendrement réprimandée par son propriétaire. Un mauvais triomphe m'emplissait, que je cachais sous un silence faussement peiné. La partie de croquet a pu reprendre, notre discussion aussi.

Oui, Charlotte et Boris souhaitaient héberger Justino. Le loft de Boris (à présent celui de Charlotte, il faudrait que je m'habitue) était plus spacieux que l'appartement des Réville. Le jeune Polonais au pair (dit le « Pap »), qui s'occupait de la maisonnée en l'absence de notre laborieux jeune ménage, se chargerait volontiers de Justino en plus des quatre autres enfants et Justino serait moins dépaysé dans cette atmosphère ouverte et décontractée que dans une famille ultra-bourgeoise, pour ne pas dire intégriste, comme celle d'Audrey.

Tandis que les filles se livraient à leur sport favori, je regardais mon pauvre marin. Et lui, que souhaitait-il ? Bien sûr, Justino serait mieux avec des enfants de son âge, mais j'avais espéré le garder quelque temps à *La Maison*. C'était quand même chez nous que la Sainte Vierge l'avait déposé ! Je m'apprêtais à le faire remarquer à mes filles, tout en leur rappelant au passage que nous n'étions pas complètement ramollis et hors d'état de répondre à Sa confiance, lorsque l'objet de la discussion est entré sous la tente, accompagnant Gauthier en larmes. Les deux enfants s'étaient tout de suite bien entendus et nous avions pioché dans la garde-robe du cousin pour habiller Justino autrement qu'en velours et souliers vernis.

Dès que Gauthier a été en état de parler, il a déclaré qu'il ne voulait plus s'appeler Gauthier parce que Capucine et Adèle, malgré leur promesse, l'avaient encore appelé Grosthier, et quand ce n'était pas Grosthier, c'était Salethier et il en avait marre d'avoir un nom pareil.

Gauthier est un enfant qui meurt perpétuellement de faim. Résultat, il est tout rond, trop rond. Cela n'inquiète pas le pédiatre qui assure qu'il déboulera. Gauthier est un enfant qui, depuis un an, est devenu totalement allergique au savon. Impossible d'obtenir qu'il se lave. Vous le mettez dans la baignoire ou le poussez sous la douche, il ressort aussi sale qu'il y est entré. Là encore le pédiatre prône la patience. À part ça, c'est l'enfant le plus délicieux qui soit, le plus tendre, le plus gai. Il rit de tout et tout le temps. Excepté lorsqu'on s'attaque à son nom.

Audrey l'a serré sur son cœur en lui jurant qu'il serait un jour svelte, beau et raffiné comme son père. « On t'appellera BEAUthier ou GRANDthier », psalmodiait Charlotte. Justino est venu à la rescousse en racontant qu'à Borel (?) il y avait une dame, là, vraiment grosse, on pouvait le dire et même que des gens lui donnaient des sous pour qu'elle montre ses cuisses. Soumises à la question, Capucine et Adèle se sont défendues en nous expliquant que Gauthier avait triché au croquet, il avait mis sa boule en bonne position pour passer la cloche quand on ne le regardait pas, de toute façon, elles avaient l'overdose de ce jeu de tarés.

Avant que Félicie ne demande une traduction en bon français, Grégoire a proposé une chasse aux mégots dans le jardin qui en était planté après la journée d'hier. Un franc pour dix mégots. Tous les enfants de cette société de consommation sont partis en courant et la discussion a repris.

Maman qui repartait demain pour Grimaud a annoncé

qu'elle avait beaucoup réfléchi et prié cette nuit (dans sa chambre quatre étoiles avec jacuzzi à Caen) et que le Saint-Esprit lui avait soufflé que la place de Justino ne pouvait être qu'avec elle. Charlotte travaillait et, qui plus est, allait bientôt accoucher. Audrey avait bien assez avec ses trois chenapans, Justino ferait le bonheur du pauvre Hugo (célibataire endurci) qui avait toujours regretté de n'avoir pas d'enfant. Aucun problème pour l'école : le maire était dans sa poche. Sans compter que le climat méditerranéen conviendrait mieux que le climat normand à un enfant né sous le soleil du Brésil.

« Les pluies de Normandie ne sont que du pipi de chat comparées à celles qui tombent à Rio », a constaté Grégoire, intervenant pour la première fois dans le débat.

C'est à cet instant que Capucine est entrée sous la tente, portée par ses cousins, saignant du genou. Alors qu'elle tentait de grimper sur le marronnier pour repérer les champs de mégots, elle était tombée sur une pierre. Si elle pleurait, c'était moins de douleur que de la peur de perdre sa prime anti-accidents corporels.

Capucine est une alpiniste-née, doublée d'une kamikaze. Elle a déjà été recousue un nombre considérable de fois et nous ne cessons de trembler pour ses os. Devant cette perpétuelle menace, Grégoire a pris les grands moyens et institué, à son usage exclusif, la prime anti-accidents corporels. Si, durant l'année, elle ne s'est rien foulé, démis ou brisé, elle reçoit cent francs. Un point de suture et la prime descend à cinquante. L'hôpital, plus de prime du tout. Les autres enfants râlent comme des fous : ils veulent la prime eux aussi. Excellente occasion pour le grand-père pédagogue de faire valoir sa théorie favorite : aucun d'eux, dans la vie, n'aura pareil que les autres. Le mousse réclame-t-il le même traitement que le quartier-maître ? Le quartier-maître autant que l'officier ? S'ils ne s'habituent pas à cette évidence, ils passeront leur existence à envier le voisin plutôt qu'à se réjouir de ce que le Ciel leur a accordé et seront donc très malheureux.

Grégoire ne croit pas à l'égalité. Il croit à la solidarité avec les moins gâtés.

Tandis que je m'interrogeais sur le bien-fondé d'une prime antisaleté pour Gauthier, la blessée a été examinée par Félicie. Il ne s'agissait que d'une plaie superficielle aussi a-t-il été décidé que la prime lui restait acquise. En attendant, elle a eu droit à être soignée dans la « belle salle de bains » : moitié de la guérison assurée !

La « belle salle de bains », celle des maîtres de maison, est formellement interdite aux enfants. Et, dans ce haut lieu, le côté Grégoire est formellement interdit à son épouse. Ce grand maniaque a SON lavabo, SON savon, SON verre à dents, etc. Toucher à l'un ou à l'autre est s'exposer à une crise d'hystérie. Ce matin, faisant visiter les lieux à Justino (je pensais, dans ma candeur, que nous le garderions), je lui avais exposé la situation sans chercher à lui cacher cet aspect particulier du caractère de son grand-père. Lui, Justino, disposerait de la salle de bains des enfants, moins luxueuse mais bien équipée. Je lui avais montré également mon Atelier et le Carré du Commandant. Dans une maison, lui avais-je expliqué, si cela était possible bien entendu, il était souhaitable que chacun ait son bout de territoire à lui, où faire des bêtises sans être dérangé si l'envie lui en prenait, où se retrouver tranquille lorsque les autres lui tapaient sur les nerfs. Lui, aurait sa chambre, près de la nôtre, qu'il partagerait avec ses cousins en fin de semaine.

Justino avait tout noté avec le sérieux qui semblait le caractériser.

En attendant, là-haut, Félicie, assistée d'Audrey, soignait la blessée qui est redescendue, toute fière de son beau pansement, boitant comme une rescapée de la guerre de 14.

– Maintenant, montez tous ! a ordonné Casamance, une fois les enfants repartis pour leur champ de bataille.

Étonnés, nous l'avons suivie dans la salle de bains sacrée.

– Quelqu'un voit-il ce que je vois ? a-t-elle demandé.

Quelqu'un avait déjà vu, Grégoire ! Dans le verre marqué à ses initiales, à côté de sa sacro-sainte brosse à dents, une toute petite avait pris place : celle que nous avions, ce matin, achetée à Justino et que j'avais moi-même posée sur la tablette de l'autre salle de bains.

Grégoire s'est tourné vers nous, qui retenions notre souffle, et il a eu un immense sourire.

– Il semble que cet enfant ait choisi avec qui il voulait rester, a-t-il déclaré.

Et, devant ce nouveau miracle, tout le monde s'est incliné.

CHAPITRE 29

– Si tu veux, propose la petite voix à l'accent chantant, je peux chercher dans le dictionnaire pour toi. Tu n'as qu'à me dire le mot que tu as besoin.

– Le mot DONT j'ai besoin, rectifie la voix rocailleuse sous laquelle perce la tendresse.

– Dont, de qui, duquel, de quoi ? fredonne Justino. Papa m'a appris tout ça dans le livre. Il disait que tu étais « à cheval » sur le français et ça me faisait rire. Tu sais, Pacha, maman, elle, elle était à cheval sur la politesse.

Il prononce « papaï » et « mamae » et la scène se déroule comme chaque matin dans le Carré du Commandant. Lundi – son premier matin seul entre nous deux –, Grégoire l'avait trouvé assis sur les marches qui mènent à sa pièce réservée. « Mais qu'est-ce que tu fais là ? – J'attendais que tu aies fini pour te voir, avait répondu l'enfant. – Eh bien, la prochaine fois, entre ! » Ainsi Justino a-t-il été admis dans le sanctuaire du scrabble, jeu pour lequel il s'est pris de passion.

Grégoire doit bien se rendre à l'évidence : son petit-fils brésilien lui voue une admiration sans bornes. Nous devons bien nous rendre à l'évidence : Justino a été élevé dans l'amour et le respect de ses grands-parents français. Et, mis à part le mariage et la grossesse de Charlotte, il nous est arrivé au courant de tout : il connaissait même l'âge de ses cousins. Chaque nouvelle de la famille, transmise par les filles à Thibaut, devait être abondamment développée, commentée là-bas. L'arbre généalogique soigneusement mis à jour… Et pendant ce temps, ici, le sujet était tabou ! J'ai honte. Elles avaient raison, mes Grâces, j'aurais dû écouter mon cœur et courir à Rio.

Au salon où je recouds la housse du canapé, mise à mal durant ce week-end tumultueux, je peux les voir attablés l'un en face de l'autre : le grand-père aux cheveux blancs, le brun petit-fils. Est-ce afin que je puisse profiter de la conversation que Grégoire a, pour une fois, laissé ouverte la porte de son Carré ? Il y a entre nous, depuis l'arrivée de Justino, une totale complicité.

– Si j'ai bien compris, ton papa enseignait le français ? constate-t-il d'un ton faussement détaché.

– C'est cela, répond Justino. Il apprenait la *lingua francese* aux gens. Mais comme les gens avaient pas toujours les *cruzeiros* pour payer, alors on pouvait pas venir te voir avec tous ces kilomètres à faire.

– Veux-tu dire que vous seriez venus si vous aviez eu assez d'argent ? s'enquiert Grégoire, retournant le fer dans sa propre plaie.

– Sûr ! Et toi, tu pouvais pas venir non plus avec Babou parce qu'une belle maison comme ça, ça coûte des sacrifices.

Voici donc comment a été expliquée à Justino notre défection ! Silence dans le Carré. Toux de diversion du Commandant. Puis, à nouveau, la voix enfantine.

– Si tu veux, Pacha, on ira voir Scarlett tout à l'heure. C'est triste pour elle de n'avoir personne. Moi, j'ai vous !

Oui ! Tu nous as. Et, en un sens, on peut aussi dire que tu nous as bien eus. Jusqu'au trognon.

D'un commun accord, nous avons décidé, malgré notre curiosité dévorante, de ne pas harceler Justino de questions. Nous préférons laisser venir. Par bonheur, il est bavard comme une pie et chaque jour nous apporte une moisson de renseignements. Et, chaque nuit, inlassablement, nous reconstruisons le puzzle de huit années d'absence. Une certitude : Estrella est morte accidentellement. Un matin, Thibaut est venu annoncer à Justino que sa « mamae » était montée au ciel où il la reverrait un jour. Autre certitude, ils n'avaient pas le sou. Tout, ici, émerveille le petit garçon; le comble de l'émerveillement étant l'étagère réservée aux enfants dans le Frigidaire, où ils peuvent se servir librement de jus de fruits, laitages et – pardon Grégoire – ketchup.

Dans un guide, nous avons trouvé un plan de Rio et y cherchons les noms qu'il évoque : Copacabana – la plage bien connue –, Borel, dont nous avons découvert, après une longue exploration à la loupe, qu'il s'agissait d'une *favela*, ici, on dirait un bidonville : ces lieux de misère, aux portes des métropoles. Et enfin Capa, le quartier populaire où ils habitaient.

Troisième certitude, ils ont décidé de venir vivre en France parce que, explique gravement l'enfant, du Ciel « mamae » peut le voir tout pareil qu'au Brésil et qu'elle est contente qu'il ait une famille.

Mais où est Thibaut ?

Dès que son nom est évoqué, c'est toujours la même réponse : « Il reviendra la tête haute. » Nous n'insistons pas pour ne pas mettre Justino dans l'embarras car, visiblement, il ne tient pas à en dire davantage. Thibaut lui aurait-il demandé le secret ? Et c'est dur ! Dur de savoir notre fils tout près peut-être, en difficulté probablement et de ne pas courir à lui pour lui dire que tout est oublié, que nous l'aimons, que *La Maison* lui est ouverte, que son retour sera le plus grand bonheur qui puisse nous arriver. Ah ! il se venge bien, Thibaut ! Par le pouvoir de son adorable petit garçon, il nous fait vivre au purgatoire.

Quant à la Sainte Vierge, Justino n'en a pas démordu : c'est bien Elle qui l'a amené à la maison. Nous avons quand même appris qu'elle lui avait demandé d'attendre pour sonner que les feux arrière de sa 4 L aient disparu.

Jeudi après déjeuner. Il pleut. J'apprends la « pendule », la patience la plus facile, à Justino.

– Si tu veux, Babou, propose-t-il soudain, je peux faire le marché avec toi tout à l'heure.

En prévision de la grande invasion des vacances de Pâques, j'ai besoin de renouveler le fonds de maison. Et, autant Grégoire aime à flâner dans les petits marchés des environs, choisir son andouillette, son poisson frais, ses légumes et son pont-l'évêque, autant cela l'assomme d'aller emplir des chariots d'épicerie et de bouteilles dans une grande surface. Comme, de toute façon, ses vertèbres défaillantes ne lui permettent pas de soulever les cartons pour les mettre dans le coffre de la voiture, j'ai décidé de lui épargner cette corvée. Est-ce par gentillesse que Justino demande à m'accompagner plutôt que d'assister au passionnant entraînement de son grand-père au scrabble ?

– Comme ça, on pourra prendre deux chariots et ça ira plus vite ! Je suis fort, tu sais.

J'accepte.

Nous partons après son goûter. J'ai troqué ma Rugissante contre le vaste paquebot de Grégoire. Nous roulons sur la nationale, direction Caen, en bordure de laquelle se trouve mon supermarché habituel. La casquette du Capitaine sur sa tignasse, Justino s'agite derrière moi. Depuis ce matin, il me paraît tendu, nerveux. C'est bien normal ! Perdre sa mère, changer de pays, être séparé de son père, cela fait beaucoup à la fois, et même s'il « nous a », un coup de cafard n'a rien d'étonnant. Pincement au cœur à l'idée qu'il aurait sans doute été plus heureux chez l'une des filles, avec des enfants de son âge !

Soudain il bondit, me désigne un panneau publicitaire vantant le centre commercial de Mondeville.

– Je trouve ça un beau nom, Mondeville ! remarque-t-il. Si on y allait, Babou ? Ce serait bien d'essayer...

Aucune envie d'aller me perdre dans un endroit que je ne connais pas ! Dans ma grande surface, je vais droit aux bons rayons ce qui me gagne un temps fou.

– Le nom ne signifie pas grand-chose, dis-je à Justino. Finalement, tous les grands magasins se ressemblent et vendent les mêmes produits.

– S'il te plaît, Babou, insiste-t-il. J'aimerais vraiment essayer ce Mondeville-là...

C'est la première fois que Justino fait ce que Grégoire appellerait un « caprice ». Généralement, il obtempère à tout sans discuter. Penché sur mon épaule, il me regarde d'un air suppliant : « S'il te plaît Babou, s'il te plaît », répète-t-il. Après tout, rien ne nous presse. Je cède. Il ne dit plus rien jusqu'à ce que nous soyons arrivés mais ne cesse de consulter la montre que lui a envoyée Hugo. Aurait-il peur de me faire perdre du temps ?

Ce supermarché est encore plus vaste que le mien. Armés de chariots gigantesques – la tête de Justino dépasse à peine ses mains sur la barre –, nous naviguons entre les rayons. Il m'est très utile, me guidant sans hésiter vers les denrées que je recherche. Je n'en reviens pas : on pourrait croire qu'il connaît l'emplacement comme sa poche. Grâce à lui, nous arrivons au bout de la liste en un temps record. Nos caddies débordants, nous nous approchons des caisses.

– Dans les supermarchés, remarque-t-il, il y a une chose très importante : c'est choisir la bonne caisse. Il y en a où ça avance très vite, d'autres où ça bloque pendant des heures.

S'il ne me semblait pas de plus en plus nerveux, je rirais : il parle comme une ménagère chevronnée. Mais voici qu'il regarde de tous côtés d'un air presque affolé. Serait-il souffrant ? Je commence à m'inquiéter.

– Celle-là ! Viens, Babou, crie-t-il soudain, presque un cri de triomphe, en s'élançant vers la caisse numéro sept.

Il ne s'y trouve en effet qu'une seule cliente. Et pour cause ! Le tapis est surchargé de victuailles. Justino y est déjà, me regardant d'un air où se mêlent l'angoisse et l'espoir. Résignée, je le rejoins. C'est alors que je découvre le caissier.

Si c'est la Sainte Vierge qui a ramené notre petit-fils à la maison, à la caisse numéro sept, avec ses cheveux longs, sa barbe, son visage émacié, c'est Jésus-Christ.

Mon fils.

CHAPITRE 30

Il s'est levé et je suis tombée dans ses bras. Je pleurais, il pleurait : le vrai déluge. « Pourriez-vous vous pousser un peu ? » suppliait l'infortunée ménagère sur les provisions de laquelle j'étais étalée. Mais non ! Je ne pouvais pas. Thibaut me serrait trop fort.

Un jeune cadre en veste orange, arborant le badge de ce fabuleux supermarché, le plus beau du monde, celui où vous trouvez tout, même votre enfant perdu, a surgi : « Voyons, madame, je vous en prie, reprenez-vous. » Thibaut m'a lâchée. Je répétais : « C'est mon fils, c'est mon fils... » Des gens se rassemblaient autour de la caisse miraculeuse où je voyais déjà l'ex-voto : « Là, elle LE retrouva », et chaque année à cette même date, j'apporterais des fleurs... Un fou rire m'a secouée. Le jeune cadre a saisi mon coude et m'a entraînée plus loin, pensant que j'avais perdu l'esprit ce qui était la pure vérité. En attendant que celui-ci me revienne, Justino s'occupait de tout, vidait les chariots, remplissait sacs et cartons, secondé par ceux qui, ayant encore un cœur, avaient compris l'extraordinaire événement. J'ai quand même réussi à libeller mon chèque. Thibaut a parlementé avec la veste orange qui a semblé très soulagée de le voir s'en aller avec moi.

Il avait perdu sa jeunesse ! C'était son regard, si fatigué, la maigreur de son visage, les rides au front et au coin des yeux, mais c'était surtout une lumière disparue. Tandis qu'aidé par Justino, il chargeait la voiture de Grégoire, je lisais tout cela et mon cœur se déchirait.

Il a refermé le coffre et s'est tourné vers moi : « Veux-tu venir à la maison? Je suis en moto. Tu me suivras avec Justino. »

J'ai acquiescé. Il est allé chercher un vieux deux-roues et m'a guidée jusqu'à Caen, le quartier du bassin Saint-Pierre, le plus vieux port de notre ville. Il pleuvait maintenant à seaux et le vent s'était mis de la partie mais cela me faisait plutôt du bien, ce désordre, là-haut! Dans le rétroviseur, je pouvais voir Justino sur la banquette arrière, souriant comme jamais encore je ne l'avais vu sourire.

Thibaut occupait quelques mètres carrés sous le toit d'un immeuble délabré qui n'avait rien à envier à ceux de la cour Série noire où, avec Marie-Rose, nous avions affronté les dealers. Un lit étroit, une armoire déglinguée, un lavabo, un réchaud sur une tablette, quelques provisions dans un carton, voilà ce que tout à l'heure il avait appelé « la maison »...

– Installe-toi, je reviens, a-t-il dit. Et il est sorti avec Justino.

Je me suis « installée » sur le bord du lit puisqu'il n'y avait pas d'autre siège. Avec un choc au cœur, j'ai reconnu, dans un coin de la pièce, la guitare que nous avions offerte à notre fils pour ses quinze ans et dont il n'avait, du moins en France, jamais vraiment joué.

Lorsqu'il est revenu, il était seul. « J'ai confié Justino à une voisine pour que nous puissions parler tranquillement, m'a-t-il dit. Veux-tu boire quelque chose, maman? »

Il aurait mieux fait de ne pas m'appeler : « Maman »! « Maman » avec cette voix d'homme. Cela a coupé tous mes moyens durant quelques minutes. Il m'a mis d'autorité un verre d'eau dans la main. J'avais encore plus soif que chez l'inspecteur Gros Sourcils lorsque, après avoir craint pour mes os, je redoutais de perdre ma liberté. Il est venu s'asseoir à côté de moi, j'ai posé ma tête sur son épaule et, comme autrefois lorsqu'il revenait de classe, j'ai simplement demandé : « Alors? »

Alors, il avait vécu à Rio des années difficiles et passionnantes. Suivant l'amour, il avait découvert la joie et l'amitié : la joie des gens vivant de leur art, l'amitié de personnes prêtes à partager le peu qu'elles avaient. Pour aider Estrella à faire bouillir une marmite plus souvent vide que pleine, il s'était intitulé professeur de français. La plupart de ses élèves n'avaient pas de quoi le payer mais cela avait été sa façon à lui de donner, et Estrella était un ange, et Justino la lumière de leurs jours.

Alors... Alors sa voix s'est cassée et il a regardé là-bas son bonheur brisé. Alors Estrella était morte peu de temps avant Noël dans l'accident d'un car qui emmenait la troupe en tournée. Un pneu éclaté, le fossé, morte sur le coup sans souffrir, toute contente du contrat qu'elle venait d'obtenir. Comme beaucoup de ceux qui avaient grandi dans une *favela*, Estrella n'avait pas de famille, Justino nous réclamait ; Thibaut avait décidé de rentrer.

– Pourquoi ne m'as-tu pas écrit tout cela, ai-je bredouillé, le cœur en charpie.

Il a eu un rire triste :

– À quoi bon te créer des problèmes avec papa ?

– Sais-tu que j'avais décidé de venir te voir à Rio ? lui ai-je répondu avec révolte. Que ton père soit d'accord ou non ?

C'était la dernière chose à dire. Il allait en conclure que les sentiments de Grégoire à son égard étaient restés les mêmes et cela n'a pas manqué.

– Je ne suis pas rentré pour moi mais pour que Justino retrouve ses racines, a-t-il dit fortement.

J'ai pris sa main si maigre.

– Écoute-moi, Thibaut, la venue de Justino a tout changé. Il t'a ouvert le chemin. Tu DOIS revenir à la maison.

Il a redressé les épaules.

– Pas maintenant, maman. J'ai des projets. Je ne reviendrai que...

–... la tête haute, on sait, ai-je terminé pour lui. Qu'est-ce que cela veut dire ? Elle a quoi, ta tête ? Et tu ne crois pas qu'on t'a assez attendu comme ça ?

– Papa aussi, m'a attendu ?

Je n'ai pas pu répondre. Il s'est levé pour remplir à nouveau nos verres. Il semblait avoir aussi soif que sa mère. Il avait pris ça de sa mère : la totale déshydratation en cas d'émotion.

– Jamais je n'ai vu Grégoire aussi heureux que depuis l'arrivée de Justino, ai-je murmuré.

Il m'a souri : « Ne t'en fais pas, tout s'arrangera », a-t-il promis d'une voix forte et j'ai entrevu soudain ce que pouvait être un fils une fois ses comptes réglés avec l'enfance, et je me suis dit avec une joie bizarre qu'un jour, qui sait, je pourrais m'appuyer sur lui, le jour où Grégoire flancherait par exemple, les hommes sont tellement plus fragiles que nous ! Et, comme s'il avait lu dans mes pensées, Thibaut a remarqué : « Tu sais, maman, j'ai beaucoup appris là-bas. Au fond, je n'étais qu'un enfant gâté. Il y a tant de gens qui n'ont rien, même pas l'espoir. Je me suis promis, quoi qu'il arrive, de ne plus jamais me plaindre : j'ai eu une si belle enfance… »

Il ne manquait plus que ça ! Le genre de compliment à faire jaillir dans le cœur de n'importe quelle mère les geysers de la culpabilité. Une si belle enfance… Je m'apprêtais à me liquéfier à nouveau lorsque Justino a eu la bonne idée d'entrer. Il a couru se blottir sur les genoux de son père, il l'a enfermé dans ses bras, il a enfoui son visage dans son cou et il n'a plus bougé. Regardant machinalement ma montre, je me suis aperçue qu'il était huit heures passées. Nous avions parlé durant plus d'une heure. À la maison, Grégoire devait se faire un mouron terrible. Impossible de le rassurer, les PTT n'étaient pas montés jusqu'ici. Et, de toute façon, apprendre à Grégoire au téléphone que j'avais retrouvé son fils, je ne voulais pas prendre ce risque après toutes les émotions qu'il avait déjà endurées ces derniers temps ; une attaque est vite arrivée.

Je me suis levée.

« Il est tard, nous devons rentrer. Si tu venais avec nous ? »

En souriant, Thibaut a fait « non » de la tête et j'ai compris que je ne le ferais pas changer d'avis : sa dignité était en jeu. J'ignorais encore l'importance de ce mot pour lui.

J'ai regardé Justino qui ne bougeait pas, qui continuait à respirer son père comme s'il s'en nourrissait et, apparemment, le père aussi se nourrissait de lui.

« Si tu le gardais pour la nuit ? ai-je proposé. Je viendrai le chercher demain. À l'heure que tu voudras. »

Deux regards m'ont remerciée. Demain, ce serait quand je voudrais avant midi. Thibaut prenait sa caisse à treize heures.

Soudain, j'avais hâte de partir. Et s'il me demandait de ne

pas dévoiler à son père l'endroit où il se trouvait ? J'ai embrassé Justino : « Géant, Mondeville », lui ai-je glissé à l'oreille et il a ri.

Thibaut m'a suivie dans le couloir.

– Tu as un petit garçon exceptionnel, lui ai-je dit. On a tous craqué à *La Maison*.

– Il a pris le cœur d'or de sa mère, a-t-il répondu sobrement.

Comme nous descendions l'escalier, je me suis souvenue.

– Il y a quelque chose que personne n'a compris, c'est qui nous l'a amené. Il assure que c'est la Sainte Vierge ; pas moyen de l'en faire démordre.

Alors Thibaut a éclaté de rire et la jeunesse est revenue sur son visage et je me suis dit qu'avec du temps, beaucoup d'amour et quelques kilos en plus cela pourrait s'arranger : il aurait moins l'air d'un crucifié.

– Veux-tu que je te la présente ?

Elle habitait un petit appartement au troisième étage du même immeuble et exerçait le métier d'assistante sociale. Lorsque Thibaut et Justino avaient débarqué à Caen, elle les avait pris sous sa protection. C'était elle qui avait trouvé cette chambre, elle qui avait persuadé notre fils de nous confier Justino. Elle s'était même chargée de la livraison. Elle était si bonne que Thibaut répétait souvent à son fils : c'est la Sainte Vierge. Une expression d'Estrella.

La Sainte Vierge avait les yeux bridés, elle s'appelait Yocoto et était vietnamienne.

CHAPITRE 31

Cette fois, c'était bien la tempête ! Un vent furieux balayait la nuit, de grandes gifles de pluie cinglaient le pare-brise. Heureusement que j'avais pris la grosse voiture : ma pauvre Rugissante n'y aurait pas survécu.

Toutes les lumières de la maison avaient été mises en batteries comme signaux de détresse.

Dès qu'il a vu mes phares, le Commandant, en ciré sur le pont – la cour d'entrée – s'est mis à agiter frénétiquement les bras pour m'indiquer une route dont je connaissais par cœur la plus petite embûche. Et lorsqu'il a découvert que j'étais seule, il a crié : « Qu'as-tu fait de Justino ? », comme s'il était évident que j'avais jeté la chair de sa chair au fond d'un puits. J'ai bégayé : « Il est avec son père », et j'ai chaviré dans ses bras.

Pourtant, durant tout le trajet, j'avais préparé mon annonce. J'attendrai d'être dans le salon, je serai calme, ferme, je dirai à Grégoire : « J'ai retrouvé Thibaut, ne t'en fais pas, tout va bien. » Et voilà que les mots me lâchaient, je revoyais notre fils si seul, si misérable vraiment, assis au bord du lit à côté de sa guitare, je l'entendais : « J'ai eu une si belle enfance... » et j'avais tant de peine, je me faisais tant de souci que j'avais envie de me laisser emporter par la tempête. Qu'allait-il devenir ?

Oubliant ses vertèbres, Grégoire m'a portée jusqu'au canapé. Il a envoyé balader mes chaussures et enveloppé mes jambes d'une couverture. Il avait eu la bonne idée d'allumer un feu. « Ne bouge pas », a-t-il ordonné comme si j'étais capable de faire autre chose que trembler comme la naufragée que j'étais et il est allé chercher la bouteille de calvados et le sucrier. Après les deux premiers sucres, j'ai pu commencer à parler.

Je lui ai tout raconté : la nervosité inhabituelle de Justino, Mondeville, Jésus-Christ à la caisse, la Sainte Vierge asiatique. Je sentais bien que j'allais trop vite, j'étais trop émue, je mélangeais tout et il avait du mal à me suivre. Lui aussi se remontait au calva, mais sans sucre. Lorsque j'ai eu terminé, tout ce qu'il a trouvé à dire d'un ton altéré, c'est : « Crois-tu que Justino reviendra à *La Maison* ? » Comme s'il n'existait plus pour lui sur terre que ce petit métis.

Je me suis mise en colère : Justino allait bien, lui. C'était Thibaut qui avait besoin de nous, qui devait revenir d'urgence. Et il nous faudrait le recevoir non comme la brebis égarée qui rentre au bercail, mais comme un prince ! Car c'était nous, pas lui, qui devions demander pardon. Nous l'avions rejeté par conformisme, par principes imbéciles, par étroitesse d'esprit, sans même chercher à connaître celle qu'il aimait et qui possédait le plus beau des trésors : un cœur d'or !

« Mais pourquoi ne l'as-tu pas ramené ? » a demandé alors Grégoire d'une voix sourde.

J'ai plongé mon quatrième sucre dans le calva et je le lui ai dit : son fils avait refusé ! Affaire de dignité. Thibaut aussi en était resté au jour où Grégoire l'avait flanqué dehors et il ne voulait pas revenir comme caissier à mi-temps de supermarché, face à un père qui retiendrait les : « Je te l'avais bien dit… » Et vu ses nombreux diplômes (deux années de droit) et l'accroissement du chômage, s'il attendait d'avoir décroché autant de galons que son père pour frapper à la porte, il aurait tout le temps de perdre le peu de chair qui restait sur ses os dans ses dix mètres carrés à Caen alors que nous nous pavanions dans cette maison immense en essayant de ne pas trop grossir.

C'est curieux, le bonheur ! Je ne le sentais plus. Pourtant, j'avais retrouvé mon fils et c'était le plus beau jour de ma vie.

Grégoire a terminé son verre puis il s'est levé : « Où est-il ? » À la chaleur qui m'a emplie toute, j'ai su que j'attendais cette phrase depuis huit années, car n'était-ce pas à lui, qui l'avait injustement rejeté, d'aller chercher son fils et de le ramener ? Par la peau du cou s'il le fallait ? De toute façon, moi, je n'avais plus de forces.

Il a mis ses lunettes pour inscrire son adresse. De toute façon, pas d'illusion à se faire, il se perdrait plutôt dix fois qu'une avant d'arriver au but. Sur terre, Grégoire est un navigateur nul. Mais il finirait par arriver car, plus têtu que cet homme, tu meurs !

C'est en voyant trembler sa main sur le papier et ses lunettes sur son nez que j'ai recommencé à l'aimer. Il n'y a rien à faire, pour moi la tendresse a toujours fait partie de l'amour. Dès notre première rencontre, en même temps que je brûlais pour la force virile de mon bel officier, je trouvais moyen de fondre pour ses faiblesses (déjà nombreuses et variées).

Après m'avoir à nouveau interdit de bouger, il a appareillé avec, dans son coffre, trois cartons d'eau minérale, un carton de vin blanc, deux de rouge onze degrés et une tonne d'épicerie, s'il galérait longtemps, pas de souci à se faire, il serait nourri !

J'ai compris très vite pourquoi, dès mon arrivée, il avait décroché le téléphone. Ne nous voyant pas revenir, Justino et moi, il avait tout envisagé : la fugue, l'enlèvement, l'accident, une vengeance des dealers. Il avait donc alerté la terre entière et la terre entière a rappelé. Les filles, bien sûr, mais aussi Diane et Marie-Rose, quelques marins et même mon cher M. Khu qui m'a conseillé de m'étendre sur le sol, fermer les yeux et respirer en gonflant le ventre et imaginant une lumière blanche, toute blanche, légère comme la neige, descendant de la racine de mes cheveux jusqu'à la pointe de mes orteils, ce que j'ai remis à plus tard vu l'état de mes nerfs.

La couverture jusqu'au nez, le sucrier à portée de la main, j'ai rassuré tout le monde. Apprenant où leur père était parti, Charlotte et Audrey ont eu le même réflexe : elles ont débarqué et nous partagions le sucre au calva lorsqu'ils sont rentrés, le père, le fils et le petit, resplendissant de bonheur.

C'est Justino qui, le lendemain matin, alors que dans ma chambre, un linge humide sur le front, je me remettais de ma cuite, m'a narré les retrouvailles.

Son père et lui s'apprêtaient à déguster une pizza « féroce », sa préférée (piments, ail, chorizo) chez la Sainte Vierge (Yocoto) lorsque s'était produit tout un raffut dans les étages et Justino avait reconnu la voix du Pacha. J'avais bien donné l'adresse à Grégoire mais totalement oublié de lui dire l'étage et il cognait à toutes les portes, menaçant de les enfoncer lorsqu'on refusait de lui ouvrir.

Il paraît que Thibaut était sorti sur le palier où il s'était retrouvé en face de son père et que la minuterie avait eu le temps de s'éteindre trois fois (rallumée par Justino) avant qu'ils se décident à tomber dans les bras l'un de l'autre. À ce moment-là, Yocoto avait entraîné Justino dans son appartement pour laisser les retrouvailles se faire discrètement.

Plus tard, Thibaut et le Pacha étaient venus les rejoindre. Le Pacha avait dit : « Bonjour, madame » à la Sainte Vierge et Thibaut avait demandé à Justino s'il était d'accord pour rentrer tous les deux à la maison maintenant. Et, bien que Justino soit triste de laisser Yocoto et la pizza féroce, il avait accepté en pensant à ma joie.

C'est ainsi que, vers minuit, ils étaient arrivés ici, tous les trois morts de faim malgré le contenu du coffre.

Là, Justino s'est interrompu et il a regardé en direction du jardin comme quelqu'un qui n'a pas tout dit et attend qu'on l'aide. C'était bien vrai qu'il avait les oreilles décollées : un vrai petit renard des sables !

Je lui ai fait place sous ma couette que ma descendance a baptisée, à juste titre, « le parloir » et, ainsi mis en confiance, il m'a demandé ce que voulait dire exactement « rentrer la tête haute », parce que son père était rentré à *La Maison* avec la même tête qu'avant et que, pendant les retrouvailles discrètes, tout l'immeuble avait pu entendre le Pacha se fâcher à ce propos, criant si fort que les gens étaient à nouveau sortis sur le palier et, même, Mme Boucharla avait menacé d'appeler la police si ce cirque se poursuivait.

Je lui ai expliqué qu'il y avait des petits garçons qui, regardant leur papa, si grand, si fort, se disaient qu'ils n'arriveraient jamais à être aussi épatants plus tard, alors, se décourageant à l'avance, ils vivaient la tête basse. Me comprenait-il ?

Justino a acquiescé avec force. Lui, c'était comme le Pacha qu'il voulait être plus tard, mais il avait peur de ne pas y arriver, surtout avec sa peau rouge comme le papy de la *favela* (première nouvelle !) que l'on appelait « Pap'Apache » ou « le Cheyenne » pour se moquer de lui. Alors, parfois, il vivait, lui aussi, la tête basse.

Je lui ai dit qu'il y avait des personnes qui redressaient si haut leur tête que, du coup, ils ne voyaient plus ceux d'en bas, ne les entendaient plus et ce n'était pas mieux. Comprenait-il cela aussi ?

Il comprenait très bien. Il en connaissait plein à Rio qui habitaient dans les gratte-ciel en verre et ne voyaient plus les pauvres des *favelas* en carton.

Parce que je ne voulais pas qu'il l'apprenne un jour par d'autres et qu'il se trouve toujours ici ou là un croque-chagrin pour éventer les secrets de famille, je lui ai raconté qu'autrefois, avant sa naissance, Thibaut était de ceux qui vivaient la tête basse et le Pacha de ceux qui la redressaient trop. Résultat, une grosse brouille et, lorsqu'un océan vous sépare, comment se tendre la main pour faire la paix ? C'est ainsi qu'hier soir, ayant, grâce à Justino, retrouvé Thibaut, le Pacha avait couru lui dire que sa tête était épatante comme ça et qu'il devait rentrer tout de suite. Et s'il avait crié un peu fort, c'est qu'il y a des gens qui ne savent demander pardon qu'en se mettant en colère.

Puis j'ai pris dans mes bras ce délicieux petit garçon et je lui ai dit qu'ici, chaque jour que Dieu faisait, nous avions pensé à eux. Et même, certains jours, à l'heure où le soleil se couche, lorsque le ciel est si beau que l'on peut voir bien plus loin que ce que vous montrent vos yeux, moi, je les voyais là-bas, je regardais le chemin qui mène à la maison et je décidais de toutes mes forces : « C'est par là qu'ils reviendront. » Et la Sainte Vierge m'avait exaucée.

Justino est resté un moment silencieux. Je ne savais pas comment parler d'Estrella. Mais il ne faut pas se faire d'illusion : les enfants savent tout. Avec leur instinct tout neuf, leur sensibilité de jeune pousse, ils perçoivent chaque modification du climat qui les entoure. Ils captent le moindre vent soufflant de travers sur le toit de la famille et ce que se disent à voix basse les adultes ils l'ont déjà entendu dans leur cœur. Si Justino n'avait pas tout compris, pourquoi aurait-il murmuré avec un gros soupir : « C'est dommage que Pacha n'ait pas connu ma maman. C'est vraiment très dommage. Elle était formidable, ma maman. »

Et je n'ai trouvé à répondre que : « Maintenant, tu vas voir comme nous allons l'aimer. »

CHAPITRE 32

Loin, la mer ! Au diable, la diablesse vers laquelle trois dames d'un certain âge, certaines de pouvoir encore laisser leur empreinte sur la vie ainsi qu'elles la laissent sur le sable, marchent comme on marcherait vers soi, ses fonds obscurs, sa rumeur sourde, les têtus battements de son cœur.

Nous devions nous retrouver à Caen comme d'habitude pour un repas express, et voici que, sans me demander mon avis, elles sont venues me chercher à *La Maison*, ou plutôt « m'enlever ». Sous un prétexte qui a laissé Grégoire pantois et moi itou : avril, chez les Romains, était consacré à Vénus, aussi Minerve et Junon avaient-elles décidé de m'offrir une fête ! Bref, une super-bonne bouffe précédée d'une mise en appétit-jogging au bord de la Manche.

Et c'est ainsi que l'on se retrouve sur la plage d'Houlgate hors saison, livrée aux mouettes et à la Folle qui fait des orgies de vase, d'algues et de crabes pourris. C'est jour de défoulement pour Sissi que Diane a avertie : elle le paiera à cinq heures chez son toiletteur où rendez-vous a été pris pour sa coupe-brushing du mois.

Mais elles ne m'ont pas emmenée jusque-là pour parler de la princesse et j'ai été sommée de raconter par le menu à mes amies le passionnant feuilleton familial et comment je ne pars plus pour Rio, Rio étant venu à moi.

– Finalement, conclus-je, c'est une histoire des plus banales. Elle était déjà dans la Bible : l'enfant prodigue, ça ne vous dit rien ?

– Mais voyons, rigole Marie-Rose. Retrouver après huit

ans de silence brésilien son fils à une caisse de supermarché caennais, ça arrive tous les jours, c'est bien connu…

– Le vrai conte de fées, renchérit Diane pour qui ces contes doivent impérativement se programmer comme le reste. Junon qui, dès le lycée, prévoyant une existence dorée avec un beau monsieur riche, travaillait davantage ses charmes et l'art de séduire que les maths puisqu'elle entendait bien n'avoir jamais à compter.

La mer est proche à présent et le sable devient humide. Nous retirons nos baskets. Même Diane en porte, mais quelles baskets ! Je tends mon visage à la caresse salée d'un vert petit vent printanier. Des ciels comme celui-ci, transparent, piquant, vous n'en trouvez qu'en Normandie.

– Et où loge l'enfant prodigue ? s'enquiert Diane.

– Mi à *La Maison*, mi à Caen. Cela dépend de ses horaires de travail.

– Et de ceux de la Sainte Vierge, je suppose, se moque Marie-Rose.

Diane s'est emparée de mon bras.

– Veux-tu que je parle à Louis de ton Thibaut ? propose-t-elle. Il pourra l'aider à trouver mieux que sa caisse.

– Thibaut ne veut pas qu'on l'aide. Il a son idée.

– Peut-on savoir laquelle ?

– Il veut s'occuper des jeunes.

– En difficulté, peut-être…, ironise Marie-Rose.

J'acquiesce. Silence. Je sais bien ce que vous pensez, mes belles, puisque je pense (un peu) comme vous. Thibaut, autrefois adolescent mal dans sa peau, veut aujourd'hui aider ceux qui se trouvent dans le même cas. Classique cela aussi. Mais tout de même pas si simple ! Bien sûr, on choisit son avenir en fonction de ce que l'on a vécu jeune. Si je n'avais vécu le rêve de Félicie de passer son mari à la marmite, aurais-je élu entre tous le fidèle Grégoire ? Grégoire le solide, le gentil, le sans histoires ?

Dans le désir de Thibaut de s'occuper des autres, il y a, certes, les difficiles rapports avec son père, mais c'est ce qu'il a découvert au Brésil qui a donné le déclic. Il faut l'entendre raconter avec une voix brouillée par l'émotion ces gamins sans famille et sans toit qui viennent aux terrasses des cafés quémander la pomme de terre ou l'os de poulet laissés au bord de votre assiette, ces gamins sans avenir dont on retrouve çà et là, les corps, victimes de règlements de comptes. Nous, nous regardons ça de loin en poussant des soupirs de pitié et d'impuissance, lui ça lui a donné l'envie d'agir, alors chapeau !

Sans compter la FOI !

Parti à la suite de sa belle danseuse sans plus croire à grand-chose, Thibaut nous est revenu armé de la foi du charbonnier. C'est le travail de la putain. *Flash-back* direction la *favela* : Estrella en était sortie, enfant, grâce à la générosité d'une bonne sœur. Bref, n'en déplaise à Junon-la-belle, à Minerve-la-conquérante, l'adolescent mou est devenu un apôtre déterminé qui n'a qu'un mot à la bouche : ce n'est pas le pain, ce n'est pas le toit, ce n'est pas le fric, ce n'est pas la vengeance, c'est la CONSIDÉRATION. Thibaut a décidé d'offrir aux laissés-pour-compte de notre beau pays la considération, tâche toute simple, n'est-ce pas, dans une société où c'est la bonne situation, la marque de la voiture ou la taille du poste de télévision qui vous vaut le respect. Je croyais mon fils éteint, il a une braise au cœur. Comme si Estrella lui avait confié un message de feu.

Ai-je convaincu mes amies ? Moi-même, face à ce grand barbu qui ne pense qu'à se donner, je me sens désemparée, soudain mal à l'aise dans ma belle bonne conscience.

En attendant, elle est là, la mer, mordant nos doigts de pieds avec ses froufrous glacés. Trois dames d'un certain âge barbotent en poussant, rien que pour le plaisir de bêtifier, des cris de jeunes filles effarouchées.

– Et ton Grégoire ? Que pense-t-il de tout ça ? interroge l'épouse modèle tandis que nous revenons vers la digue.

– Mon Grégoire attend de voir. Il dit que Thibaut a eu la vie dure là-bas et qu'ici il va peut-être changer.

– Reprendre goût à la société de consommation, traduit Marie-Rose.

– Eh bien moi, je vais vous dire une chose, bougonne Diane en attachant les lacets de ses baskets grand couturier, la société de consommation, j'adore, c'est mon truc ! Ce qu'il faut, c'est que tout le monde puisse en profiter.

– Et moi, si mon avis vous intéresse, je pense qu'on n'a pas fini de parler de l'enfant prodigue ! déclare Marie-Rose. À son tour, elle s'empare de mon bras : En attendant, que dirais-tu d'aller se remonter le moral vite fait ?

Se remonter le moral ? Pourquoi a-t-elle dit ça ? Il est au beau fixe, le moral. Ça ne se voit pas ?

CHAPITRE 33

Trois champagne-mûre dans cette Ferme-Hôtel-Restaurant quatre étoiles au-dessus de la mer où mes amies m'invitent.

La Folle était irrespirable aussi l'avons-nous laissée dans la voiture. Mises à part nos sportives personnes, il n'y a, dans la spacieuse salle à manger, que deux tablées de clients étrangers – bravo ! profitez de notre beau pays ! Je m'étale sur ma chaise capitonnée. Comme il est bon de s'arrêter un moment sans mari ni marmaille devant une table recouverte de damas blanc, de cristal et d'argenterie, pour se laisser servir.

– Et ton coffre ? interroge Marie-Rose en goûtant aux petites tartelettes à la brandade qu'on nous a servies avec l'apéritif.

Je l'attendais celle-là ! Et je triomphe :

– Demain, je fais la patine. Si tu pouvais venir le chercher avant la grande invasion des vacances, cela m'arrangerait. Vendredi ?

– Vendredi première heure, promet Marie-Rose. Et qu'est-ce que je t'apporte d'autre ? J'ai un buffet…

Je ris.

– Laisse-moi souffler un peu. Avec Pâques, puis l'accouchement de Charlotte, où veux-tu que je trouve le temps ?

Le temps… Le lieu surtout ! Je n'ai pas encore osé avouer à mes amies que dans trois jours, samedi, je n'aurai plus d'atelier. Mon territoire sera devenu chambre de Thibaut. Mais ne l'était-il pas déjà dans ma tête lorsque je peignais en regardant le chemin par lequel je souhaitais tant qu'il revienne ? Et est-il possible de garder une pièce à moi alors que mon fils n'aurait pas son coin ? Il doit pouvoir, comme ses sœurs, débarquer quand il veut et trouver son pyjama sous son oreiller.

Mais il est vrai que *La Maison* devient trop petite. Avec Thibaut et Justino, plus l'invasion des Karatine, nous voici passés de neuf convives à quinze ! Il y a bien cette vieille idée de Grégoire d'aménager le grenier en dortoir pour les enfants, cependant, au pied du mur, il ne veut plus en entendre parler : tout à faire ! Trop cher ! En vérité, il compte de plus en plus ses sous, mon mari, c'est usant. Depuis qu'il est à la retraite, plus jamais de folies, de coups de cœur, de superflu. On remplit le bas de laine au cas où. Je sais bien que cette retraite n'est pas dorée, que tenir maison ouverte est ruineux mais quand même ! Une graine d'avarice lui serait-elle poussée ?

Et l'autre jour n'a-t-il pas osé émettre l'idée d'instituer des tours. Des TOURS… Pâques pour les uns, Mardi gras pour les autres, juillet pour ceux-ci, août pour ceux-là ! Et puis quoi encore ? Que fait-il du bonheur des filles à cohabiter ? De Thibaut qui a tellement besoin d'être à nouveau immergé dans la famille ? Des cousins qui attendent toute la semaine le moment de se retrouver…

– Les moules marinières, c'est pour qui ?

Diane lève le doigt. Pour Marie-Rose et moi, elles seront à la crème.

– À quoi tu penses, on ne t'entend plus ? interroge Junon.

– À rien. Je me détendais. On est bien.

Du bout de sa fourchette, Marie-Rose me met sous le nez une moule de Barfleur, bien dodue, couleur ivoire.

– On est peut-être bien, dit-elle, mais sache qu'à côté de ton teint, cette moule rentre des sports d'hiver.

Et c'est ainsi que c'est venu : dans la foulée du rire. Moi, couleur de moule ? Merci bien. Mais il était vrai que je me sentais fatiguée. Normal après tout ce qui m'était arrivé. Nouveau rire. Ce qui m'ennuyait davantage, c'est que je me découvrais tordue dans ma tête. Voilà que Thibaut était revenu, que me tombait du ciel un adorable petit-fils, qu'avec Grégoire ça roulait, ça coulait, limpide et tendre comme avant. Voilà que j'avais tout pour être heureuse…

Et puis rien !

C'était comme si je voyais mon bonheur, tout rond, tout croustillant sous mon nez et que je n'arrivais pas à le déguster. Je ressentais une espèce de fatigue, comme un poids sur mes épaules. Se souvenaient-elles de la phrase-code avec les filles lorsque le sujet Thibaut était interdit à la maison ? Elles me disaient : « Vivement les vacances » et, le cœur battant, je courais aux nouvelles. Eh bien les vacances étaient là qui allaient tous nous réunir et au lieu de m'en réjouir, je les voyais arriver avec appréhension. Rire encore. Vraiment, je ne me comprenais plus ! D'ailleurs, elles pouvaient juger sur pièce : voici que ma voix déraillait et que mon nez se bouchait, mes yeux me brûlaient, en leur racontant mes insignifiantes petites histoires. Vite un peu de vin blanc pour faire passer.

Elles n'avaient pas l'air étonné, mes amies. Diane m'a tendu son mouchoir brodé.

– Quand même, elle a fini par nous le sortir ! a commenté Marie-Rose.

– Pas trop tôt ! a renchéri Diane.

Et, à leur air complice, j'ai compris que le mois de Vénus n'était pour rien dans la balade, j'avais tout bonnement été la victime d'un complot : mes amies m'avaient offert le temps de craquer, de leur avouer, mais aussi à moi-même, que cela n'allait pas si bien que je le prétendais. Il avait fallu pour cela la longue et nostalgique promenade sur la plage dans ce vent piquant, ce vent follet comme une invitation à larguer les amarres, et maintenant ce Riesling au goût de fruit, au goût d'ailleurs.

– Si tu ne te comprends pas, c'est que tu ne t'appartiens plus, a déclaré Marie-Rose. À force de vivre uniquement pour les autres, voilà ce qui vous arrive.

– Les grands bonheurs… les grands malheurs… ça vous fout par terre, a remarqué Diane d'un ton pénétré comme si elle passait sa vie dans la tourmente et non dans le double abri capitonné des bras d'un mari qui prenait tout en charge et de sa résidence.

Et toutes les deux en chœur :

– Tu as besoin de décompresser, de faire un trou normand dans ta vie.

Sans succès aucun, j'ai essayé de retrouver mon rire :

– Un trou normand dans ma vie ? Amusant, ça. Et à quoi le voyez-vous ? À la vodka ou au calva ?

– Tu viens en Italie avec Louis et moi, a attaqué Diane. Nous partons autour du week-end de Pâques : Florence, Venise. On t'emmène sans problème.

– Sans problème pour qui ? ai-je protesté. Partir juste au moment où la maison va déborder ? En laissant tout le monde en plan, vous voyez ça ?

– On voit très bien. Grégoire et tes filles assureront.

– Grégoire est nul en organisation. Les filles viennent pour se reposer.

– Sur toi ! C'est ce qu'on disait.

Je n'avais plus envie de discuter. Et puis comment auraient-elles pu comprendre ? Marie-Rose qui n'avait pas d'enfant à elle. Diane qui estimait en avoir terminé avec les siens... Comprendre que, fatigue ou non, j'avais envie de les accueillir tous à *La Maison*. Je penserais à moi après les vacances. D'ailleurs, je me sentais déjà mieux. Cela avait juste été un coup de blues, on en a bien après les accouchements ; soudain, on se sent vide d'une grande attente. En quelque sorte, j'avais réaccouché de mon fils.

Les raies au beurre noir et la langouste sont arrivées à point pour que nous parlions d'autre chose. La langouste, devinez pour qui ?

Alors que nous prenions le café, le patron, un sympathique barbu, est venu nous demander si nous avions été satisfaites. Pour preuve, Marie-Rose a voulu visiter une chambre ; peut-être reviendrait-elle passer ici deux ou trois jours avec un ami. Nous l'avons suivie.

J'ai de plus en plus l'impression que la vie m'adresse des signes et parfois cela m'inquiète. Ce signe-là était éclatant : un clin d'œil du destin qui m'a laissée pantoise bien que je n'en comprenne pas clairement la signification.

Chaque chambre de cet hôtel portait le nom d'un peintre dont un tableau ornait le mur. (J'ai appris plus tard que le patron lui-même peignait.) La chambre qu'il a montrée à Marie-Rose s'appelait « Magritte » et le tableau qui l'ornait, *La Grande Famille*.

La grande famille ?

Il représentait un oiseau aux ailes déployées sortant de la mer. La mère ? Tout son corps, ses ailes, étaient traversés de nuage. Le rêve ? L'envol ?

À part cela, la chambre était vaste, avec terrasse, lit double, télévision bien entendu et salle de bains en marbre.

La Valise m'est apparue.

CHAPITRE 34

Donc, aujourd'hui, nous patinons le coffre à rêves des jeunes mariés ! Au vernis transparent, vous ajoutez un peu de poudre de terre pour vieillir, d'alcool pour allonger, d'huile de lin pour lier. Puis vous passez au pinceau fin sur toute la surface de l'œuvre. Laissez sécher. Admirez.

Commencer une œuvre, c'est se projeter en avant, se lancer un défi : « À nous deux la vie ! » Il s'agit de la saisir avec son instrument, qu'il soit pinceau plume, archet, ou à mains nues, pour l'épingler, toute palpitante, dans son ouvrage.

Terminer une œuvre, c'est comparaître en face de soi-même. Le but a-t-il été atteint ? A-t-on réussi à exprimer l'indicible : cette lumière fugace qui a éclairé un instant l'âme profonde de l'homme et dira à tous : « Tu es là » ?

Je voulais que ce coffre évoque pour mes tourtereaux les feux de l'amour à ses débuts. Je les imaginais, une fois la patine du temps inscrite sur cet amour, y puisant leurs bûches comme on puise les souvenirs. J'ai travaillé tantôt dans l'enthousiasme, d'autres fois dans la colère ou le doute. Résultat ? Allez, Jo, et pas d'indulgence !

Passable ! En regardant mon coffre, un réel plaisir : les fleurs vivent, les couleurs flambent, mais ne s'en exhale pas cette mystérieuse chaleur que l'on éprouve devant le génie et qui vous fait penser avec un étonnement ravi : « C'est ça ! » Eh oui, c'est le génie que je vise. Et peut-être s'en trouve-t-il un brin dans le petit bouquet de feuilles de chêne qui brûle tout seul dans son coin : le bouquet de Justino, non inscrit au programme, passé directement du cœur à l'ouvrage un jour de manque. L'œil y revient comme à un pôle : là, je suis, là, les autres seront.

– Babou, ta peinture, est-ce que tu aimes beaucoup la faire ?

Justement, il vient de se glisser dans mon atelier, Justino, revenant d'une promenade avec son grand-père, tout essoufflé d'avoir monté l'escalier en courant.

– Bien sûr ! Comment te dire… Ma peinture, c'est à moi toute seule. Quand je la fais, en un sens, j'ai la tête juste à la bonne hauteur.

Il approuve. Parfois, il me semble qu'il peut tout comprendre. Attention ! Ce n'est qu'un enfant.

– Tu sais, ma *mamae* était comme toi, constate-t-il soudain.

Continuons à vernir mine de rien, mine de ne pas être particulièrement intéressée par ce qu'il vient de dire et ce qui va peut-être suivre. Justino parle rarement d'Estrella et c'est toujours pour faire passer un message important.

– Quand elle dansait, reprend-il, c'était comme toi quand tu peins : elle brillait.

Il va se planter devant la fenêtre, dans le pantalon de velours un peu large hérité de Gauthier. Sa nuque est nette. Hier, Grégoire l'a emmené chez le coiffeur. « Il est à vous, ce gamin-là ? s'est étonné le garçon qui, depuis des années, s'occupe du Commandant et de sa petite descendance masculine. – Il est à mon fils. – Alors, votre fils l'a adopté ? »

– Parfois, maman dansait pour moi tout seul, reprend Justino toujours en contemplation devant le paysage. Et parfois, on dansait tous les deux.

– J'aurais bien aimé voir ça ! dis-je en vernissant une fleur de feu qui, elle aussi, danse. Un jour, il faudra que tu me montres. Et un jour, si tu veux, je peindrai quelque chose pour toi tout seul. Tu pourras même choisir le sujet.

Il quitte sa fenêtre, vient vers moi.

– J'ai peur que tu sois morte, dit-il soudain.

Décidément ! Pas facile de garder le moral dans cette maison ! Tous mes petits-enfants me voient déjà dans mon cercueil.

– Tu comprends, si tu dessines au Ciel, moi, je pourrai pas regarder tes peintures, dit-il. Même si tu les fais pour moi.

Cette fois, je lâche tout. J'attrape par la taille ce petit garçon trop sérieux (et dix fois trop lourd pour mes vieux os), je le soulève au péril de mes chères lombaires, et nous tournons, nous tournons, et il rit et il crie.

– Si tu crois que je vais m'en aller comme ça ! Avec tout ce qu'on a à faire tous les deux.

Quand, à bout de souffle, je le repose à terre, il semble rassuré : ce n'est pas pour tout de suite !

– Attends-moi, Babou, ordonne-t-il.

Il quitte la pièce en courant. Je tombe sur le canapé-lit ; la porte de sa chambre claque, regalopade, re-Justino avec l'un des mystérieux trésors enfouis dans le sac brésilien : une cassette qui prend parfois place sur l'autel, devant la Sainte Vierge et la photo de ses parents sur la plage. Il a apporté aussi le mange-cassettes des enfants. Plus question de rire, l'instant est solennel : Justino a décidé de me faire un présent pour me remercier de bien vouloir vivre encore un peu. Inutile de me demander comment je le sais, je le sais, c'est tout. Il faut bien que cela serve à quelque chose de se torturer les méninges des heures et des heures, un pinceau à la main, à la recherche d'une forme, une couleur vraies.

Il introduit sa cassette, appuie sur un bouton, des accords de guitare s'élèvent. Il me tend les mains.

– Viens, Babou. Je vais t'apprendre la samba !

J'ai tout fait avec ma descendance. Joué aux quatre coins, à colin-maillard, à tournicota, au ballon prisonnier et à chat. Sur les plages normandes, j'ai aligné des kilomètres de pâtés, construit des châteaux et creusé des parkings. Je me suis même laissée enterrer vivante quelquefois, j'en ai encore du sable dans la cervelle. Je suis une fan de Walt Disney, me transforme à l'occasion en exterminatrice pour participer à certains jeux vidéo dont pourtant je déplore la violence. Les MacDo n'ont plus de secrets pour moi. Mais jamais, au grand jamais, aucun de mes petits-enfants ne m'avait invitée à danser la samba. C'est une première !

– Allez, Babou, allez, viens…

Le rythme se fait impératif, un homme chante, face à moi Justino danse, j'y vais ! Dans ma blouse de peintresse, mes baskets maculées de peinture, mes années qui ne sont plus vertes, je me trémousse et me déhanche. « Oui, Babou, comme ça ! » Le Samouraï, à côté, n'est qu'une tranquille promenade. Et voici celui qui manquait : Grégoire ! Sa mauvaise oreille ne l'a pas empêché d'entendre la musique. De la porte, il regarde le spectacle avec ébahissement.

« Pacha, viens, danse toi aussi... » Lui, il a de la force de caractère ! Il sait dire : « non » lorsque sa dignité est en jeu. Moi, c'est l'épuisement qui m'arrête. Justino continue seul. Son corps ondule avec souplesse, chaque partie, jambes, bassin, épaules, semble vivre sa propre vie. Et, le regardant, preuve est faite que cela existe : avoir la danse ou la musique dans le sang. À cet instant, Estrella vit en lui. Tant qu'il dansera la samba, elle sera là. « Danse, mon petit, danse ta mère. »

– Vous avez entendu la guitare ? demande Justino une fois la cassette terminée. C'était papa.

Comme promis, Marie-Rose est venue chercher le coffre vendredi première heure. Elle avait refusé jusque-là de voir mon travail. Même le jour du mariage, lorsque je l'avais suppliée de me donner son avis, elle s'était dérobée. Non qu'elle ne s'y intéressât pas, mais, disait-elle, elle préférait avoir « le choc ». Sans doute voulait-elle aussi me faire comprendre qu'elle avait toute confiance en la qualité de mon travail. C'est probablement pour la même raison qu'elle m'a remis l'enveloppe contenant mon salaire avant d'entrer dans l'atelier.

Elle a d'abord regardé mon œuvre de loin. Puis elle a tourné autour. Enfin, elle s'est approchée pour y mettre le nez. Pas un mot ! Je n'en menais pas large : si elle me disait : « Ce n'est pas bon », je ne serais plus qu'une femme de marin retraité, une mère et une grand-mère passable, encore un peu utile, bref, rien d'intéressant.

Toujours sans commentaires, son regard a fait le tour de la pièce que j'avais hier vidée de mon matériel. Il faisait frisquet car, pour chasser les odeurs de peinture, la fenêtre était restée ouverte toute la nuit. Son regard s'est arrêté à la paire de draps posée sur le lit de Thibaut. Je n'avais pas voulu cacher la vérité à mon amie.

– Tiens ! Je pense à quelque chose... a-t-elle dit. Si tu venais travailler à la Caverne ? Je te ferai un coin. Même s'il y a du passage, tu y seras plus tranquille qu'ici. Et puis ça te permettra de discuter directement avec les amateurs. Réfléchis-y.

Le nez, les yeux me picotaient. Cette grosse boule de gratitude dans ma gorge me rappelait, s'il en était besoin, à quel point mon « passe-temps » (merci Grégoire) était important pour moi, combien me coûtait de renoncer à mon atelier et comme, tout simplement, j'avais eu peur de ne plus pouvoir peindre.

– Cela veut-il dire que tu trouves mon coffre pas mal ? ai-je hasardé, car cette garce n'avait toujours pas donné son avis.

– Figure-toi que c'est ce que tu as fait de mieux, a répondu Marie-Rose sobrement. Ce que c'est que d'en baver, ma belle !

Avec l'aide stratégique de Grégoire, nous avons descendu le chef-d'œuvre, protégé par une couverture pour lui éviter les heurts, et nous l'avons hissé non sans mal dans la camionnette. Le temps était frais, vif, guilleret et je me sentais bien. C'était stupide d'en vouloir à mon mari de ne pas reconnaître mon talent. Les hommes de sa génération sont ainsi : écorchés vifs à la pensée que leur femme puisse exister en dehors d'eux. Si le pauvre venait à apprendre que, non seulement j'étais une artiste mais, en plus, une femme fatale, foudroyant de désir les hommes dans les rues de Caen, il ne s'en remettrait pas. Mieux valait rester dans l'ombre.

Et moi, d'ailleurs, poussais-je ces cris d'admiration dont le genre masculin est si friand lorsque Grégoire trouvait le « zircon », le « xérus » ou autre beauté qui lui donnait la victoire au scrabble ? Je m'en fichais bien de ses mots ! Et, de même qu'il se plaignait de mes odeurs de peinture, je râlais contre la lancinante sonnerie indiquant l'arrêt de la réflexion dans son Carré.

J'ai attendu d'être tranquille pour ouvrir l'enveloppe que m'avait remise Marie-Rose. Je travaille au noir, c'est encore meilleur les jours de paie. Comme Harpagon soi-même, j'ai compté et recompté mes billets avant de les cacher avec les autres, je ne dirai pas où, même sous la torture. Elle savourait, l'artiste ! Il n'y a pas à dire, l'argent, c'est la liberté !

CHAPITRE 35

Les Réville sont arrivés les premiers, peu avant midi. Le temps s'était brusquement détérioré, c'était un samedi gris et mou, entre deux eaux, entre deux vagues à l'âme.

Peu importait à Justino qui, dès dix heures du matin, s'était mis en faction près du portail, attendant avec impatience Gauthier, son cousin préféré malgré les tentatives éperdues de séduction des inséparables.

Nous avions, non sans mal, organisé les chambres avec Grégoire. Les quatre garçons ensemble (Justino, Gauthier, Tim et Victor). En serrant bien, les lits dédoublés tenaient, mais plus question de faire entrer une aiguille. Capucine et Adèle s'honoreraient d'accueillir Anastasia. Elles avaient promis de freiner sur Michael Jackson, leur idole, Anastasia étant plutôt Rachmaninov. Dimitri nous avait posé un problème : où loger l'adolescent ? Thibaut avait proposé de le prendre avec lui. De toute façon, notre fils ne rentrait pas chaque soir et Dimitri devait passer chez un ami une partie de ses vacances. Mes lancinantes allusions au grenier s'étaient toutes perdues dans la mauvaise oreille de M. Picsou.

À midi et demi, la Daimler, pleine à ras bord, suivie par la silencieuse Zoom, s'est à son tour garée dans la cour. Le conducteur de la Zoom m'était inconnu : un jeune homme enrobé à triomphante moustache et visage réjoui. Il avait vingt ans, s'appelait Vassilis, c'était le Polonais au pair de la famille Karatine, surnommé le « Pap ».

« Ne me dis pas que je ne t'avais pas prévenue ! s'est

exclamée Charlotte devant ma stupeur. D'ailleurs, tu sais bien que Vassilis nous suit partout. Et il mourait d'envie de te connaître. Tu verras : c'est une perle. »

Mais dans quel écrin loger la perle ?

Grand seigneur, Grégoire a offert son Carré. Le « Pap » y dormirait sur le canapé. J'ai bien senti que c'était pour se faire pardonner. Grégoire décampait trois jours la semaine prochaine quelque part en Belgique afin de remplacer un ami malade à un tournoi de scrabble vétéran. La décision avait été prise hier soir, à la suite d'un coup de téléphone du fameux Maurice. Cela sentait furieusement la fuite préméditée et je n'avais guère dû insister pour vaincre les scrupules de mon champion.

Parti dimanche après-midi, il revient demain, jeudi. Un tiers des vacances est déjà passé. Mais pourquoi donc est-ce que je compte ? Tout se déroule sans problème. En congé de maternité, Charlotte ne quitte pas *La Maison* et, avec sa sœur, me seconde efficacement. Chaque soir, Boris et Jean-Philippe nous reviennent; Thibaut, un soir sur deux. Hier, il nous a régalé avec une *feijoda*, sorte de cassoulet brésilien. Il est, visiblement, tout heureux d'être là. C'est fou comme nous nous sommes vite habitués à sa présence : en un sens, c'est comme s'il n'était jamais parti. Mais, en un sens aussi, il ne sera plus jamais le même et le cœur se serre à le voir, Justino sur ses genoux, jouer, avec quelle tendresse, le rôle de père et de mère.

Le programme des journées ne varie guère. Après les petits déjeuners qui se déroulent jusque vers dix heures, je prends ma Rugissante pour aller effectuer les achats quotidiens indispensables : pain, journal, quelques produits frais (pour les crevettes vivantes et le poisson sur le port, nous attendons le Commandant). Il est de tradition qu'un jeune porteur de paquets m'accompagne : un seul à la fois, l'occasion de se dire des secrets. Ils prennent leur tour. Victor s'est inscrit sur la liste.

Le repas de midi, que nous prenons tous ensemble, est simplifié, service assuré par les enfants. Grégoire a fait rentrer un gros jambon fumé du Jura où chacun prélève la part qu'il désire. Avec ça, salades variées et œufs « à la carte ». Le plat garni est réservé au repas du soir ce qui évite aux maîtresses de maison d'avoir à trop se creuser la tête pour les menus.

S'il fait beau, et c'est le cas depuis dimanche, une promenade est organisée l'après-midi. Les enfants aiment particulièrement se livrer à la chasse aux fossiles sur une plage ou l'autre. C'est Grégoire qui leur a appris à s'intéresser à ces petits animaux, nos ancêtres de centaines de millions d'années. Les amateurs de tennis vont jouer dans un club voisin. Justino et Gauthier s'y initient sous la férule de Dimitri. Tim se débrouille déjà pas mal. Victor arbitre en attendant son rein.

Vers six heures, toute le monde est rentré et, après les bains, ce sont les jeux d'intérieur, électroniques ou rétro. Les enfants dînent à sept heures, moins Anastasia et Dimitri qui sont admis à la table des adultes.

Voilà ! Tout est harmonieux. Apparemment, tout le monde est heureux. Je le serais aussi s'il n'était tombé sur ma tête une calamité : Vassilis ! Le Polonais au pair, la perle, le « Pap » ! Il m'adule. Chaque fois qu'il ne s'occupe pas d'un enfant, il me tombe dessus. Double catastrophe car il étudie la photo et a trouvé en ma personne le sujet du reportage qui lui est demandé en fin d'année : une mamie ! Je suis poursuivie par ses flashes, son sourire, ses amabilités, ses offres de service. Le « Pap » me casse les pieds.

S'il y a une chose à laquelle je tiens, c'est à mon café et mes tartines du matin, toute seule, peinarde. C'est entamer dans le silence une journée qui sera fatalement pleine de bruit. Afin de précéder les plus matinaux, je suis prête à me lever la nuit s'il le faut et me suis donc fixé six heures trente. Je descends en prenant des précautions de Sioux, mets une heure à ouvrir et refermer la porte, n'allume qu'une fois dans la cuisine. Patatras ! À peine mon bol fumant est-il posé sur la table que la porte s'ouvre, c'est lui, mon tortionnaire. Du Carré de Grégoire, il m'a entendue. Il m'épiait, j'en suis certaine. Il se fait une telle joie de partager avec moi ce bon moment de calme. Il m'entretient passionnément des siens, l'Est, l'avenir du monde, le trou dans la couche d'ozone, le martyre des baleines, c'est abominable ! Je regarde avec désespoir, à portée de ma main, le cher livre que j'avais descendu pour le savourer en même temps que mes rôties. « Qu'est-ce que vous lisez, madame Babou ? » Rien ! Tu vois bien que tu m'empêches de lire, imbécile ! Et même pas le courage de le lui dire. Je souris, alors que bouillonnent en moi des envies de meurtre. « N'est-ce pas qu'il est formidable ? constate Charlotte. Il nous sauve la vie ! » En attendant, il pourrit la mienne.

Grégoire est rentré jeudi en fin de matinée, tout content de son expédition bien que l'équipe caennaise se soit fait donner une leçon par les Belges. Mais ils ont ri comme des bossus sur leurs énormes moules, leurs frites géantes et leurs grosses plaisanteries d'anciens baroudeurs. Oui, c'était épatant !

– Et ici, ma chérie ? Ça se passe comment ? Raconte…

– Ici ? Très bien. Rien de particulier.

« Babou, Babou, viens voir ce qu'on a trouvé dans le jardin : un trou, un grand ! Victor dit que c'est un serpent. Est-ce qu'il pique ? »

« Babou, si tu voulais bien, on rangera tout après, promis, on pourrait faire des allumettes au fromage pour ce soir. »

« Mamouchka, je me demandais quelque chose… Tu me dis vraiment si ça t'embête. Si je rentrais direct à *La Maison* après l'accouchement ? J'ai peur d'être déchirée comme par Capu, tu te souviens ? Trois semaines après je n'arrivais toujours pas à m'asseoir. Boris et le « Pap » s'occuperont des enfants à Caen. Alors ? »

« Babou, tu nous racontes l'histoire de Cadichon ? Voilà ton mouchoir. »

« Maman, puis-je compter sur toi pour exiger de Gauthier qu'il tire la chaîne des cabinets ? Il dit que c'est de l'eau potable et qu'il faut économiser pour les petits Noirs. Évidemment, cette tarée de Charlotte le soutient ! »

« Babou, je voulais te dire : je suis triste ! À l'école, j'ai seulement une amie et elle m'aime pas. » (Capu.)

« Maman, tu te rappelles ma collection de Tintin ? Je ne la retrouve pas. J'ai fouillé tout le grenier. J'espère que tu ne l'as pas jetée, au moins. » (Thibaut.)

« Madame Babou, tournez-vous de ce côté que je vous prenne. Comme ça, oui. C'est si beau de vous voir coudre ce bouton sous la lampe. Après, c'est promis, je vous laisse tranquille. » (Tu parles !) (Mon adorateur.)

« Babou, Babou, viens voir, vite ! Scarlett est malade. Même les feuilles de choux elle n'en veut pas. Elle bouge plus. Tim pleure : il dit qu'elle va mourir. » (Le fan-club de Scarlett.)

CHAPITRE 36

L'œil, le poil, les sabots, tout était normal. Il ne pouvait s'agir d'une mammite, Scarlett étant une pure jeune fille. Aucune diarrhée n'étant signalée, on pouvait écarter la douve, maladie du foie. Physiquement, notre chèvre ne souffrait de rien ; si elle faisait la grève de la faim et restait alitée une partie de la journée, il fallait donc chercher ailleurs.

Dans sa tête.

Ainsi parlait M. Lévêque, vétérinaire, assis dans la cuisine entre Grégoire et Tim. Et, pour voir ce qui se passait dans cette tête, il conseillait vivement de faire appel à Mlle Bequerel, sa consœur éthologue, spécialisée dans le comportement animal : une sorte de psy. M. Lévêque craignait en effet que Scarlett ne nous fasse une déprime. On en rencontrait beaucoup ces temps-ci chez les animaux.

En attendant, il a prescrit des vitamines à injecter dans la bouche de la patiente au moyen d'une grosse seringue (non, non, pas en piqûre, Tim !).

Mlle Bequerel a débarqué Vendredi saint à huit heures du matin. Longue, sèche, elle était très chic dans sa tenue de cavalière. Je me trouvais à la cuisine, aux mains du « Pap » qui dissertait sur Dieu. Le reste de la maisonnée ne s'était pas encore montré.

Elle a refusé la tasse de café que nous lui proposions. Je suis montée tirer de leur lit douillet les deux principaux intéressés. « Mais oui, une chèvre, c'est du souci », ai-je compati dans la bonne oreille de Grégoire, lequel m'a lancé son oreiller à la tête. Réveiller Tim, c'était réveiller la chambrée qui, descendant en fanfare, a sonné l'heure pour tous les habitants de *La Maison*.

– Qui est le nourricier? a demandé la psy.

Avec un bel ensemble, Grégoire et Timothée ont levé le doigt. Elle a soupiré devant tant d'ignorance : « Voyons, il ne peut y en avoir qu'un! » Le nourricier était celui qui se chargeait quotidiennement d'alimenter l'animal. À la grande déception du jeune propriétaire, c'était donc Grégoire.

– Allons voir la malade, a-t-elle décidé.

Tandis que Grégoire enfilait un caban sur sa robe de chambre écossaise, elle a sorti d'un sac un grand tablier, muni d'une poche sur le devant : « Vous allez aussi mettre cela. »

Comme elle n'avait pas l'air de plaisanter, le nourricier s'est exécuté et il a noué le tablier sur son caban. Toutes ces pelures lui donnaient une drôle de dégaine qui ne manquait pas de surprendre ceux qui, de plus en plus nombreux, nous rejoignaient au salon. Dans la poche du tablier, la psy a versé quelques poignées d'orge, puis elle s'est tournée vers les spectateurs : « Si vous voulez bien, vous resterez ici. Je ne veux avec moi que monsieur (Grégoire) et madame (pourquoi moi?). » Tim, qui avait commencé à s'habiller, n'a pas osé protester. Moi non plus.

Il avait gelé cette nuit et la pelouse craquait comme de la gaufrette sous nos bottes. Le ciel était fleur de pêcher, la couleur de ma robe du mariage. Tandis que nous nous dirigions vers *Tara*, Mlle Bequerel a demandé à Grégoire si, lorsqu'il était petit, il avait eu une Nany anglaise. Alors que, confus, il répondait par la négative, elle a soupiré : « Cela nous aurait facilité le travail! » Car, a-t-elle bien voulu expliquer si, comme tout le laissait à penser, Scarlett était déprimée, le traitement consisterait à l'apprivoiser en lui parlant le langage de ses origines, c'est-à-dire l'anglais, de la même façon que les Nanies, en général adorées des enfants, le leur parlent.

Grégoire faisant celui qui ne comprenait rien, je lui ai expliqué que, *grosso modo*, il devrait dire à sa chèvre : « Areu, areu », en anglais. Encore une chance, ai-je remarqué, que le langage des origines de Scarlett ne soit pas l'africain ou le chinois. S'il avait eu son oreiller, je l'aurais reçu une seconde fois à la tête. Contrairement à lui, je me sentais d'humeur badine.

Scarlett nous a regardés d'un œil morne entrer dans sa maison. Mlle Bequerel s'est penchée sur elle, a caressé sa houppelande, examiné son œil. « C'est bien cela, a-t-elle constaté. Nous allons commencer la séance. »

Celle-ci a duré une bonne vingtaine de minutes. De la porte, le nourricier adressait à la chèvre de tendres mots anglais, tout en secouant de manière engageante la poche de son tablier afin que la malade comprenne qu'il y avait là de quoi récompenser sa bonne volonté.

Après qu'il eut répété une bonne vingtaine de fois ses *darling, honey, sugar, it's papy*... et d'autres douceurs, Grégoire a eu droit à s'approcher de quelques pas pour offrir, au creux de sa main, une poignée d'orge à la belle indifférente toujours étalée sur ses feuilles de choux. En moi, je ne savais ce qui l'emportait, le froid, la compassion, le rire méchant. Puis le miracle s'est produit : Scarlett s'est dressée sur ses pattes et elle est venue vider la main de Grégoire avant de retourner royalement se coucher.

La psy a émis un petit cri de triomphe. « Vous avez de la chance, a-t-elle constaté. Elle a réagi tout de suite. Le résultat se fait parfois attendre plusieurs jours. »

Puis elle s'est tournée vers moi et j'ai compris la raison de ma présence : elle ne faisait pas confiance aux hommes. « Vous veillerez, madame, à ce que l'opération soit renouvelée matin et soir jusqu'à complète guérison. »

Toute la famille attendait avec impatience le diagnostic au salon. Mlle Bequerel a accepté de prendre place sur le bord d'une chaise pour nous le donner. Les chèvres naines angora n'étaient pas, comme certains semblaient le penser ici, des animaux de compagnie dont on usait pour son propre agrément ou comme décoration. Elles étaient faites comme les autres pour vivre en troupeaux. La nôtre souffrait de solitude. De plus, elle vivait attachée alors que ces ruminantes, de naturel grimpeur et sauteur, détestaient la corde.

– Est-ce qu'on peut mourir de ça ? a demandé Tim d'une toute petite voix.

– De solitude ? Chaque jour des hommes en meurent, pourquoi pas des chèvres ? a répondu sans pitié la psy.

– Mais est-ce qu'elle va guérir ?

Mlle Bequerel a désigné Grégoire. À défaut de compagne ou de compagnon Scarlett devait pouvoir reporter son besoin d'affection sur quelqu'un : son nourricier. Elle reprendrait goût aux bonnes choses de l'existence, lorsqu'elle se serait éprise de Grégoire. Le travail de séduction venait de commencer avec succès.

Dans le silence qui a suivi, certains ont pu entendre, sur les marches de l'escalier, le ronronnement de la caméra de Boris, filmant la scène pour l'éternité. Avant que Grégoire ait pu protester, là-bas, la convalescente a appelé et les enfants, courant à la fenêtre, ont pu constater avec joie qu'elle était sortie de *Tara* dans son éblouissante robe blanche.

« Scarlett réclame son Rhett », a déclaré Charlotte avec un regard attendri sur son père.

Un éclat de rire général a salué ce brillant dialogue. Moi-même, j'ai ri. Pauvre innocente !

CHAPITRE 37

Il fait beau ce dimanche de Pâques que nos six vaillants pommiers saluent de toutes leurs fleurs. Hier, Grégoire a tondu et, sous le ciel sans tache, avec ce gazon bien vert semé de pétales blancs, on se croirait dans une image.

En revanche, c'est le désordre dans le champ voisin, laissé à l'abandon par le vieux fermier que l'on dit à l'hôpital. Tout ce qui se passe chez nous de façon contrôlée se retrouve à côté dans une anarchie noire. Marguerites, genêts, boutons d'or, luttent contre la ronce et pour la lumière, c'est là qu'il aurait été bien de cacher les œufs.

Ce sont les fidèles de l'église orthodoxe, où l'office a eu lieu de bonne heure, qui se sont chargés de la besogne ; tandis que ceux de l'église catholique regardaient avec émotion Thibaut et Justino s'approcher main dans la main de la Sainte Table pour communier.

Les carillons de midi viennent de retentir, les enfants sont lâchés à la recherche des poules, poissons, cloches ou fusées en chocolat. Anastasia et Dimitri gagnent sur tous les plans ! Considérés comme « grands » quant à l'autorisation de dîner avec nous, les voilà retombés en enfance pour avoir droit aux présents des cloches. Sur la terrasse, parents et grands-parents prodiguent leurs encouragements. Toutes les trouvailles doivent impérativement être rassemblées sur la table du jardin afin que chacun ait finalement sa part.

Pas de meilleur test pour lire le caractère d'un enfant que de l'observer cherchant ses œufs de Pâques. Il y a ceux qui, hurlant de joie, se dispersent sans souci d'efficacité et ne doivent leurs succès qu'à la chance ou au hasard. Il y a les méthodiques qui, le visage sévère, ratissent mètre après mètre le terrain, se laissant parfois distancer par les autres. Timothée et Victor seraient plutôt de ceux-là tandis que le reste des enfants courent partout, s'interpellent, font des roulés-boulés de bonheur dans l'herbe. On aperçoit un bout d'emballage doré dans le jeune feuillage de la nursery. Mon regard croise celui de Grégoire et nous avons la même pensée : « Quand planterons-nous le chêne de Justino ? » Son sourire promet : « Bientôt. » C'est un moment parfait.

On dit que le calme précède la tempête.

– Mais que fabrique donc Boris ? s'inquiète Audrey qui aime à avoir tout son monde autour d'elle.

– Il est allé chercher les cadeaux, tu sais bien, répond Charlotte d'une voix qui me semble, je me demande pourquoi, pas très naturelle.

Nous avons été avertis hier : pour fêter ses premières Pâques à *La Maison*, Boris s'est mis en tête de jouer, lui aussi, les cloches. Nous commençons, Grégoire et moi, à connaître la générosité de notre gendre. Devrais-je plutôt dire la « prodigalité » ? Le diamant au doigt de Charlotte, la Zoom, le somptueux déjeuner de mariage, rien ne semble trop beau pour ceux qu'il aime. Sans compter le fameux *loft* à Caen, décoré avec un mobilier moderne à vous couper le souffle. Et vider le compte en banque... Notre prince russe serait-il un riche héritier ?

Ce sont des cerfs-volants que Boris offre aux enfants. Oiseaux, dragons, superbes machines à rêves que nous décidons de libérer cet après-midi sur la plage. À présent, tout le monde regarde en l'air, souhaitant que le vent se lève. Mais se lève surtout la fumée des épaules d'agneau que Jean-Philippe vient de poser sur le grill du barbecue.

Timothée n'a pas eu de cerf-volant. Un autre cadeau a, paraît-il, été prévu pour lui. Il arrive dans un carton géant que portent non sans mal Boris et Dimitri. Le carton est posé à ses pieds. Il bouge. Oui : le carton bouge ! Et voilà qu'il bêle. Oui, ce carton bêle ! En jaillit un bouc nain angora. « Voici Rhett », annonce Victor à Tim. L'émotion paralyse celui-ci. En pleine hystérie, les enfants entourent le petit bouc qui tire sur sa corde. Scarlett l'a senti et, là-bas, appelle de toutes ses forces. Le regard de Grégoire cherche le mien, me jure qu'il n'y est pour rien. « Je n'ai été mise au parfum que tout à l'heure, me souffle Charlotte. Boris ignorait que tu étais contre les chèvres. »

Pour expliquer mon refus de m'occuper de Scarlett et afin que je ne descende pas trop dans l'estime de nos écolos en herbe, on a dit aux enfants que j'étais allergique au mohair. « Vous allez pouvoir rendre votre tablier », est en train d'expliquer à son beau-père le généreux donateur, tout heureux de sa brillante idée. Devant mon silence, Grégoire n'ose plus regarder de mon côté.

Ce qui ne l'empêche pas de galoper avec toute la troupe à la suite de Rhett pour assister aux présentations. Il doit se dire, cet homme : « Elle en a bien accepté un, pourquoi pas deux ? » Et pourquoi pas dix avec les chevreaux ? C'est en moi que le vent se lève. Avec une telle violence que j'en suis étourdie.

J'ai eu droit, moi aussi, à des surprises. Elles me sont tombées de tous les côtés à l'occasion du déjeuner. Venant de Boris, un foulard en soie. Du parfum, de la part des Karatine, un cœur en chocolat du « Pap » et des œufs peints dans le plus grand secret, offerts par chaque enfant.

L'après-midi, comme prévu, et bien que le vent soit plus que timide, il y a eu grand lancer de cerfs-volants sur la plage. Les pères couraient dans tous les sens, les enfants hurlaient à faire reculer la mer, je regardais hésiter ces dragons, ces oiseaux, et je pensais à l'oiseau de Magritte dans la chambre d'hôtel et au nom étrange que le peintre avait donné à son tableau, *La Grande Famille*.

Gauthier a trouvé moyen de lâcher la ficelle de son cerf-volant qui est allé s'abîmer mollement dans la mer.

Afin d'être libre de rentrer à mon heure, j'avais pris ma deux-chevaux et nul, me semble-t-il, pas même le « Pap », ne s'est aperçu de mon départ. J'ai pu, avant leur retour, accomplir tout ce que j'avais à faire et passer tranquillement mes coups de téléphone, dont un à Marie-Rose qui m'a gardée longtemps. « Je vais essayer de joindre Diane à Florence, m'a-t-elle prévenue. Si je ne la mets pas au courant, elle en fera une maladie. »

Toute la bande est rentrée épuisée et heureuse, semant du sable partout. La cérémonie des bains et douches n'a pas été superflue. Avant le dîner, Thibaut a demandé à Grégoire de faire son spectacle d'ombres chinoises.

Ce spectacle, où Grégoire excellait, était donné autrefois aux grandes occasions comme Noël ou les anniversaires. Thibaut s'en montrait le plus friand et je l'avais surpris plusieurs fois, s'essayant seul dans sa chambre à reproduire les gestes de son père. Mais jamais Grégoire n'avait fait les ombres chinoises pour ses petits-enfants ; j'ai pensé soudain que c'était dû à l'absence de son fils ; une sorte de fidélité, et cela m'a émue.

Il a commencé par refuser en prétextant qu'il ne savait plus ; il avait perdu la main, c'était le cas de le dire ! Mais, devant l'insistance de Thibaut, il a fini par céder.

Grégoire n'est pas un grand-père joueur : cartes, ballon, tout cela ne l'emballe pas ; il préfère emmener les enfants au jardin et leur expliquer les malices de la nature. Il leur fait visiter la voûte céleste, leur apprend à reconnaître la force des vents et, en les embarquant chaque fois qu'il le peut sur les bateaux des copains, il leur donne le goût de la mer. Il fallait les voir tous assis sur le sol, à l'avance conquis, attendant le spectacle de leur grand-père.

Comme le font les magiciens expérimentés, Grégoire a pris son temps. Il a demandé de l'aide au public pour lui libérer un pan de mur. Il a disposé la lampe, éteint les autres lumières, réclamé le silence. Moi-même j'étais impressionnée. Le spectacle a commencé.

Tour à tour, il a fait venir le chien, le cheval, le lapin, le canard, le loup. Au loup, les petits ont hurlé de terreur, s'entraînant les uns les autres, en redemandant encore et encore tout en se bouchant les yeux. Pour terminer, réclamé avec indignation par Thibaut qui avait constaté qu'un animal manquait au programme, Grégoire, avec un misérable sourire d'excuse dans ma direction, a fait entrer le bouc. Le bouc a été un triomphe ! Les enfants criaient : « Rhett », « Rhett », en mourant de rire. Thibaut lui-même hoquetait.

« Laissons-le régresser », m'a soufflé Audrey à l'oreille.

Il faut dire que, depuis son retour, les sœurs faisaient tout leur possible pour favoriser cette régression – nécessaire aux dires de Charlotte – et y réussissaient plutôt bien.

Après le dîner, j'ai fait comprendre à Thibaut que j'avais besoin de le voir seul et nous sommes montés dans sa chambre qui fleurait encore bon ma peinture. Je ne voulais surtout pas que demain il doute, lui qui venait de rentrer dans la famille, de mon amour pour lui, pour Justino, pour eux tous. Je lui ai fait part de mon projet. C'était la première fois que je parlais à mon fils de mes problèmes et non des siens et j'en ai éprouvé du bonheur. Il savait écouter.

Il a salué ma décision avec un rire : « Maman en rogne, enfin ! Pas trop tôt !... Je sais bien, a-t-il ajouté, que les derniers événements n'ont pas été légers-légers... » Et comme je protestais, il a mis un doigt sur mes lèvres. Nous avons parlé un bon moment. C'était bien que demain soit lundi de Pâques, qu'il reste à la maison. Pour terminer, je lui ai avoué que je haïssais les chèvres, les boucs et les « Pap » et nous avons ri, cette fois tous les deux, aux larmes. Il a eu l'idée de me préparer un thermos de café. « Tu en auras besoin ! »

Lorsque je suis montée me coucher, Grégoire dormait à poings fermés. Cela m'arrangeait : je ne suis pas si bonne comédienne qu'il y paraît.

Il ne m'a jamais fallu de réveil pour être debout à l'heure que je me suis fixée. Vers six heures, j'ai quitté le lit sans réveiller mon ronflotteur. De crainte d'attirer le KGB, je ne suis pas passée par la cuisine, j'ai bu mon café au salon devant les braises qui chuchotaient encore sous la cendre. Pour les tartines, j'avais bien l'intention de me rattraper tout à l'heure.

Lorsque *La Maison* est pleine, toutes les voitures ne tiennent pas dans la cour et on est habitué à voir ma deux-chevaux garée sur le chemin, ce qui me permet de partir faire les courses à mon heure. J'avais mis mes affaires dans le coffre hier.

Le jour se levait à peine, neuf, intact, clair comme une page à remplir lorsque, comme tant de fois j'en avais rêvé, nous avons pris, la Rugissante, la Valise et moi, la clé des champs.

CHAPITRE 38

Je suis au lit, face à la mer. Il est neuf heures. Sur mes genoux, un plateau et sur ce plateau un petit déjeuner complet, vraiment complet ! Oranges pressées, café au lait, brioches, croissants, toasts. J'ai refusé les œufs. Le plateau a été livré avec le journal du jour.

Comme le patron me l'avait promis hier au téléphone, la chambre Magritte m'attendait. Le temps de vider la Valise dans la spacieuse penderie et je me suis retrouvée au lit dans la chemise de nuit – déshabillé vaporeux assorti – offerte par Audrey à Noël dernier et que je n'avais pas encore eu l'occasion d'étrenner. Ce qu'a pu penser la soubrette qui, quelques instants après avoir monté son bagage, a retrouvé la dame dans les plumes, m'en fous ! Suis bien ! Suis dans les ailes de nuage du bel oiseau de mon peintre. Le bonheur, c'est tout simple : c'est tendre un pied, puis l'autre, dans la fraîcheur d'un drap bien tiré. Se laisser aller contre deux oreillers, mordre dans un croissant sans qu'on vous parle de la fin du monde, savourer la douceur du moment présent.

Il est neuf heures. Grégoire a lu ma lettre, laissée en évidence sur son pantalon. En préambule, une déclaration d'amour. Que les choses soient claires : il est toujours l'homme de ma vie, je n'en voudrais pas d'autre. Mais ces derniers temps, cette vie s'est transformée en rouleau stresseur, plus une minute à moi, l'impression de me perdre. Bref, j'allais tenter de me retrouver dans le calme d'un hôtel voisin.

Là, je le vois, mon homme ! Son visage est devenu rouge

brique, il crie : « J'ai épousé une folle. » Puis, s'il n'a pas froissé ma lettre ni cassé ses lunettes, il reprend sa lecture : « Si l'on a absolument besoin de me contacter, il suffit d'appeler Marie-Rose que je joindrai moi-même matin et soir, Grégoire, essaie de comprendre toi qui, rentrant de ton escapade belge, m'as avoué que cela t'avait fait un bien fou de "décrocher" quelques jours. Eh bien je décroche à mon tour. À jeudi, mon amour. »

Il regarde le numéro de Marie-Rose, inscrit en gros au bas de la lettre. Il passe plusieurs fois ses doigts disposés en râteau dans ses cheveux (son tic). Il tombe sur le bord du lit qui s'affaisse sous son poids (s'occuper, en rentrant, de changer le matelas). Il ne lui a pas échappé que j'avais gardé pour moi le nom de mon hôtel. M'avait-il indiqué le sien en Belgique ? La première vague de fureur passée, il réfléchit. Il croit trouver : Rhett ! Tu te trompes, Grégoire, Rhett n'a été que le détonateur. Il a provoqué – merci Rhett – la colère qui a fait partir la fusée. Et cette colère, mon mari serait bien surpris d'apprendre qu'elle était surtout dirigée contre moi, la faible, la lâche Joséphine qui dit toujours oui à tout. Oui à Scarlett, oui au « Pap », oui aux souhaits des enfants, oui, oui, oui, sauf à elle, ses envies, ses désirs à elle. Un mot résume le pourquoi de ma fuite : « Trop. » Trop de monde, de bruit, d'événements. Et, tiens, trop de bonheur pendant qu'on y est.

Et maintenant que fait-il Grégoire ? Il réunit les enfants à coups de trompe. Thibaut, qui m'a promis de ne pas révéler qu'il était au courant, va tenter de calmer le jeu. Les filles ? Que vont-elles penser, mes amours de filles, si différentes et complémentaires ? Telle que je connais ma Charlotte, elle rigolera d'un œil et soupirera de l'autre. Mururoa est pour l'explosion de la liberté féminine, avec une exception : celle de sa mère. Le premier réflexe d'Audrey sera-t-il pour recommander : « Pas un mot à ma belle-famille » ? On ne fugue pas chez les Réville. Jean-Philippe sera averti avec doigté ; pourtant, dans les regards intrigués que me lance parfois mon gendre, je lis comme une disposition cachée pour la fantaisie. Affaire à suivre. Parions que Boris éclatera de rire. Le « Pap » sera tout triste d'avoir perdu son sujet de reportage.

Et les enfants ? Pour eux, aucun souci à se faire : Babou

est allée se promener quelques jours. « Ah bon ? Et où elle est allée ? – Pas très loin. – Et quand elle reviendra ? – Jeudi. » Justino évoquera les tournées d'Estrella. Comme promis, Thibaut l'embrassera très fort pour moi.

Après une dernière gorgée de café, je repousse le plateau. Mais comme je suis bien ! Mais quel silence ! Ce temps tout à moi ! Merci, mes amies, de m'avoir montré la direction en me menant à cet hôtel de rêve où j'entends m'approuver la mer.

Cela me donne une idée. Je décroche le téléphone.

– Où es-tu ? demande tout de suite Marie-Rose.

– Devine ? Au lit. Chez Magritte.

Son cri de joie me perce le tympan :

– Je vais tout t'avouer, ma vieille. Je ne pensais pas que tu le ferais. Même hier, quand tu m'as appelée, je me suis dit : « Au dernier moment, elle reculera. »

– Merci pour ta confiance !

En moi, l'artiste se rebiffe. Est-ce cela que je suis pour elle ? Une irrécupérable ?

– Non seulement je n'ai pas reculé, mais j'accepte ton offre. Dès mon retour, je m'installe à mi-temps à *la Caverne*. Prépare mon coin. Et je veux tous les détails sur le fameux buffet. Je vais commencer le projet ici.

– D'accord, d'accord, me calme mon amie en riant. Mais parle-moi d'abord de Grégoire. Comment a-t-il pris la chose ?

– Mystère ! J'ai filé en douce. Tu sais bien qu'il ne m'aurait jamais laissée partir ! Ou, pire, il aurait été fichu de vouloir m'accompagner et il aurait fait la gueule tout le temps.

Là, elle n'en revient pas, ma copine : disparaître comme ça ! Je lui rappelle la promesse faite hier : passer à *La Maison* pour tâter l'atmosphère et se mettre d'accord avec les filles afin de me prévenir en cas de pépin : Charlotte n'est qu'à un mois et demi de son accouchement, on ne sait jamais. Je crois voir sa grimace : dans le *hit-parade* des mauvaises influences, Marie-Rose se trouve à égalité avec Félicie.

– On va me recevoir à coups de pompes, soupire-t-elle. Au moins, toi, tiens bon. Profite…

J'ai profité !

Après avoir épluché le journal, j'ai pris un long bain moussant, puis je suis retournée sur notre plage. Cette fois, la mer était haute. J'ai marché au ras de ses vagues, l'écoutant me répéter ce que m'avaient dit mes amies : « Tu t'es perdue de vue, tu ne t'appartiens plus… » Femme de Grégoire, mère de trois enfants enfin réunis, grand-mère comblée… Mais où était Jo ? Jo qui aimait lire, dessiner, peindre, découvrir. Jo avide d'autre chose.

« Et toi, comment vas-tu ? » Qui prenait encore le temps de s'arrêter pour se poser à soi-même cette question ? Sans ennuis majeurs, on ne pouvait qu'aller bien ; pas le droit de se plaindre. Et, tandis que le lien se relâchait entre soi et soi, le malaise grandissait. Avec l'abandon de mon atelier, la coupure avait été achevée.

Et la coupe pleine.

Sur la digue où le vent avait déposé une fine couche de sable, la plupart des maisons étaient fermées. J'ai pris mes premiers croquis : ces demeures aux volets clos, en vacances de vacances, ces jardinets silencieux. J'aurais voulu que, regardant mes dessins, on sente les étés passés et à venir, que le soleil sourde des volets clos, que les jardins renvoient des rires d'enfants, tout comme, dans mon dos, en même temps que le bruit de la mer, j'entendais les appels des baigneurs. Magritte aurait su, lui qui, comme Alice, passait à volonté de l'autre côté du miroir pour exprimer la vérité cachée des choses.

J'ai décidé d'être Magritte.

Pour déjeuner, je me suis contentée d'une crêpe complète et d'un verre de cidre dans une brasserie. Il était une heure. À *La Maison*, ils se mettaient à table. En ce lundi de Pâques, les hommes étaient présents et un vrai repas avait été organisé. Je les ai vus dans la salle à manger, je les ai comptés, j'ai placé chacun et là, seule devant mon assiette, j'ai enfin pu toucher mon bonheur d'avoir cette grande famille, toute cette affection. Et aussi ce Commandant qui, je le savais au plus profond de moi-même, resterait fidèle au poste parce que telle était sa conception du mariage : sur le pont jusqu'au bout du voyage, quelle que soit la force des vents.

Rentrée à cinq heures à l'hôtel, des paysages plein la tête, après le luxe d'un bain – second de la journée –, je me suis fait monter un chocolat chaud avec toasts que j'ai savourés en regardant des bêtises à la télévision. Puis, adossée à mes oreillers, les pieds sous l'édredon, j'ai plongé dans un roman, je me suis régalée de mots, d'images, d'émotions et de sentiments, j'ai voyagé jusqu'à l'appel de Marie-Rose qui m'a annoncé que tout allait bien chez moi. Lorsqu'elle était arrivée, les hommes étaient partis en balade avec les enfants. Les filles se faisaient griller des tartines. Autant de tartines, jamais elle n'avait vu ça ! Conviée à les partager, elle n'avait pu résister. Résultat, elle se passerait de dîner ! À part ça, elles avaient longuement bavardé.

– De quoi ?

– De leur mère, figure-toi. D'un remarquable coffre à bois. Il paraît qu'aucune des deux n'avait eu la curiosité de le voir, bravo !

– Et Grégoire ?

– Il leur a lu la lettre. Il leur a demandé si elles avaient une idée de l'endroit où tu te trouvais. Il a dit : « J'ai épousé une folle. » Mais ne t'en fais pas, ça se tassera. Maintenant toi, raconte...

– Moi ? J'ai touché mon bonheur.

Je ne suis pas descendue dîner : la marche, le grand air, l'émotion, j'étais tuée. Pas la force de me rhabiller. J'ai commandé un plateau dans ma chambre : consommé, saumon fumé, salade de fruits, le tout accompagné du délicieux Riesling savouré ici même une quinzaine de jours auparavant avec mes Grâces. Le coffre payerait. Je le savais bien que l'argent, c'était la liberté !

J'ai dîné en regardant la télévision : jeux, infos, feuilleton, tout y est passé et, vers dix heures trente, comblée, Vénus est tombée dans les bras de Morphée.

CHAPITRE 39

Je tends la main à ma gauche, la place de Grégoire : personne ! J'ouvre les yeux. Quatre chiffres rouges suspendus en face de moi indiquent l'heure : trois heures et quart. C'est la pendule de la télévision, mais oui, je suis à l'hôtel, seule, toute seule à l'hôtel. Angoisse !

Le silence m'a réveillée. Jamais il n'est aussi profond à *La Maison*. Il y a toujours un plancher ou un meuble qui craque, un enfant qui soupire ; au salon, la pendule sonne, à la cuisine, notre antique réfrigérateur se recharge poussivement. Sans compter l'homme qui, depuis trente-sept ans, respire trop fort à mes côtés et ça ne s'arrange pas. Jour et nuit, la vie continue. On dirait qu'ici elle s'est arrêtée.

J'ai soif, une bouche en carton, c'est le Riesling. Presque une demi-bouteille, quelle folie ! Et qu'est-ce qui m'a pris de venir là sans avertir mon compagnon ? Et s'il allait penser que je ne suis pas seule ? Si cela faisait, dans notre couple, un accroc irréparable ? Je suis bien sûre de moi lorsque je pense que Grégoire me reprendra quoi que je fasse.

ET S'IL NE ME REPRENAIT PAS ?

« Tiens bon, profite », a recommandé Marie-Rose. Prévoyait-elle la fameuse insomnie de trois heures du matin, ce soudain coup de froid au cœur ? Allons, du calme, réfléchissons. Si l'on me proposait, d'un coup de baguette magique, de me retrouver chez moi avec mari, enfants et ruminants – rien ne se serait passé, tout recommencerait comme avant – accepterais-je ?

Certainement pas ! Rien que d'y songer, la Valise m'apparaît en gros plan. Alors, obéissons à Marie-Rose : profitons…

Du plaisir d'allumer en pleine nuit toutes les lumières de la chambre, de remplir un verre d'eau dans une salle de bains à moi toute seule sans craindre de réveiller personne, de l'agrément de se remettre au lit et regarder tranquillement les croquis de la veille, de ne pas chercher le sommeil mais attendre, en lisant, qu'il vienne vous emporter.

– Madame a-t-elle bien dormi ?

– Très bien.

De dix à trois, de quatre à neuf : un bon paquet d'heures finalement. C'est la même jeune fille qu'hier, à bonnes joues rouges et épaisse queue de cheval châtain, qui pose le plateau du petit déjeuner sur mes genoux. En plus du journal, j'ai droit aujourd'hui à un œillet. « Vous avez vu ? Nous allons avoir du soleil », remarque-t-elle en désignant le ciel bleu-blanc si léger du matin.

Qui suis-je pour elle ? Une vieille fille qui se paie un peu de bon temps ? Une veuve ? Une divorcée ? Une quinqua en quête d'aventure ? En moi-même, je souris : elle peut tout imaginer sauf la vérité. Mademoiselle, vous avez en face de vous une grand-mère en cavale !

Et la grand-mère, aujourd'hui, va combler un vieux rêve : Honfleur !

Honfleur, c'est de la lumière sur mesure pour peintres et rêveurs. Légèrement voilée, pudique, elle reflète l'âme d'une ville de marins et de conquérants. Partout, le passé affleure. Des mâts, montent des rumeurs de départ auxquelles, en écho, les clochers répètent la prière de ceux qui restent. Voilà : Honfleur, c'est une prière d'aventuriers !

Combien de fois, alors que Grégoire et moi nous nous y promenions avec les enfants ou des amis de passage, m'étais-je promis de revenir seule pour épingler la prière sur du papier.

Eh bien, j'y suis. Libre. Pas de liste de courses à faire dans ma poche. Pas de corvée ménagère en perspective. Devant moi, autant de temps que je veux.

Je l'ai pris, ce temps ! J'ai longuement flâné dans les petites rues pour me préparer au choc du quai Sainte-Catherine où ces dames étroites de pierre, de bois et d'ardoise, surveillaient le port, mêlant leurs reflets à ceux des bateaux dans l'eau du vieux bassin. Où, dans le ciel transparent, de légers nuages jouaient comme des enfants avec un vent follet.

Je me suis installée sur une pierre, j'ai sorti mon carnet et me suis livrée totalement à ce projet fou, tenant depuis toujours au cœur des hommes : traduire, avec la main, un sentiment.

Honfleur, c'est aussi une succession de restaurants où les touristes se récompensent d'une promenade culturelle avec un plateau de fruits de mer. Plutôt que de m'installer sur le port, j'ai choisi, dans une ruelle pavée, un vieux bistrot où, disait une plaque de marbre rose, se rendaient volontiers Corot, Boudin, Manet et autres amoureux de lumière normande.

Il y avait du monde. Comme toujours à Honfleur. Déjeuner seule au restaurant, cela ne m'était pas arrivé souvent et, tandis que je traversais la salle pour aller me placer près d'une fenêtre, il m'a semblé que l'on me suivait des yeux. J'ai commandé un poisson grillé et, afin de me donner une contenance, en attendant que l'on me serve, j'ai pris un livre. Quelle curieuse expression : « se donner une contenance »... Comme si, sans secours extérieur, on était vide. De soi ?

C'est venu d'un coup ! Envahissante, étourdissante, comme une métastase féroce à ce que j'avais éprouvé cette nuit : la solitude ! La peur panique de perdre les miens, l'envie folle d'appeler à la maison pour m'assurer qu'ils étaient bien là, qu'ils m'aimaient toujours. « Ça se tassera », avait dit Marie-Rose en parlant de Grégoire. Qu'en savait-elle ? Et d'abord, je ne voulais pas que ça se tasse. C'était cela, ma peur : ne plus compter pour ceux qui comptaient tant pour moi.

Oui, les appeler ! Ce ne serait certainement pas Grégoire qui répondrait. Il déteste le téléphone. J'aurais un enfant – eux adorent. Je lui demanderais comment cela allait, le chargerais d'embrasser tout le monde, confirmerais mon retour jeudi, c'est tout. J'ai vu l'enfant courir à la salle à manger : « C'était Babou ! » J'ai vu Grégoire. Comment appeler sans demander à lui parler ? Et pour lui dire quoi : « Pardon » ?

Jo-mea-culpa... Avec la fin de la colère, se levait le détestable sentiment de culpabilité bien connu des psy de tous poils. Je n'aurais pas tenu quarante-huit heures, bravo ! Ah ! elle était belle, la femme libre qui se ligotait elle-même avec ses remords ! Je commencerai à l'être, libre, lorsque, dans la Valise, je n'emporterai pas une photo de chacun pour me tourmenter avec, que je cesserai de m'en vouloir de penser à moi, que je satisferai mes désirs plutôt que de les rêver. La liberté, cela ne se prend pas, savez-vous. Cela s'apprend !

– Voici, madame.

Mon poisson grillé arrivait et mon plus bel acte de courage, plus grand que de filer en douce, a été de résister à l'envie d'appeler les miens pour leur dire : « Je rentre. »

Et, afin de fêter cette victoire sur moi-même, j'ai décidé de satisfaire un autre vieux rêve. C'est ainsi que je me suis retrouvée au Casino de Deauville, dans la salle magique des machines à sous.

Et là, d'une certaine façon, j'ai touché le jack-pot !

CHAPITRE 40

Mon gobelet plein de pièces dans une main, la poignée de ma machine dans l'autre, tout mon fluide en action, je tente d'aligner les oranges, les citrons, les cerises et les bars qui m'apporteront la fortune.

Le démon du jeu, c'est de famille, c'est d'enfance. Avec Félicie, nous jouions aux cartes, avec Hugo, aux dés, en passant par le Monopoly, le jacquet, les petits chevaux. Jouer, oui, mais « ensemble ». Ne m'intéresse pas de cocher, gratter ou tracer des croix dans mon coin. Je veux vibrer à l'unisson, partager la transe.

Combien de fois ai-je demandé à Grégoire de m'emmener à Deauville pour tâter de ces fameuses machines à sous ? « Si tu en as tellement envie, vas-y toute seule. Tu n'as pas besoin de moi pour satisfaire ton vice. » Un vice... Voilà comment celui que vous avez choisi pour compagnon considère les joies simples de la vie ! Eh bien, il avait raison : s'il était venu, il m'aurait cassé l'ambiance. Dans cette grotte d'Ali Baba où la lumière du jour ne pénètre pas, où le bruit des pièces coule comme la rivière enchantée d'un conte d'autrefois, seuls les adorateurs de la Chance devraient avoir droit de cité. Nous communions tous dans l'espoir d'un miracle. Et j'ai tout oublié : plus de *Maison*, de famille, de stérile culpabilité ! Moi, dans mon amoureux bras de fer avec ma partenaire-adversaire qui, malgré mes injonctions mentales, ne m'a jusque-là rapporté que quelques misérables pièces, mais je tiens ! c'est l'important : TENIR... jusqu'au moment où la chance passera, la fortune étant forcément pour le prochain coup : celui où l'on aura bêtement abandonné.

Grâce à deux citrons, je viens de me renflouer un peu lorsqu'une voix masculine, incrédule, rieuse, prononce un nom.

– Ça alors, Jo ! Est-ce bien toi ?

Bien sûr que c'est moi ! Dérangée de ma concentration et plutôt de mauvaise humeur, je me tourne vers le trouble-fête. Il ne manquerait plus que ce soit un ami de Grégoire : décidément, on ne peut être tranquille nulle part ! Mais l'homme qui vient de prononcer mon nom, de me tutoyer (grand, cheveux gris, élégant, une soixantaine d'années) ne me dit rien. Ou plutôt si ! Il me dit énormément de choses, mais lesquelles ?

– Tu ne me reconnais pas ?

– Je vous reconnais très bien, mais qui êtes-vous ?

Il rit.

– Et si je te disais : Jean-Bernard Cavalier ?

Jean-Bernard... Jean-Bernard Cavalier, mon Dieu, est-ce possible ? Bref calcul mental : trente-sept ans que nous ne nous sommes vus, très exactement depuis mon mariage. Et lui m'a reconnue... Et voilà qu'il déclare, mes oreilles ne m'abusent pas.

– Tu n'as pas changé.

La main sur la poignée de ma machine, je reste pétrifiée devant l'ampleur du compliment. Dans mes jambes, une minuscule Asiatique n'attend que l'occasion de sauter sur mon bien, car, il faut le savoir aussi, il y a les bonnes et les mauvaises machines. Et lorsqu'on en tient une bonne (ce qui est le cas de la mienne, je le sais, je le sens), mieux vaut s'y accrocher.

– Tu as bien deux minutes pour prendre un verre ? demande Jean-Bernard.

À peine ai-je dit oui que, vive comme une anguille, l'Asiatique a pris ma place. Tout en suivant mon interlocuteur, je me bouche mentalement les oreilles afin de ne pas entendre tomber dans l'escarcelle de l'Étrangère la fortune qui me revient. Nous voici dans la galerie des glaces qui me renvoie l'image d'un homme élégant – costume gris à fines rayures, chemise claire, cravate – aux côtés d'une espèce de marginale en caban et pantalon de velours, gobelet de quêteuse à la main, sac de croquis à l'épaule. Cela ne semble pas le gêner. Son œil amusé ne me quitte pas.

– Maintenant, dis-moi, que faisais-tu dans cet endroit de perdition ?

– Tu l'as bien vu : je me perdais !

– Toute seule ?

– Je n'avais pas du tout l'impression d'être la seule pécheresse !

Il rit. Nous pénétrons dans le bar et nous installons au comptoir sur de hauts tabourets. Il lève le doigt : « Champagne ! » Là, je reconnais mon Jean-Bernard : l'autorité, le goût du meilleur.

– Pour fêter nos retrouvailles, explique-t-il.

À mon tour, je demande :

– Et toi, qu'est-ce que tu fais là ?

– Moi, je participe à un très sérieux séminaire à Deauville. J'étais venu jeter un coup d'œil au Casino pendant la récré. À propos, tu m'autorises à passer un coup de fil ?

J'autorise avec joie. Cela me permettra de reprendre mes esprits. Il s'éloigne. Jean-Bernard Cavalier... Il faisait partie de notre groupe. Étudiant en médecine, beau garçon, il avait tous les succès et si Diane n'avait calculé qu'avant de devenir un chirurgien célèbre il devrait traverser des longues années de vaches maigres, peut-être se serait-elle intéressée à lui. Comme c'est excitant de l'avoir retrouvé ! Je n'en reviens pas qu'il m'ait reconnue. Mes Grâces seraient bluffées de nous voir ensemble.

Il réapparaît en même temps que le champagne.

– Ça y est ! J'ai averti les collègues que j'aurai un peu de retard. Pas question de te laisser repartir comme ça.

Le barman remplit nos coupes ; il lève la sienne :

– Au hasard qui fait si bien les choses.

Nous trinquons.

– À ce qu'il semble, tu es toujours normande ! constate-t-il.

– Plus que jamais. Nous avons acheté une maison près de Caen.

– Des enfants ?

– Et des petits-enfants : une ribambelle. Et toi ?

– Une ribambelle aussi. Mais à Paris.

– Raconte…

Il raconte : famille, métier, voyage – il voyage beaucoup. Et tandis qu'il parle, je nous regarde dans la glace du bar et m'épanouis, et m'émerveille. Voilà ! Vous devriez être dans votre cuisine, les yeux pleurant sur des oignons à confectionner un miroton quelconque pour une douzaine de convives. À moins que vous ne soyez occupée à séparer deux jeunes combattants en train de s'étriper pour un jeu électronique ou autre. Au mieux, vous pourriez participer mollement à une conversation terre à terre, du genre : « Qu'est-ce qu'on fait demain aux hommes pour dîner ? », « Où est passé le chauffe-biberon de Capucine ? », « Comment convaincre Adèle, sans la traumatiser, de cesser de chanter caca-boudin-cocu, de préférence devant les invités de marque ? » Et, parce que vous avez trouvé l'énergie de donner un coup de pied dans la fourmilière du quotidien, voici que vous vous retrouvez dans un palace en train de sabler le champagne à cinq heures de l'après-midi avec le Don Juan de votre adolescence, l'écoutant parler de sujets fascinants : génétique, greffes, dons d'organe. Penser que vous auriez pu manquer ça ! Qu'à chaque instant, on laisse échapper sans le savoir de pareilles occasions ! Autant dire que l'on passe toute sa vie à côté de la vie. Le champagne qui coule à flots, la musique enveloppante qui sourd des murs, ne sont pas pour rien dans ma soudaine exaltation. Les états d'âme d'Honfleur sont loin. Je suis BIEN.

– Mais je ne parle que de moi ! s'exclame Jean-Bernard. Et toi, Josépha, raconte-moi toi. Es-tu heureuse ?

– Mais bien sûr, je suis heureuse ! Avec des hauts et des bas comme tout le monde ! Pourquoi me demandes-tu ça ?

– Parce que, remarque-t-il avec un sourire malicieux, quand tu as épousé ton officier, nous, on s'est demandé…

– Vous vous êtes demandé quoi ?

Une bouffée d'agressivité m'est montée au cœur. On ne touche pas à mon officier ! Jean-Bernard rit :

– La voilà qui prend la mouche. Tu n'as pas changé, madame. Je n'ai attaqué personne. Mais tu avais un certain succès, rappelle-toi. Et voilà que tu portes ton choix sur un baroudeur, du genre plutôt sauvage. Alors on s'est demandé comment ça marcherait, c'est tout.

– Eh bien, rassure-toi, ça a très bien marché et je n'ai jamais regretté mon choix.

Dans notre groupe, la plupart pratiquaient des sports : tennis, golf, équitation. Nous jouions aussi au bridge. Nous faisions partie de rallyes. Rien de tout cela n'intéressait Grégoire. Lui, c'était la mer, la mer, la mer. Mon père était un mondain et puisait ses conquêtes dans ce qu'on appelle la « bonne société ». Était-ce pour cette raison que j'avais préféré la société de mon sauvage pour construire un foyer ?

– Et les autres Grâces : Marie-Rose, Diane ? s'enquiert Jean-Bernard. Que sont-elles devenues ?

Je raconte mes amies : Diane-Résidence, Marie-Rose la brocanteuse. Plein d'anecdotes sur l'une ou l'autre lui reviennent. C'est délicieux d'aller à la pêche au passé, de se dire « Tu te souviens » toutes les deux minutes. L'évolution de leur vie ne le surprend pas. Junon, bonne épouse ? Normal ! Et Minerve n'est-elle pas la déesse des Arts et de l'Industrie, un brin guerrière sur les bords ?

– Quant à moi, soupire-t-il, j'avais un faible pour Vénus mais elle ne me regardait même pas.

– J'étais sûre que c'était Diane qui t'intéressait.

– Certainement pas ! Trop... légère. À propos, les Beaux-Arts, qu'est-ce que ça a donné ?

Coup de poignard dans mon cœur. Vraie douleur. Les Beaux-Arts... J'avais l'intention de m'y inscrire et cela faisait du grabuge du côté de mon père. Jean-Bernard était l'un de ceux qui m'encourageaient. Et puis vous rencontrez l'homme de votre vie, les enfants arrivent, le mari en mer, la mère se doit d'être à la maison...

– Les Beaux-Arts sont tombés à l'eau. Mais je travaille un peu pour Marie-Rose : peinture sur bois.

– Dommage ! Tu aurais pu mieux faire, constate-t-il.

Et soudain cette phrase rend le champagne amer.

Il a regardé sa montre. Il était six heures et, cette fois, il devait mettre fin à la récréation. Son intervention était attendue à l'Hôtel du Golf où le séminaire avait lieu. Nous longions à nouveau la galerie des glaces, nous dirigeant vers la sortie. Ma tête tournait.

– Tu rentres chez toi ? a-t-il demandé.

– Pas du tout ! Je prends quelques jours de vacances dans un petit hôtel près de Houlgate.

Il s'est immobilisé, incrédule :

– Tu veux dire… toute seule ?

– Et pourquoi pas ? Je suis une femme libre !

Était-ce son : « Tu aurais pu faire mieux » – comme si le sauvage avait étouffé l'artiste – qui m'avait fait répondre ainsi ? Avec défi ?

– Eh bien, si la femme libre acceptait de dîner avec moi demain, je serais un homme comblé, a-t-il répondu. Le séminaire sera terminé. Tu m'éviteras l'assommant repas de clôture.

J'ai hésité. Il a pris mon bras.

– À moins que tu ne préfères attendre trente-sept années de plus pour nous revoir ? Nous risquons de n'être plus très frais.

Nous sommes convenus qu'il viendrait me chercher à mon hôtel vers sept heures. Il avait sa petite idée sur l'endroit où il m'emmènerait : une surprise. Nous aurions un peu de route à faire, mais, promis, je ne le regretterais pas.

Ma Rugissante l'a fait rugir de rire. Il paraît que c'était tout à fait moi de circuler dans cette antiquité. Moi qui, un jour, allant à une soirée dans une robe haute couture, avais oublié de changer de chaussures et portais des mocassins terreux.

– À propos, a-t-il dit, demain soir, c'est un endroit « chic ». Fais-toi belle.

Avant que je referme la portière, il s'est penché pour m'embrasser. Je tournais la tête, c'est tombé au coin de mes lèvres. Nous avons ri. En démarrant trop sec, j'ai fait valser mon gobelet et toute ma fortune s'est répandue.

Marie-Rose avait appelé deux fois en mon absence. Je suis vite montée dans ma chambre pour la rappeler.

– Il s'est passé quelque chose ?

– Chez toi, non ! a-t-elle dit. Mais où étais-tu passée ? On avait dit six heures. Je commençais à m'inquiéter.

– Devine avec qui j'étais ?

Tandis qu'elle se creusait la tête, je retirais mes chaussures, me glissais sous l'édredon. Le plaisir de la liberté était là à nouveau, en plus pimenté. Elle a donné sa langue au chat.

– Jean-Bernard Cavalier.

– Pâris ! s'est-elle exclamée.

– Pâris ?

– Tu ne te souviens pas ? Les « trois Grâces », c'était son invention. Alors Diane l'avait baptisé Pâris, le berger qui doit remettre la pomme à la plus belle des trois.

– Il me l'a remise aujourd'hui, ai-je pavoisé. Il paraît que je n'ai pas changé. Demain, nous dînons ensemble.

À l'autre bout du fil, il y eut un silence. Soudain, j'ai eu une idée :

– Et si tu me rejoignais ici ? On lui ferait la... surprise.

– On peut aussi faire venir Diane pendant qu'on y est, a ironisé mon amie. Tu vois, je ne suis pas certaine que la surprise serait bonne.

J'ai passé le doigt au coin de mes lèvres, là où le baiser était tombé par erreur.

– Qu'est-ce que tu imagines ? Ce sera un dîner entre bons copains, c'est tout.

– Mais bien sûr. Et où t'emmène-t-il, le copain ?

– Mystère ! Ça aussi, c'est une surprise.

– Méfie-toi qu'il n'y ait pas une chambre au bout, a-t-elle ri.

J'ai protesté. Pourquoi gâchait-elle mon plaisir ? Jean-Bernard était marié, père de famille, grand-père. Et s'il voulait tromper sa femme, ce ne serait pas avec une quasi-vermeille. Beau comme il était, chirurgien célèbre, toutes les minettes devaient être à ses pieds. Et puis nous avions parlé de Grégoire, je lui avais dit que je l'aimais...

– La voilà qui recommence, a soupiré Marie-Rose. On le sait bien que tu aimes ton mari. Ce n'est pas une raison pour ne pas profiter d'une occasion pareille. Crois-tu que des chances comme celle-là, il t'en tombera encore beaucoup ?

Je lui ai raccroché au nez et j'ai passé une nuit agitée, pleine de rêves où je me retrouvais pieds nus, où je manquais des trains, où j'appelais des gens qui ne répondaient pas.

CHAPITRE 41

Il pleut ! Dru, serré. « Le ciel se venge », a remarqué la soubrette.

De quoi ? La pluie est un don.

Il pleut et j'ai la gueule de bois. Cela m'apprendra à hanter les bars avec les don juans : bouche pâteuse, mal de tête, cœur à l'envers. Madame s'est offert un roman-photo : le bel ami d'enfance qui surgit à point nommé : « Tu n'as pas changé… J'avais un faible pour toi… » Madame s'est laissée griser. Elle a clamé bien fort : « Je suis une femme libre. »

Comme une invite ?

En trente-huit ans de mariage, je n'ai été infidèle qu'une fois à mon Capitaine. Il naviguait du côté de Valparaiso, c'était le printemps et mon corps réclamait. Le prétendant n'était pas spécialement beau mais si tendre et gai. Cela n'avait duré que quelques semaines. Il ne s'agissait pas d'amour. Grégoire n'en a jamais rien su. Et lui ? À ma connaissance, aucune autre dame dans sa vie que *La Jeanne*, la mer et moi. À ma connaissance… Le corps des hommes ne réclame-t-il pas aussi ? Même celui du plus fidèle. Mais pourquoi remuer tout ça ? Comme si je me préparais à succomber une seconde fois.

Le téléphone sonne. C'est Thibaut, c'est mon fils et tout s'éclaire. Ils ont des antennes pour appeler au moment où il faut, les enfants ! « Je ne te réveille pas, maman ? – Bien sûr que non. C'est merveilleux de t'entendre. Comment ça va à la maison ? – Impeccablement. »

Et c'est justement pour cela qu'il m'appelle avant de

prendre sa caisse. Si j'en ai envie, pourquoi ne resterais-je pas quelques jours de plus ? Il se chargera d'avertir la famille. « Cela passera comme une lettre à la poste, tu verras. – Même pour ton père ? »

Son père, m'apprend-il, n'a plus parlé de rien depuis le matin de mon départ. Les filles lui ont expliqué que j'avais, comme lui, besoin d'un exutoire, un autre horizon que la maison. Il semble avoir compris. « Et toi maintenant ? Raconte... »

Je raconte : les promenades, le farniente, le carnet de croquis qui se remplit. Je raconte Honfleur mais gomme le Casino. Tu sais, Thibaut, dessiner, peindre, ce n'est pas un exutoire pour moi, c'est comme... Eh bien, comme te parler ce matin, comme respirer : ma façon d'être. À part ça, je rentre toujours demain.

J'ai enfilé bottes et ciré et je suis allée au bord de la mer interroger ma conscience. La pluie pétillait sur l'eau, me ramenant aux meilleurs moments de mon enfance, le mois de juillet où une amie de Félicie nous prêtait une petite maison sur la plage. Prenant ses vacances en août, mon père n'était guère présent. Lorsqu'il pleuvait comme aujourd'hui, nous nous livrions, Hugo, Félicie et moi, à d'interminables parties de cartes. Et, soudain, maman lançait : « Si on allait se baigner ? » Et nous y allions, trempés avant d'entrer dans l'eau qui semblait chaude, ravis de faire ce qui ressemblait fort à une bêtise.

C'est bien de Félicie, mais aussi de la pluie, que je tiens et mon amour du jeu et le grain dans ma tête.

Gris cendré, le ciel ; grivelées, les mouettes ; ardoise, la mer ; blanc, son ourlet. Allons, réfléchissons ! Que veut dire cette effervescence dans ma poitrine lorsque je pense à la soirée qui m'attend avec Jean-Bernard Cavalier ? Contrairement aux héroïnes de romans-photos, je n'ai éprouvé aucun coup de foudre en le revoyant, seulement le plaisir très vif, en sa compagnie, de retomber un moment en adolescence. Et, sous son regard, comme sous celui de l'inconnu à Caen, il m'a semblé retrouver une dimension perdue : celle de Fââââmme... C'est tout, pas de quoi en faire un fromage, alors, pourquoi, mêlé à l'effervescence, ce malaise ?

Est-ce le baiser (accidentel ?) au coin de mes lèvres ? Est-ce la phrase de Marie-Rose : « Crois-tu que des chances comme celle-là il t'en tombera encore beaucoup ? » Elle a bien visé, la supercasseuse ! Trois semaines et Vénus bascule dans la soixantaine. Regretterai-je, le soir à la chandelle, d'avoir laissé passer cette miraculeuse occasion ?

Mais je ne vais quand même pas tomber dans les bras de l'Occasion, uniquement parce qu'elle risque d'être la dernière ! Et d'abord, qui me dit que Jean-Bernard a des vues sur moi ? Et ensuite, Marie-Rose peut bien rigoler, c'est vrai que j'aime mon mari ! Et puisque c'est comme ça, je décommande ce dîner.

Mais, à l'Hôtel du Golf à Deauville, on m'a répondu que le professeur Cavalier était sorti. Quand il rentrerait ? On l'ignorait. Voulais-je laisser un message ? Je n'ai même pas laissé mon nom.

« C'est un endroit chic, fais-toi belle », avait-il dit.

Au cas où les dîners seraient habillés à mon hôtel, j'avais mis dans la Valise la robe du mariage de Charlotte – il faut savoir amortir ses folies (par une autre folie ?). Une si belle robe réclamait une coiffure correcte et, après ma confession à la mer, la glace me renvoyait l'image d'une noyée, une noyée plus très fraîche. J'ai décidé d'aller chez le coiffeur.

Il y en avait plusieurs dans la petite ville voisine. J'ignorais qu'en choisissant ce salon-là, parce qu'il était bien éclairé et avait l'air calme, je poussais la porte du Diable.

« Quel ovale ! s'est écrié le Diable – qui était italien – en me voyant entrer. Un ovale de *madona*. »

Il a pris mon menton et m'a tourné le visage dans tous les sens, puis il a poussé un soupir à fendre l'âme de toute femme un peu coquette : « Qui m'a fait ce massacre ? »

L'auteur du massacre était mon Figaro habituel, chez qui je m'étais rendue la veille du mariage orthodoxe. « Il va falloir tout reprendre à zéro, a décrété l'Italien. Suivez-moi. »

Dire non à un coiffeur est la chose la plus difficile du monde : c'est comme dire non à sa féminité. Tout en cherchant de quelle façon quitter ce salon, je me suis laissé docilement guider vers le bac à teintures. Mes cheveux étaient tout bleus avant que j'aie trouvé la réponse. Le piège se refermait.

Pour mon malheur (ou mon bonheur ?), le Diable hébergeait une esthéticienne représentant une marque célèbre, qui faisait là ses premières armes. Le traitement était gratuit, pouvais-je refuser ma collaboration à cette jeune fille avide de bien faire ? Tandis que ma « couleur » prenait, je me suis retrouvée sous un masque régénérant. Sans me lâcher des yeux, le Diable aiguisait ses ciseaux.

Lorsque, deux heures plus tard, le patron de l'hôtel a vu entrer dans son établissement une femme aux boucles dorées, aux paupières délicatement ombrées, au maquillage subtil, il n'a tout simplement pas reconnu sa cliente.

« Mon Dieu, mais que vous est-il arrivé ? Vous êtes superbe ! » s'est-il exclamé et la maladresse du compliment en attestait la sincérité.

Il m'était arrivé que j'avais cédé, après trente ans de résistance, aux injonctions de Diane : je m'en étais remise à des spécialistes pour valoriser ma beauté. Et, ainsi qu'elle l'avait prédit – le Diable étant adroit – cette beauté avait gagné cent pour cent. Celle qui m'apparaissait dans la glace était une autre femme, rajeunie, éclatante. Et encore, je n'étais pas passée, comme Junon, par les mains d'un chirurgien esthétique ! Qu'est-ce que cela aurait été. En attendant, j'éprouvais à me regarder, me sourire, une griserie.

Mêlée de gêne... Qu'allait penser Jean-Bernard en me voyant ainsi transformée ? La réponse était évidente : que je m'étais mise en frais pour lui et étais donc prête à tomber dans ses bras ! J'ai essayé d'appeler Marie-Rose, mais cela ne répondait pas. Le ciel m'abandonnait.

La nuit tombait, la pluie avait cessé et j'étais prête. Plus fatale encore dans la robe fleur de pêcher. Seule ombre à mon élégance, je n'avais pas pensé à me munir d'un manteau habillé. Mon vieux caban ferait l'affaire. Il donnerait à Jean-Bernard l'occasion de se moquer de Cendrillon et lui redire qu'elle n'avait pas changé.

Il était sept heures moins le quart et il devait être en route. De Deauville à l'hôtel, il en avait pour une bonne demi-heure. À *La Maison*, les mères préparaient le dîner des enfants. J'ai souri : une certitude, la bouteille de ketchup était sur la table ! C'est bon, les certitudes. Une autre, Grégoire faisait semblant de lire le journal en tisonnant le feu. S'il avait pu me voir…

Assise toute raide sur le lit pour ne pas déranger l'ordonnance de mes boucles, j'interrogeais l'oiseau de Magritte. Il célébrait les noces de l'eau et de l'air, des profondeurs marines et de la légèreté du ciel. Avec ses ailes de nuages, il disait, m'a-t-il semblé, le rêve angoissant que nous portons tous de nous envoler. Mais pourquoi ce nom, *La Grande Famille* ? Le mystère demeurait entier.

À moins que ce ne fût pour parler ce soir à une femme qui s'apprêtait (peut-être) à faire une grosse bêtise.

Il ne m'a fallu que quelques minutes pour tout remettre dans la Valise. Pas le temps de me changer, tant pis ! Deux minutes supplémentaires pour griffonner deux lignes à Jean-Bernard : « Je dois rentrer d'urgence, pardonne-moi. » À sept heures moins cinq, j'étais dans le hall, j'ai réglé en espèces. Le patron n'y comprenait rien. « Un monsieur viendra me chercher, pourriez-vous lui remettre ce mot ? Il s'appelle Cavalier. »

Au moment où je débarquais sur la grand-route au volant de ma Rugissante, une Baccara gris métallisé s'est engagée sur le chemin menant à l'hôtel.

Pâris était au volant.

CHAPITRE 42

On vous apprend tout jeune qu'il est moins pénible de rentrer dans l'eau d'un coup que progressivement : mieux vaut le bref couperet que le supplice chinois.

Ils étaient tous à table lorsque je suis arrivée. J'ai jeté mon caban sur le canapé et j'ai plongé dans la salle à manger.

« MAMAN ! »

Ce sont les filles qui l'ont crié avec un bel ensemble, davantage un « maman » de stupéfaction que de bienvenue. Au même instant, Grégoire s'est levé, si brusquement que sa chaise est tombée. Tous ces regards sur moi m'ont rappelé ma splendeur. Je m'y suis vue bien mieux que dans la glace et j'ai eu un moment de jubilation totale, comme un opéra intérieur : eh oui, j'étais aussi cette femme-là !

J'ai dit : « Bonsoir tout le monde, sachez que mon voyage était très réussi mais que je n'ai pas l'intention d'en parler. Je suis rentrée plus tôt parce que j'avais envie de dîner avec vous. J'ai oublié de déjeuner et suis morte de faim. » Puis je me suis rendue à ma place habituelle, en face du maître de maison. Audrey l'avait déjà dégagée, Charlotte disposait prestement mon couvert, Jean-Philippe m'a présenté ma chaise. Lorsque le « Pap » a braqué sur moi son appareil photo, je lui ai indiqué avec toute l'autorité voulue que, pour les séances de pose, c'était terminé. En dégustant la quiche au saumon, j'ai compris ce que devaient ressentir les altesses lorsqu'elles se restauraient sous le regard fasciné de leurs sujets.

Personne ne se décidant à parler, je me suis enquise de Thibaut. Dix voix m'ont répondu qu'il faisait la nocturne à

Mondeville (il me l'avait dit ce matin). J'ai demandé également des nouvelles des jeunes mariés, pas ceux auxquels on pensait, ceux de *Tara*. Et lorsque j'ai parlé des chevreaux à venir, le silence consterné m'a appris que tous devaient enfin être au courant de mon aversion pour ces gloutons bêlants, dévoreurs d'arbrisseaux, casseurs de silence champêtre et briseurs d'entente familiale.

Les enfants ne dormaient toujours pas lorsque nous avons eu achevé de dîner et je suis montée faire le tour des chambrées. Si les filles n'avaient déjà été coquettes, je leur en aurais donné vocation ce soir-là. Elles ont voulu toucher toutes mes couleurs, elles me reniflaient avec des mines gourmandes de petits chats. Étais-je allée à un mariage ? Mes cheveux, mes cils, tout ça, est-ce que c'était du vrai ? Et, demain, serais-je encore belle comme ça ? Je me suis entendue promettre que oui.

Chez les garçons l'ambiance a été plus mitigée : je crois avoir intimidé ces hommes en herbe. J'ai pu constater que mon portrait avait pris place sur l'autel de Justino. On m'a appris que Gauthier hébergeait des poux (d'où les cheveux tondus). À part ça, un pneu du vélo de Tim était fichu et le cerf-volant de Victor avait atterri sur le toit. Vous tournez le dos trois jours et il s'en passe, il s'en passe...

J'ai embrassé toutes ces joues comme du bon pain avant de redescendre au salon où, apparemment, tous n'attendaient que le retour de la reine et je suis allée prendre place sur le canapé à côté du roi qui n'avait pas ouvert la bouche depuis mon arrivée. Lorsque j'ai voulu m'appuyer à son épaule, il s'est dégagé.

« Je sais qu'on n'a pas le droit de savoir ce que tu as fabriqué dans ton palace, a attaqué Audrey, mais peut-être daigneras-tu nous montrer tes œuvres d'art ? »

Je leur ai donné mes carnets. Tout y était exprimé pour ceux qui sauraient regarder.

Les maisons aux volets fermés sur la plage déserte du premier matin, avec ce ballon d'enfant, comme un éclat de rire, dans l'herbe folle d'un jardinet.

L'exubérance de la nature, les promesses d'un printemps en bourgeons lors de ma promenade, l'après-midi.

À Honfleur, les rumeurs de départ colportées de mâts en clochers, le secret dialogue du ciel et de l'eau. Hier, frémissant dans la lumière d'aujourd'hui.

Et enfin, le croquis de ce matin : une cabine de bains ouverte sur la pluie où, dans un transat, une vieille femme semblait tricoter pour l'éternité un chausson d'enfant.

Il manquait à ce récit de mon escapade les lumières artificielles d'un Casino, un nostalgique parfum d'adolescence mêlé de bulles de champagne, une femme interrogeant un oiseau. Ces croquis-là resteraient dans mon carnet secret.

– Mais Babou, vous ne m'aviez pas dit ! a reproché Boris. Avec un coup de crayon pareil, vous auriez votre place à l'Agence.

– Mon cher gendre, vous n'aviez pas demandé à voir ! ai-je répondu.

– Et tout ça, en quel honneur ? n'a pu s'empêcher de demander Charlotte en désignant mon élégante personne.

– En l'honneur de moi, ai-je répondu.

Alors Jean-Philippe a eu un geste étonnant. Il est venu me baiser la main.

– Vous êtes très belle, a-t-il dit. Nous sommes tous fiers de vous.

Entre-temps, Grégoire avait disparu.

– Tu devrais le rejoindre, a conseillé Audrey. Depuis ton départ, excepté un petit effort pour les enfants, nous n'avons quasiment pas entendu le son de sa voix. Il semble que les femmes soient en disgrâce dans cette maison.

Mon homme était debout devant la fenêtre ouverte, contemplant la nuit. Je l'ai pris en traître, l'ai entouré dans mes bras, ai appuyé mon front sur son bon vieux dos délabré et je lui ai dit que, tout bien réfléchi, je l'aimais.

Il s'est retourné comme un furieux et m'a pris les poignets.

– Ne me refais jamais ce coup-là, a-t-il grondé d'une voix d'outre-tombe. Je ne l'accepterai pas une seconde fois. Aie au moins le courage de tes actes : avertis !

Je l'ai entraîné sur le lit, l'ai obligé à s'y asseoir à côté de moi et j'ai parlé, décidée cette fois à aller jusqu'au bout. Je lui ai révélé l'existence de la Valise et que, depuis des mois, je rêvais de la prendre, de partir seule quelques jours. Rêver de partir, n'était-ce pas une façon de le tromper ? Ne valait-il pas mieux l'avoir fait ? Et, si j'avais agi en douce, c'est qu'il aurait trouvé le moyen de me retenir, oui ou non ?

– N'es-tu donc pas heureuse ici ? a-t-il demandé avec la désarmante simplicité masculine.

– Je suis heureuse ici, mais le bonheur de vous avoir tous ne me suffit pas.

– Nous sommes trop nombreux, tu as trop à faire, c'est cela ?

– Ce n'est pas cela : j'ai besoin d'autre chose, qui soit à moi seule. Qui soit moi.

Parce que j'avais résolu de n'être plus jamais lâche, ni faible, je lui ai annoncé que j'irais régulièrement peindre chez Marie-Rose. Je ne regrettais pas d'avoir donné mon atelier à Thibaut mais j'avais besoin d'un lieu où me retrouver seule avec mes crayons et mes pinceaux.

Il s'est éclairci la gorge et m'a annoncé que justement, il avait réfléchi à cette histoire de grenier… On allait voir. Je l'ai interrompu. Je ne voulais pas du grenier, je souhaitais sortir parfois de *La Maison*. C'est pourquoi, à la rentrée prochaine, j'irais à Paris suivre les cours des ateliers du Carrousel. Se souvenait-il qu'au moment où nous nous étions rencontrés, je me destinais aux Beaux-Arts ? Voilà quarante années que je rêvais d'approfondir mes connaissances, d'aller plus loin dans le trait, le choix des couleurs, la traduction de mes émotions. J'avais besoin d'être guidée, stimulée. Je sentais en moi des possibilités d'expression en jachère, dans ma poitrine un appel à témoigner et si je n'y répondais pas aujourd'hui, maintenant, ce serait trop tard. Et ma plus grande peur était que cette tension douloureuse se relâche, de ne plus éprouver ce besoin de chercher le langage secret des choses, qu'un clocher ne soit plus pour moi qu'un clocher sonnant électriquement les heures et non pas une prière, que derrière les volets des maisons je n'entende plus les rires et les sanglots du temps perdu, que, regardant la mer, je n'y voie plus s'inscrire des départs, des envols, des naufrages, bref, qu'un jour je retombe comme un soufflé raté et me satisfasse désormais de ce qu'on appelle « le quotidien ». Et cette peur de n'être plus poussée par la vie était si forte que je me suis retrouvée en larmes.

– C'est malin, tu fais couler tous tes machins, a dit Grégoire en effleurant du doigt, puis des lèvres mes cils de vamp.

Avant de se jeter sur ma beauté pour la dévorer toute crue.

CHAPITRE 43

Elle boit, Tatiana. Son regard fixé sur moi, l'un de mes doigts enfermé dans son poing minuscule, elle boit de toutes ses forces et lorsque je retire la tétine de sa bouche pour lui permettre de reprendre souffle, tout son corps se tend, elle dévisse sa tête, devient écarlate, ouvre un bec démesuré d'oisillon.

Née à terme le 14 juin, elle est, comme la plupart des nouveau-nés, un mélange entre le têtard et E. T. l'extraterrestre, ne le dites pas à sa mère. Ses rares cheveux seront-ils du blond Karatine, ou châtains comme ceux de Charlotte ? Ses yeux seront-ils bleus, gris ou verts ? Elle garde encore un moment son secret.

Mais les couleurs de ta vie, Tatianouchka, quelles seront-elles ?

La planète sur laquelle tu viens de tomber se déglingue sérieusement. Un peu partout, la guerre, la famine ; les libertés de l'homme, sa dignité, bafouées. Plus près de toi, en France, les sans-abri, les menaces de chômage, la drogue, le sida. Certains assurent afin d'embellir le tableau que tu manqueras d'air pur pour respirer, d'eau claire pour boire.

Tu t'en fous ! Tu aspires goulûment le lait tiède, pliant et dépliant tes doigts comme pour t'exercer à saisir ce monde où, à en croire les scientifiques, tu as devant toi, parce que née dans un pays privilégié, la bagatelle de quatre-vingt-un ans d'espérance de vie.

De quoi faire, ma belle ! De quoi aimer et souffrir.

Durant tes premières années, tu grandiras, protégée par ton

entourage. Tu ne manqueras ni de nourriture ni d'amour et l'on essaiera de te donner les armes morales et intellectuelles qui te permettront de vivre bien. En cela, tu es déjà parmi les plus gâtés.

Puis, que nous le voulions ou non, ils viendront, les prédateurs. Ils chercheront à te prendre ce que tu auras et aussi ce que tu seras ! Ils t'offriront de faux bonheurs, de dramatiques évasions, ils te proposeront le désespoir. Comment t'en tireras-tu ? La force de leur résister est déjà un peu inscrite en toi : c'est le plus ou moins grand élan de vie, cadeau de tes parents. L'éducation y pourvoira aussi.

Cette éducation, Tatiana, je souhaite qu'elle t'apprenne avant tout à trouver ton but, ton pôle, si possible une passion. C'est cela qui te permettra de tenir debout dans la tempête : un rêve à réaliser. Fût-il fou.

Elle boit, ma petite-fille, remuant ses pieds nus chauffés par le soleil. Nous nous sommes installées sur la terrasse, face au jardin en fête. C'est un beau mois de juillet et il paraît que le soleil brille aussi à Zanzibar où Charlotte est partie en voyage de noces, laissant comme prévu le bébé à notre garde. Capucine est en Bretagne, dans la belle-famille d'Audrey ; Victor et Anastasia, chez des parents et Dimitri en camp de voile.

C'est au mois d'août que tout le monde se retrouvera à *La Maison* et l'on a décidé de monter une tente au fond du jardin pour les grands. C'est en septembre que j'étrennerai ma carte vermeille, nos enfants nous ayant offert, à Grégoire et à moi, pour la fête des Mères et Pères, deux billets d'avion pour Venise. (Que vais-je bien pouvoir faire de cet homme à Venise ?)

Tiens, venant du potager (six radis et trois salades), il vient justement d'apparaître dans le jardin, Grégoire ! En compagnie de Justino dont le père fait un stage d'animateur. Sans hâte, comme chaque matin depuis qu'on a planté un petit chêne supplémentaire, ils se dirigent vers la nursery pour lui « donner de l'amour », c'est-à-dire biner à son pied. C'est vrai qu'il va falloir songer au tien, Tatiana. Le jour de ton baptême (orthodoxe !) pour sacrifier à la tradition. Pour peu que celle-ci se poursuive de génération en génération, dans une centaine d'années, nous aurons une forêt ici ; dont chaque arbre portera le nom d'un enfant aimé.

Penché sur Justino, Grégoire lui explique quelque chose avec force gestes dirigés vers le ciel. Un jour de cet hiver, un jour de turbulences, je m'étais demandé si l'amour existait encore entre nous. Le silence minait tout. Avec la parole, l'amour est revenu et un bien-être m'emplit comme je choisis à nouveau mon Commandant, avec ses ronflements exaspérants, ses horripilantes manies, ses vertèbres défaillantes, son arthrose et sa satanée oreille qui ne fonctionne que lorsque cela l'arrange. Je le choisis à nouveau parce qu'il est solide et tendre, fragile et bourru, ne cherchons pas de bonnes raisons, parce qu'il est LUI. Et supporte les états d'âme, les sautes d'humeur, les exigences d'une prétendue Samouraï qui refuse de se contenter, comme les femmes des copains, des joies du fourneau et de la layette, yeux énamourés levés sur la grandeur du Marin, et puis quoi encore ? Mais, que tu le veuilles ou non, mon vieux compagnon, de la même façon qu'un beau matin j'ai filé en douce, aujourd'hui, sans t'avertir, le Samouraï se remarie avec toi.

Allez, une petite pause, Tatiana ! On ne boit pas tout d'un coup. On prend son temps. On sourit à sa grand-mère. Autant t'avertir tout de suite, tu n'en as pas terminé avec elle. Toi aussi, tu viendras vider ton cœur sous ma couette. Toi aussi, tu diras à tes copines, en souriant d'aise : « Chez ma grand-mère, on n'a pas le droit... » De danser la gigue sur les canapés, d'allumer la télé en douce, de réciter la litanie des « caca-boudin, etc. » (sauf au liquidambar), de laisser la viande et manger la purée, bref, tous les « pas le droit » qui sont l'apprentissage du bien-vivre futur. Mais si tu es bien sage, promis, on s'octroiera le droit d'aller un jour toutes les deux faire les folles dans la pièce magique des machines à sous.

M'a-t-il vraiment dit : « J'avais un petit faible pour toi », Jean-Bernard ? Et si je l'avais regardé autrefois m'aurait-il demandée en mariage ? Tête des Grâces ! Mais non merci ! Sans regrets ! Je ne me vois pas à Paris pendant que le grand professeur draguerait les minettes à Deauville, enfin, les minettes...

Où m'aurait-il emmenée, mon Cavalier ? Quelle surprise me réservait-il ? Je ne le saurai jamais. Elle restera dans mon carnet secret comme ces dessins magiques sur lesquels on doit crayonner pour leur donner réalité. Je crayonne... et vois surgir de somptueux décors aux couleurs du meilleur champagne. Avec une chambre au bout comme l'avait prédit Marie-Rose ? Hé, hé ! C'est vrai que si j'avais voulu ! Ma pauvre Tatianouchka, voilà que ta grand-mère se lance dans le dessin mental érotique. Vite, remettons le crayon dans la Valise.

Elle est rangée, la Valise, jusqu'à la prochaine occasion où je la prendrai, mais cette fois en avertissant tout le monde, pour aller à Paris par exemple, suivre les cours des ateliers du Carrousel.

Il y a une chose que je n'oublierai jamais et qui, chaque fois que j'y pense (souvent) me fait sourire. Le moment le plus savoureux du voyage, le plus délectable, a été celui où, dans le grand lit aux draps bien tirés de la chambre Magritte, j'ai étendu une jambe, puis l'autre, en me disant : « Je suis seule, je suis bien, j'ai tout mon temps. » Mais qu'il était bon, ce moment ! Du bonheur pur. Et c'est bien là que j'ai eu la révélation. Le bonheur, ce n'est pas du tout ce que vous pensez : la réalisation brutale d'un rêve, la fin d'une attente, l'assouvissement d'un désir profond, tout ce qui vous met le cœur sens dessus dessous. Le bonheur, ce sont ces instants de grâce, ces petites lumières parsemées dans la vie où l'on se sent tout simplement BIEN. Il me faudra apprendre à les créer et les savourer sans penser que je vole du temps aux miens. Au contraire : en me disant que je fais provision de sourires pour les miens.

Ils reviennent vers *La Maison*, mission accomplie, le grand-père et l'enfant. Je regarde leurs mains liées et il me semble, bonjour Magritte, tout y lire : les saisons de la vie, la joie et la douleur d'être, la solitude aussi, mais celle-là, autant la regarder en face puisque, même entourée de la plus aimante des familles, les plus merveilleuses des copines, on n'y coupe pas. Je les regarde marcher, l'un à l'automne, l'autre au printemps, partie du tableau de ma vie, cette toile où chacun barbouille comme il peut, et me saisit une grande tendresse et aussi une grande force : j'ai encore tant à dire ! Vous allez voir ce que vous allez voir !

Oui, bois, mon cœur !

DU MEME AUTEUR AUX EDITIONS FAYARD

L'Esprit de famille (tome I).
L'Avenir de Bernadette (L'Esprit de famille, tome II).
Claire et le bonheur (L'Esprit de famille, tome III).
Moi, Pauline ! (L'Esprit de famille, tome IV).
L'Esprit de famille (les quatre premiers tomes en un volume).
Cécile, la poison (L'Esprit de famille, tome V).
Cécile et son amour (L'Esprit de famille, tome VI).
Une femme neuve.
Rendez-vous avec mon fils.
Une femme réconciliée.
Croisière 1.
Les Pommes d'or, Croisière 2.
La Reconquête.
L'Amour, Béatrice.
Une grande petite fille.
Chez Babouchka. Belle-grand-mère, 2.

CHEZ D'AUTRES ÉDITEURS

Vous verrez, vous m'aimerez, Plon.
Trois Femmes et un Empereur, Fixot.
Cris du cœur, Albin Michel.

Composition réalisée par INFOPRINT

IMPRIMÉ EN FRANCE PAR BRODARD ET TAUPIN
La Flèche (Sarthe).
LIBRAIRIE GÉNÉRALE FRANÇAISE - 43, quai de Grenelle - 75015 Paris.
ISBN : 2 - 253 - 13706 - 5

Les femmes au Livre de Poche

(*Extrait du catalogue*)

Autobiographies, biographies, études...

Arnothy Christine
J'ai 15 ans et je ne veux pas mourir.

Badinter Elisabeth
L'Amour en plus
Emilie, Emilie. L'ambition féminine au XVIIIe siècle (*vies de Mme du Châtelet, compagne de Voltaire, et de Mme d'Epinay, amie de Grimm*).
L'un est l'autre.

Berteaut Simone
Piaf.

Bertin Celia
La Femme à Vienne au temps de Freud.

Boissard Janine
Vous verrez... vous m'aimerez.

Boudard Alphonse
La Fermeture – 13 avril 1946 : La fin des maisons closes.

Bourin Jeanne
La Dame de Beauté (*vie d'Agnès Sorel*).
Très sage Héloïse.

Buffet Annabel
D'amour et d'eau fraîche.

Carles Emilie
Une soupe aux herbes sauvages.

Chalon Jean
Chère George Sand.

Champion Jeanne
Suzanne Valadon ou la recherche de la vérité.
La Hurlevent (*vie d'Emily Brontë*).

Charles-Roux Edmonde
L'Irrégulière (*vie de Coco Chanel*).
Un désir d'Orient (*jeunesse d'Isabelle Eberhardt, 1877-1899*).
Chase-Riboud Barbara
La Virginienne (*vie de la maîtresse de Jefferson*).
Contrucci Jean
Emma Calvé, la diva du siècle.
Darmon Pierre
Gabrielle Perreau, femme adultère (*la plus célèbre affaire d'adultère du siècle de Louis XIV*).
David Catherine
Simone Signoret.
Delbée Anne
Une femme (*vie de Camille Claudel*).
Desanti Dominique
La Femme au temps des années folles.
Desroches Noblecourt Christiane
La Femme au temps des pharaons.
Dolto Françoise
Sexualité féminine. Libido, érotisme, frigidité.
Dormann Geneviève
Amoureuse Colette.
Elisseeff Danielle
La Femme au temps des empereurs de Chine.
Frank Anne
Journal.
Contes.
Girardot Annie
Vivre d'aimer.
Giroud Françoise
Une femme honorable (*vie de Marie Curie*).
Leçons particulières.
Gronowicz Antoni
Garbo, son histoire.
Groult Benoîte
Pauline Roland (*militante féministe, 1805-1852*).
Hans Marie-Françoise
Les Femmes et l'argent.
Hanska Evane
La Romance de la Goulue.

Higham Charles
La scandaleuse duchesse de Windsor.
Kofman Sarah
L'Enigme de la femme *(la femme dans les textes de Freud).*
Loriot Nicole
Irène Joliot-Curie.
Maillet Antonine
La Gribouille.
Mallet Francine
George Sand.
Mehta Gita
La Maharani (*vie de la princesse indienne Djaya).*
Martin-Fugier Anne
La Place des bonnes (*la domesticité féminine en 1900*).
La Bourgeoise.
Nègre Mireille
Une vie entre ciel et terre.
Nin Anaïs
Journal, t. 1 *(1931-1934),* t. 2 *(1934-1939),* t. 3 *(1939-1944),* t. 4 *(1944-1947).*
Pernoud Régine
La Femme au temps des cathédrales.
La Femme au temps des Croisades.
Aliénor d'Aquitaine.
Vie et mort de Jeanne d'Arc.
Sabouret Anne
Une femme éperdue *(Mémoires apocryphes de Mme Caillaux).*
Sadate Jehane
Une femme d'Egypte *(vie de l'épouse du président Anouar El-Sadate).*
Sibony Daniel
Le Féminin et la séduction.
Spada James
Grace. Les vies secrètes d'une princesse *(vie de Grace Kelly).*
Stéphanie
Des cornichons au chocolat.
Thurman Judith
Karen Blixen.

Verneuil Henri
Mayrig (*vie de la mère de l'auteur*).

Vlady Marina
Vladimir ou le vol arrêté.
Récits pour Militza.

Yourcenar Marguerite
Les Yeux ouverts (*entretiens avec Matthieu Galey*).

Et des œuvres de :

Isabel Allende, Nicole Avril, Béatrix Beck, Karen Blixen, Charlotte Brontë, Pearl Buck, Marie Cardinal, Hélène Carrère d'Encausse, Françoise Chandernagor, Madeleine Chapsal, Agatha Christie, Michelle Clément-Mainard, Colette, Christiane Collange, Jeanne Cordelier, Régine Deforges, Sylvie Dervin, Christiane Desroches-Noblecourt, Françoise Dolto, Daphné Du Maurier, Françoise Giroud, Viviane Forrester, Benoîte Groult, Mary Higgins Clark, Patricia Highsmith, Xaviera Hollander, P.D. James, Mme de La Fayette, Doris Lessing, Carson McCullers, Antonine Maillet, Françoise Mallet-Joris, Silvia Monfort, Janine Montupet, Anaïs Nin, Joyce Carol Oates, Catherine Paysan, Anne Philipe, Marie-France Pisier, Suzanne Prou, Ruth Rendell, Christine de Rivoyre, Marthe Robert, Christiane Rochefort, Jacqueline de Romilly, Françoise Sagan, George Sand, Albertine Sarrazin, Mme de Sévigné, Simone Signoret, Christiane Singer, Danielle Steel, Han Suyin, Valérie Valère, Virginia Woolf...

31/3706/4